湖南省文艺发展基金会资助项目

江山壮丽 人民豪迈

——谭谈美篇短文选

谭谈 —— 著

深圳出版社

图书在版编目（CIP）数据

江山壮丽 人民豪迈：谭谈美篇短文选 / 谭谈著
. -- 深圳：深圳出版社, 2024.3
ISBN 978-7-5507-3970-3

Ⅰ.①江… Ⅱ.①谭… Ⅲ.①散文集—中国—当代
Ⅳ.①I267

中国国家版本馆CIP数据核字(2024)第023316号

江山壮丽　人民豪迈：谭谈美篇短文选
JIANGSHAN ZHUANGLI RENMIN HAOMAI: TANTAN MEIPIAN DUANWENXUAN

出 品 人　聂雄前
责任编辑　雷　阳
责任校对　万妮霞
责任技编　郑　欢
封面设计　麦克茜

出版发行　深圳出版社
地　　址　深圳市彩田南路海天综合大厦（518033）
网　　址　www.htph.com.cn
订购电话　0755-83460239（邮购、团购）
设计制作　深圳市龙瀚文化传播有限公司 0755-33133493
印　　刷　中华商务联合印刷（广东）有限公司
开　　本　889mm×1194mm　1/32
印　　张　13
字　　数　239千
版　　次　2024年3月第1版
印　　次　2024年3月第1次
定　　价　55.00元

版权所有，侵权必究。凡有印装质量问题，我社负责调换。
法律顾问：苑景会律师 502039234@qq.com

近两年里，作者以近八十高龄，奔走于湖南、贵州、云南、四川等省的数十个县域的边地、村寨，看到广大乡村在党的"脱贫攻坚""乡村振兴"战略的推进中发生的巨大变化，怀着激情，在手机上写下了近两百篇短文，在美篇平台上获得热烈反响。作者从中挑选八十篇颂祖国江山壮丽、抒人民豪迈情怀的短文，结成这本散文集。

集中的每篇作品，篇幅短小，文字鲜活，情感真挚，时代气息浓郁。

这是一本八十高龄的老汉用脚"走"出来的、用手指在手机上写出来的书，是一曲唱给党的乡村振兴战略的颂歌！

乐在其中

——学做美篇 100 篇

今天这篇美篇发出后，我学做美篇就满 100 篇了。

人老了，要自寻乐子，使自己的晚年生活丰富而充实，并从中获得快乐。我觉得，学做美篇，记录时代的步伐，抒发人生的情感，不失为一种好的方法。

我是今年 1 月 26 日学做的第一篇美篇，到 4 月 30 日是 94 天（2 月只有 28 天）。我基本上是每天发出一篇，为什么 94 天发出了 100 篇？那是学做之初，操作不熟练，做完一篇初稿之后，本应按存草稿键，不小心按了发出键，又不知如何撤回，于是有少数几天，一天发出了两篇。

100 篇，阅读量 120 万，平均每篇阅读量是 12000。反应较热烈的，阅读量达 18000，反应冷淡的，只有 3000 多。100 篇里，阅读量不足 5000 的，有 5 篇；超过 17000 的，有 6 篇；大多数是在 12000 到 14000 之间。被平台加精的 33 篇，约占三分之一；被平台推荐的，约占三分之二。100 篇中，被读者点赞最多的，为 292 个赞，评论最多的为 53 条。平台每周发来的周报，显示我的美篇各项指标超过了 90% 的发布者。

我学做的第一篇，只有几张照片。第二篇，前面写有三两百文字，后面是几张照片。从第三篇开始，就都是2000字左右的短文，照片从开始两篇的"主角"，转换为"配角"了，只做配图用。

100篇中，40篇是学做美篇时新写的，1篇是转发朋友谈我的（袁送荣在涟源悦读会谭谈作品赏析会上的演讲稿《谈谈谭谈》），59篇是我近年写的旧作（有一篇则是40年前的旧作《山乡渔火》，是应读者要求找出来推出的），新插上配图做成。有些篇什，已收入我去年出版的纪实散文集《奔跑的山寨》中。

引发我学做美篇，是我从云南大理诺邓古村游玩回来，写了一篇短文，想发到微信朋友圈，发不出。一连操作多次，怎么也发不出。这时，一位微友建议我：你做成美篇发发试试？而此时，我对美篇是何物都不知道。于是，这位微友对我进行远程教学，教我如何复制，如何粘贴。而我一个近八十岁的老人对这些新玩意儿，都不懂啊！摆弄半天，仍是一头雾水……正准备放弃，女婿从外面回来了。我问他懂不懂做美篇，他说懂一点，但不精通。在女婿的帮助下，我终于闯进了美篇的门！第一篇，只发出几张游览古村的照片。没想到，这篇美篇发出后，一天时间里，竟然有4000多人阅看。我从中获得了满足，获得了快感！

回顾自己学做美篇100篇，我有这么些体会：

好修改。和微信比，美篇修改方便，可以改后重发，发出后，又想增加点内容，插进些图片，随便改、随便加就是。这是微信无法比拟的。比如那篇《说说喝茶》，发出后，黄明开将军看到后，给我发来他家祖传的乡间百姓用来装老巴叶茶水下地上山劳作解渴的竹筒的照片，我立即补插进文中，将此文重发一次。这个美篇似乎就更完美了。做美篇时有些很想找到的照片，却一时没有找到，只好带着遗憾把美篇发出去。而后，却又找到了这张照片，于是再补插进去重发，遗憾就弥补了……

朋友面更宽了。微信，只有进入了自己朋友圈的朋友才能看到。而美篇，借平台的传播，许多失联的老朋友，都纷纷在平台相会。美篇发出几分钟后，天南地北的朋友就聚集在这里了，在这里心灵相撞，在这里牵手同行了。比如，我年轻时在煤矿系统工作的多位失联多年的工友，都通过美篇平台，与我重新牵上手了。你说妙不妙？

能和读者面对面地交流。自己刚刚写就的拙作，一推上美篇平台，就马上接受天南海北的读者的检验。发出去不一会儿，就有反应，或赞扬，或批评，就有相识和不相识的朋友为你指出错别字，为你挑出词句或史料上的毛病。自己就感觉在与远远近近的朋友交流，心灵在相撞。这时候，内心就有一种说不出的愉悦！如果作品发表在纸质报纸杂志上，哪能这么及时地听到读者的意见？

由于美篇可以及时吸取各方读者的意见和建议，我便可随时对文章进行修改，使它更完美。可以这样说，每篇文章在美篇平台上推出后，便有无数的校对员、检验员为你的文章校对、检验。如果以后结集出版，就极大地减少了作品的差错。

有时，我还天真地想，到明年自己正式迈入"80后"队伍后，从自己做的若干美篇中，选出80篇颂江山壮丽、抒人民豪情的美篇纪实短文，配上80幅精美的短文记述的现场照片结为一集出版，一定挺美。一个近八旬老翁，通过游历中华壮丽山河，走访祖国秀美乡村写下的鲜活的纪实短文，从各个小侧面、各种小角度，来表现当下的大时代、人民的新生活。就取这样一个书名《江山壮丽 人民豪迈——八旬老汉美篇短文选》……朋友，我这想法是不是够浪漫啊？

一个老人要想不被时代淘汰，就要不断地学习新知识，接受新事物。只有心随时代走，心才不会老！

学做美篇，充实生活，愉悦心情，本老汉乐在其中啊！

2023年4月30日于涟源白马湖

CONTENTS

目　录

为生命放歌

小城回来说小城

我的外婆路

　　年岁一年一年大了，童年离自己越来越远。然而，远去的童年，在自己的心里却越来越清晰……许多童年的记忆，时不时地浮现在自己眼前……

　　我的童年，是在花山岭脚下那个小山村度过的。儿时，我常常跟着妈妈，从屋子前面的石板路出发去外婆家。爬上石岭尖，就看到岭下小溪边高耸着一座宝塔，那是七宝冲的七宝塔。下了山，沿着山脚下一条小溪边的青石板路往前走，就可以到达外婆家。青石板路面上的一块块青石，被一代一代山里人的脚板踩踏得光滑光滑的。过了益寿亭，过了花桥，就见到小溪进入了一条小河。小河上有一座古朴的石桥。石桥两端，还有一对威武的石狮子呢！妈妈说，这个地方叫温江。这是你爸爸的外婆家，你奶奶的娘家。这条河呢，也叫温江。

　　水面到这里变宽了，水也更清了。更为奇妙的是，河里的水，冬天是暖暖的，而夏天是冰凉的。那时候，我老是问妈妈：这是为什么呢？这是为什么呢？

　　有一次，我又跟着妈妈到外婆家里去。快走到这里的时候，妈妈拉着我的手，离开了那条青石板大路，往一座小山上走去。

"妈妈，这是去哪里呀？不到外婆家里去了？"

"你不是老问，这河里的水，为什么冬天滚热，夏天冰冷吗？今天妈妈带你去看一个地方，你就晓得了。"

不大一会儿，我跟着妈妈，来到了一座长了好多竹子的小山上。只见山上有一口不起眼的塘。塘里的水，清亮清亮。一蓬一蓬的水草，在水中摆动。塘中心，有一处水直往上翻滚，只见一层一层的水花，从这里四散开去。塘岸边，有一个口子，清清的水往下流去，流出了一条溪。塘里的水太深了，也太清了。深得、清得让我害怕。我紧紧地抓着妈妈的手，不敢放松。

接着，妈妈又领着我来到离这口塘不远的一个山墈边，我看到墈边有一个洞。洞里流出来一股好大好大的水，也是那样清，那样净。妈妈要我伸手去摸摸那水。我的手一触到水，冰浸冰浸。当时正是夏天，这水竟是这样的凉……

这时，妈妈告诉我："这两股大泉，就是东温和西温。这里的水，都流入山下面的河里。它们是这条河的主要源头。现在，你晓得这条河里的水为什么冬天热、夏天冷了吗？因为这是一条泉水河！"

过了温江桥，往前走一段，河岸边一架大筒车，在河水的推动下，正不慌不忙地旋转。只见挂在筒车上的一个一个竹筒筒，一到高处，就把筒里的水倒到了安在上面的一个木槽里。木槽里的水，又通过一节一节的竹管，流到高处的水田里去了。眼下正是水稻扬花的时候，正需要水去为谷粒灌浆壮籽啊……

这是老天的恩赐啊！

相传，很久很久以前，这里大旱，禾苗枯死，饮水艰难。天上的水星见了，忍不住掉下了两滴眼泪，变成了东温和西温。两眼大泉流了出来，汇成了这条河。人们给了它一个很贴切的名字：温江。

温江，这条泉水河，是别有一番情趣的。不宽的河床里，终日河水饱满。盛夏，水清凉清凉的，跳下去洗个澡，让你透身地舒服。严冬，河面上却是水汽腾腾，洗衣洗菜，河水还微微热乎呢！

我站在筒车边，出神地看着它转动，看着上到高处的一节节竹筒里泻出水来，看着竹筒里泻出的河水，通过一根根竹管，流到高处的田里……每回，都是妈妈强拉着我，我才依依不舍地离开这个令我迷恋的地方，往前走去。

儿时的外婆路啊，有太多的温暖记忆了。过了温江石孔桥不远，小河就流进了涟水。它在这里消失了自己，壮大了别人。

就在温江与涟水相汇的地方，有一座风雨桥。我们那里的人，都叫这种桥为屋桥、花桥。称它为屋桥，是因为桥上盖有瓦，是有屋顶的。说它是花桥，是因为桥上的廊柱屋檐，都是雕有花（画）的。这些乡间大路上的亭也罢，桥也罢，都是民间爱心人士做的善事，为那些终日在外奔波的路人提供一个歇歇脚的地方。这两江相汇的地方，就有一座饱经历史风雨的屋桥，名叫新车桥。

外婆路上的风雨桥

走过新车桥，沿着一座青山往前走。紧靠着山脚，有一个小水沟。清清的山泉水，在沟里流动。有一次，我看到一只螃蟹在沟里缓缓地爬动，便弓下身子，伸出手去，一把将螃蟹捉住。正要胜利地向妈妈报告，猛一下感到手指钻心地痛，手指被螃蟹的大夹子似的钳子夹住了，不由得"哇"的一声哭泣起来……

妈妈赶忙帮我把夹住我手指的螃蟹取下来。"蠢宝！看你以后还这样去乱逮螃蟹吗？逮螃蟹，要避开它前面那两个大夹子似的钳子，抓住它的背壳，这样，它的钳子才夹不到你。"

…………

外婆家离我们家有三十里路。过了新车桥，就是乌鸡坝。那也是一个令儿时的我迷恋的地方。后来长大了，住到了都市，与省武警总队的一位司令员相识相交。一听这位司令说，他是乌鸡坝的，顿觉十分亲切。我对他说："那你是我外婆路上的啊！"

常走外婆路的那个时候，我才五六岁。如今，已是近八旬的老翁了。外婆路上的那些桥、那些亭，多半已消失在历史的风尘里了。只有天地不老、山河不衰，东温、西温的水长流，温江的水长流。近些年，当地政府在温江建起了自来水厂，让这甜美的山泉水，进入了千家万户。几年前，我老家的乡亲，就喝上了这八九里路外的东温、西温的泉水……前年，在二十世纪六七十年代毁坏倒塌的七宝塔，经村民们集资，重修复建，以崭新的姿容耸立在山岭下、小溪边了。近日，又闻有关部门正在筹划整修我外婆路上幸存的一座风雨桥——新车桥；而已消失在历史烟尘里的洞冲花桥，也在筹划复建。前两天，主事者找我，要我书写"洞冲花桥"四个字，我欣然应允……真是喜讯连连啊！

前人留给我们的那些乡间大道上的亭也罢，桥也罢，尽管它们今天没有了实用价值，可是，它们是一个个历史符号。它们的另一种价值——文化价值，越来越厚重，值得今天的我们珍重啊！

（2023年4月5日发布美篇，载2023年6月2日《娄底日报》）

故乡的桥

　　老汉今年八十岁。年岁一大，记忆力就越来越差了。眼前发生的事，一转过身就忘了。而小时候的事，却愈来愈清晰。近日，故乡一座古桥复修竣工，友人发来请柬，邀我回去看看。猛然间，这触动了我儿时有关桥的记忆……

　　这座桥，是我来到这个世界上最早看到的桥。它是我去外婆家的必经之地。几岁的时候，我常常跟着妈妈走在这条"外婆路"上。从有记忆起，我第一次看到它，觉得它是一栋房屋。只见这座盖着黑黑瓦片的屋子，立在一条小河上。真奇怪，于是我扭过头问妈妈："这栋屋子怎么起在河面上呀？""蠢宝，这是一座桥，一座屋桥。落雨天，可给过路的人避雨。热天里，可给赶路的人歇脚，桥立在河面上，风大，凉快。就像建在河面上的亭子。"从此我朦朦胧胧地知道了，世间还有这样的桥，兼供路人过河与歇脚，有桥与亭的功能。长大后，我走南闯北，见识广了，知道这是风雨桥，也叫屋桥、花桥。叫它屋桥，顾名思义，它上面盖了瓦，像房屋。叫它花桥，是因为这种桥的廊柱、屋檐上一般都画有花（画）——我们那一带把画画叫作画花。这种桥，体现了我们祖先的生活智慧，也是一种文化标志。

我的故乡建这座桥的地方，就叫花桥。是不是因为建了这座花桥，因桥名地，把桥名变为地名了，不得而知。但这里大一点的地名，叫作洞冲。两座山脉之间，形成一个长长的峡谷，洞冲就在这个峡谷里，所以有十里洞冲之说。又因为居住在这里的人，大都姓谭，所以这里又叫洞冲谭家。尽管我老家的村子早已属涟源市的另一个镇了，但到了外面，我还是按以前的讲法，对外人说我是湖南涟源洞冲谭家的。

十来岁的时候，我到过离家二十里地的桥头河。在我儿时的见识里，那是一个大地方，好多好多的房子挤在一条河边。后来我才晓得那里叫镇。那次在桥头河镇上，我见到了一座石孔桥。在桥垱头，一个老头煮了一大锅南粉（红薯粉）在卖，两分钱一碗。妈妈给我买了一碗，味道鲜美极了，那大概是用肉汤或骨头汤煮的。这份记忆几十年了，还留在我的心里，回忆起来暖暖的。想到这里，一首小时候常唱的儿歌又涌了出来："白米饭，肉汤淘，呷十二碗还肚漕（不饱）……"多么温馨的儿时记忆啊！

到了十三岁，我去县城蓝田读初中。蓝田的涟水河上，也有一座石孔桥，叫蓝溪桥。桥垱头有一家面馆特有名，他家做出的面特别好吃。可是当时我家里穷，兜里没有钱。记得当时的肉丝臊子面，每碗一毛八分钱。最便宜的光头面也要一毛钱一碗。自己真想去尝尝，于是邀了一个同学，每人出五分钱，合买了一碗光头面，一人分一半。那味道，至今还留在心里……

桥头河的桥、粉，蓝田的桥、面，那份美好的记忆，伴随我终生！

这是故乡的味道啊！

这一天，是 2024 年元旦，一个好日子。天气真好啊！暖阳高照，惠风和畅。已是隆冬，却暖意融融。前两天看天气预报，说有小雨，降温近 10 摄氏度。心里真为乡亲们捏一把汗。也许是天公作美，送给这一方修复当地风物、保护地方文化的山民一个大暖阳、一个好天气。

修复好的花桥屹立在河面上，威武挺拔！桥身披红挂绿，一桥喜气。河岸两边，一个个彩球，拖着一幅幅巨型喜庆标语，从空中落下。悬挂巨幅标语的两边山坡上，立着一栋栋崭新的农舍。每一栋都亮丽、别致，造型也很有特色。如果在城里，这就是别墅了。这是乡村振兴战略带来的乡村新气象啊！此时此刻，那些住在新屋里的人，都往桥边、河边走来了。放眼看去，河乐了，山乐了，田园乐了，人乐了。整个山村，十里洞冲，沉浸在一片欢乐的海洋中……

故乡的花桥

竣工庆典的会场，就设在刚刚复修竣工的新桥一侧的河岸。此时，桥边、河边、村街边，人潮涌动。十里洞冲沸腾起来了……

这是十里洞冲的节日。

相会在这里的人们，无论男人还是女人，也不论老人还是孩童，闪动在阳光下的，都是笑脸！不少人拿着手机在拍照，在摄像。时代发展到今天，中国14亿多人口，大概除了幼小的孩子外，几乎人人都是摄影家。而每一个家庭，都是一个电视台。他们摄下的新闻，随时可以发布给公众。我看到，一个七旬老妪，也举起手机在熟练地摄像，拍短视频。她的脸上虽然布满了皱纹，但每一条皱纹里，几乎都溢满了从内心沁出的甜蜜的笑容……

主持人邀我上台讲几句。我面对着这座480多年前修建、如今复修好并威武地立在自己面前的花桥，面对一片欢乐的乡亲父老，动情地说：

"这座桥，是480多年前我们的祖宗建起的，是我们十里洞冲的文化标志、历史记忆，是老祖宗留给我们的财富。如果在我们这一代人手里损坏消失了，那是一件上对不起祖宗、下不好向子孙交代的事情。如今，通过广大乡亲父老的努力，它又屹立在这里了。你们做了一件上对得起祖宗、下对得起子孙的好事。我特意从省城赶回来，为你们喝彩，为你们叫好，为你们鼓掌，为你们点赞！"

故乡的桥，一头连着祖先，一头连着子孙。

故乡的桥，骄傲的桥，幸福的桥！

（2024年1月2日发布美篇，载2024年1月22日《人民日报》）

山水装扮校园美

连日阴雨，使人烦闷不已。这一天，老天抖落满天愁云，露出了灿烂的笑脸。阳光洒在新雨洗涤过的大地，树绿、草青、路净、屋明，处处充满生机。

在友人的邀约下，我和光明君走进了这片校园。从东门进入，迎面是一片广阔、大气、壮美的绿地，这校园的气势，一下就把我们征服了。

我们的车，在一栋红楼前，一湖碧水旁停下了。邀我们前来的校党委书记老唐，从红楼里走出，轻盈地迈下一个个台阶，来到我们面前。他拉住我的手，领我走向那片碧水。他说，这是我们校园里的月湖。像这样的小湖，校园里有好多个呢！月湖如月，环抱着一片红墙建筑，这是学校里近些年新建的立志、立德、立功、立言的大楼。每一栋大楼，大概都是这座大学里的一个学院。人文学院，就在立言楼里……

这座大学，坐落在古城湘潭，由湘潭师范学院与湘潭工学院合并而成，如今的名字，叫湖南科技大学。校园面积达 2 平方千米，相当于 3000 亩。

我们沿着月湖漫步。沿湖的游步道平整、洁净。正是仲夏时节，草木生命最旺盛的时候。湖岸边一株株景观树，在微风里抖动枝叶，真是青翠欲滴！树下，不时有妙龄学子们穿行，洒下欢声笑语，处处勃勃生机！楼宇间、湖水旁，不时耸立出一座座小山。这山、这水，原本颇为杂乱，近些年，在学校的主事者们的努力下，山水华丽变身，每处山水，都有了主题，有了灵魂。有樱花唱主角的樱花园，有翠竹当家的竹园……这月湖，也是由多个隐藏在校园里的无名小池塘整建而成的。

湖南科技大学校园即景

丽阳下，清风里，我们在湖边漫步。看山，山养眼；看水，水养心。仰头望天，洁净明丽，在这山水间呼吸几口空气，空气洁净得能洗肺啊！

不觉间，我们就来到了一座桥边。桥巧妙地建在一座拦水坝上。上湖的水，从坝上翻过，形成瀑布，落入下湖。目下正是学校里的毕业季，不时有应届毕业生在校园里拍毕业照，与母校最后来一次拥抱。阔大的校园，处处是美景，无须刻意去挑选。随便往哪里一站，美景就在身边。站到山前，山青；站到水边，水秀；站到楼旁，楼美……

老唐领我们爬上了一个山头。浓密的树林，引我们步步深入。林子里，高大的树木，枝叶密集，颇有几分神秘之感。这时，老唐不无自豪地介绍，这里的树林，是原始森林呢！老石不认，反驳说，夸张了吧，充其量，是原始次森林，准确一点讲，应该是天然林，不是人造的。我则认为，校园内有这么好的山林，主人浪漫一点讲，也无妨啊！

校园太大了，为了方便师生出行，有20多辆漂亮的电瓶车，穿行在校内平整的油砂路上。司机看见有师生在路旁挥手，即停下上人。面前的这情这景，引来我记忆深处的一段回忆。20世纪70年代末，煤炭工业部要召开全国煤矿英模大会，我被抽调到会上写作英模的典型材料。大会结束，要返回湖南的时候，煤炭工业部教育司李司长把刚刚批准兴建的湘潭煤炭学院的铜制公章交给我，托我带给这个新学院。也真巧，调来这里筹建这座新"煤院"的几位领导，都是从我工作的涟邵矿务局调去的。就这样，那一年，我走进了筹建中的这个校区。当时，这里还是一片工地，只见一栋栋刚刚破土而出的楼房……40多年过去，学校几次变身，由煤院，变为矿院，变为工院，而后又与湘潭师范学院合并，强强联手，变成了位列湖南前10位的综合性大学。如今出现在自己面前的，竟是如此博大、如此壮美的一片校区！拥有 4 万多名师生、3000 多亩校园的大学。据说校园面积，在湖南大学中排第一！

我们乘坐着电瓶车，游览着这个美丽而阔大的校园。突然，只见前面开过来一辆载重大卡车，车上装着一块巨石。陪我们游校园的老唐，兴奋地喊："这牛拖回来了！这牛拖回来了！"

当时我没弄明白，这牛是什么？老唐见到它又为什么这么兴奋？一刻钟以后，我们的车，在一栋名叫海牛楼的大楼前停住了。走下车来，我们看到，卡车上装着的那块巨石，已立在海牛楼前了。走近一看，惊讶不已。巨石如一头埋头垦荒的水牛。左观右看，活灵活现，栩栩如生！老唐把一位壮实的汉子介绍给我们。他是令他们学校骄傲的一位校友。毕业以后，创业发达了，为学院捐出自己收藏的价值极巨的艺术品，并资助学校建立齐白石艺术馆。这头牛，是用我国四大名石之一的灵璧石雕的。他花 30 多万元从安徽灵璧买回来捐给母校。学校让"牛"落座海牛楼前，也是有深意的。我国深海钻探的设备，领先世界水平，这设备就是他们学校研制的。他们为国家深海钻探做出了巨大贡献，而研制者就工作在这栋海牛楼里……

石牛头披挂红绸，喜气洋洋，坐落在这栋楼前。一挂长长的鞭炮，绕牛一圈。主持者拿来一支燃着的香，让校党委书记老唐点炮。老唐却硬要把这荣誉让给我。于是，我这个年近八旬的老头，孩童般地拿着香火，点燃了石牛前的鞭炮……

　　也巧啊，这一天正是六一国际儿童节。老汉我，似乎一下又回到了六七十年前的孩童时代！

　　谢谢好友相邀，我们有了这次令人难忘的校园一日游。走的时候，忍不住回头再看看校园的山，校园的水。这山这水，把校园装扮得真美啊！

　　（2023年4月30日发布美篇，载2022年第16期《新湘评论》杂志）

雨雾之中看天湖

　　生活里难免有遗憾。

　　这一天，我们去登仰天湖。湖在山上，山还不矮，海拔1350米。真希望这天是个好天气，在艳阳白云之下，去领略这里奇特而壮美的湖光山色。然而，老天跳出来捣乱，像是故意要给我们一个下马威。我们的车子还只跑在半山腰，它就洒下浓浓的雨帐雾幔，把两边的一切山色风景，严密地封锁了起来。我们坐的车，像是在茫茫的雾海中航行的船只一样，摸索着前行。

　　仰天湖这个诗意特浓的名字，第一次进入我心里，是20世纪70年代初古华的一部长篇小说《仰天湖传奇》。书刚出，他就给我送来一本。当时，我正好要坐火车到北京出差。在火车上，我就被好友的这部书迷住了。现在看来，他只是借用了他故乡的这个诗意的名字为书冠名罢了。

　　仰天湖，离郴州市区一个多小时的车程。它是南岭山脉中骑田岭山系中的一段。老天在这座海拔1300多米的高山顶上，收藏着一片40多平方千米的大草原。这在我国南方实属罕见！而更妙的是，在这片广阔的高山草原里，有一个20多亩水域的湖泊，仰天而卧，用她的乳汁，养育着这片草原。这大概就是这个诗意名字的来历。

越往上走，风更狂，雨更密，雾更浓。当我们的车子缓缓地停在山顶一块平地时，见一米外的人都十分模糊了。朦朦胧胧地跟着前面的人影移动脚步，来到了一个威严的巨门之前。从这个门走进去，就到景区了。一条坡道横在面前，雨雾下，路面湿滑，人人小心翼翼地往前移动。不可想象，这样的天气里，也有如此多进山的游客。真不可小看这山里人的眼光和胸怀，他们不管以往刮什么东西南北风，硬是妥妥地把老祖宗留下的这座青山、这片绿水，保护下来了。近些年，国家实施乡村振兴战略，他们更是如虎添翼。如此美好的山水风光，自然会迎来南南北北的游客。据说，国庆假期里，每天上山的游客就达 1.5 万人之多。正可谓：绿水青山就是金山银山！仰天湖人有福了！

离立冬还有 20 多天，地处湘南的仰天湖，本该还暖和。然而，今年天气怪异，湖南没有秋天，从夏天直接跳到冬天。你看这天，山上的风就刺骨般地寒冷了。虽然上山前有所准备，穿上了毛衣外套，仍然冻得身子发抖。渐渐地，耳畔有叮咚的流水声，隐隐约约感到面前有一片水域。难道这就是仰天湖？"不，仰天湖还在前面呢！"熟悉此地的人对我们说，"这里只是一个小水塘。"

老天更加发威了。风更猛更狂了，雨更急更密了。寒风冷雨一齐向我们袭来。好不容易登上山来，真不甘心就这样打道回府。我们摽着劲和老天对着干开了。顶着细雨狂风，沿着湖岸，我们闯入了一个馒头般的山头，山头上长满了密集的野草。这就是湖边的草原了。尽管什么也看不见，我们却获得了一种满足感，一种别样的幸福感，一种说不出的快感。

一路风雨看天湖

一片广阔的草地上，雨雾里显现出一个个大小不一的帐篷，宛如内蒙古草原上的蒙古包。天太冷了，据说只有五六摄氏度。组织者怕大家感冒，于是把我们领进了一个红色的帐篷里。掀门走进帐篷，里面好大啊！摆放着 10 张餐桌。不一会儿，服务员把一碗碗滚热的姜汤，送到了我们面前。饮过一碗姜汤，加上帐篷把冷风挡在了外面，身子就慢慢暖和了。离吃饭尚有个把小时，我便把手机打开，查看今天被老天锁得紧紧的仰天湖的前世今生。我跟随着手机屏幕，走进了一幅幅壮美的图画中。

仰天湖，是远在第四纪冰川期留下的一个死火山口，自然水泊面积20多亩，被人们称作"上天留在地球上的一滴眼泪"。四周全是茂密的原始次森林，它像一道天然的屏障，将湖泊和湖泊周边的农舍围成一个世外桃源。这里，是牛、马、羊的天堂。每年春暖花开，主人把它们放到湖边的草原上，让它们自由自在地生活。直到几个月后，时令进入冬季，天将降雪的时候，主人才把它们找回来。有些牛，放出去时是两头，回来时却是三口之家了，牛夫妇俩有了爱的结晶。这种特殊的放牧方式，当地人称之为"漂牛"。

如果你是春天来，则是漫山的杜鹃花迎接你。想想那个场景，数十里的杜鹃花海，那般壮阔地铺展在你面前，使你的心不得不震撼！如果从山下往上看，像一片红霞，映红半边天际！

山上主峰分流的水源系统，经过亿万年的演化变迁，切割出许多的沟谷，形成众多的溪流泉瀑，最大的垂直落差达百丈之高。其气势之雄，其姿态之美，令人叹服！也显示出骑田岭山脉独特的神韵。

仰天湖西侧约10千米处，有一个山寨——金仙寨，坐落在高耸的危崖之巅。这个绝壁石崖，相对高度达300多米。这座崖，就是举世无双的"仰天湖巨佛"。几道天梯，分别连接高山寺、湖水庙、林东庵、龙堂庙、昭天殿、金仙陵等人文景观。

这里的先人们，在这山山岭岭间，为后辈子孙留下了大片大片的梯田。每当夕阳西下，放眼看去，只见晚霞把一层金色的光辉洒在梯田里，勾勒出那时仍在梯田里辛勤劳作的一个个农人的身影……山、田、人，构成一幅极美的山乡图画。在这幅画里，山，如此壮美；田，如此厚重；人，如此崇高！

人世间的事，不可能件件都十分完美，总会有遗憾留在心头。可不，这次游走仰天湖，不就是生活里的一件憾事！

遗憾，是一种诱惑。遗憾，是一种期待。遗憾，诱惑我下次再游仰天湖，期待着有朝一日能见仰天湖真面貌。

（2023年5月5日发布美篇，载2021年第22期《新湘评论》杂志）

大山脚下那个村

　　从长沙出发，四个多小时后，我们乘坐的车子便到达了莽山脚下。正要上山时，车子突然离开大道，拐上了一条小路。陪同的朋友告诉我们，这山下有一个古村，值得带大家去看看。

　　很快，我们的车子就在一块平地上停下了。

　　大家走下车来，只见不远处，一幢幢古香古色、青砖黛瓦的房屋密密麻麻地映现在眼前。村舍之多，村庄之大，俨然是一座城。

　　细细观察，村庄后面的那座山，树木青翠，气势恢宏。有如此雄伟的山立后，这个村庄更显气派。而村前，有两口水面很宽的水塘。水塘上一团团睡莲浮动，眼下正是睡莲开花的季节。每团莲叶丛里，开出无数朵黄色的、紫色的花儿来，惹人眼目。有如此秀美的水塘伴前，村庄越发靓丽。

　　我们踏着一条整洁的村道，走到村口一幢古朴的建筑前，这是陈氏宗祠。宗祠神龛上，供奉着两尊泥塑，主人介绍说，他们是这个村庄的开宗太祖、太婆。

　　最先到这里建村筑寨的，是明代一个千户官职的陈姓人士。明洪武二十八年（公元 1395 年），千户陈闻中奉旨率子弟兵从茶陵卫赴笆篱堡清剿西、莽二山强寇。因剿寇有功，后被朝廷加封为"建威将军"。平寇后，他就落户此地垦田而居，最早修建了"雍睦堂"。这位"建威将军"将自己杰出的军事才能，巧妙地运用到了建村筑寨上。整个村庄，俨似军营。结构精巧、紧凑，数十条青石板铺就的小巷，把两百多幢明清时期修建的民居，紧密地联结在一起。一幢幢房屋像石榴籽一样，紧紧地抱成一团，防盗防匪，考虑周全。村巷十横六纵，整齐有序。村内建有碉堡五座，围墙数千米，碉堡、巷道、民居，都设有瞭望孔、射击口、栅门。两百多幢建筑，均为砖木结构，青砖黛瓦，多天井、抱厅屋。几乎每幢房屋的门楣、厅堂、天井处，都嵌刻有匾、联、诗、格言，文化气息浓郁。

自陈氏一族在此开枝散叶以来，这两百多幢房屋里，居住着陈氏近三千后人。

穿行在连接两百多幢明清时期修建的一条条青石板村巷里，仿佛是行走在历史的通道中。六百多年来，这个家族，像石榴籽一样，紧紧地相拥在一起，没有分散，靠的就是这个家族的"忠厚传家，乐善好施"的"乐善"家风，和尚武、重文、崇德、勤耕的家族传统。它像一个无形的箍，把一代一代的陈氏后人紧紧地箍在一起。

这就是这个家族六百多年来形成的家族文化。

文化，是一个民族的灵魂，自然也是一个家族的灵魂。每年祭祖的时候，全村人都自觉地聚集到陈氏宗祠，在外地工作的陈家子孙，也会赶回村里来，拜祭祖先，温习家训。

　　游走在一条条青石板铺就的村巷里，细细察看一幢幢历尽岁月风霜的古屋，门楣上的匾额、屋檐上的石雕砖刻，无不在诉说这个村庄厚重的历史，无不在彰显这个家族的文化。不时见到一些房屋大门上，挂有某某某故居的牌牌。也许这些人，在中华五千年悠悠历史里，在这个泱泱大国中，不一定有很高的地位，也不一定有很大的声望，然而，对于陈家，他们是为家族争了荣光的。他们是陈家后人的榜样，一代一代陈家人都不能忘记他们。这也是陈氏家族的一种文化，一种传统。

腊元古村村巷

村巷窄小幽深，无论哪条巷子里，都有一条水沟。水沟里流动着鲜活清洌的山泉水。有这样的泉水流动，整个村庄就有了灵气。看到水沟里泉水流动，这一刻，我仿佛又回到了我旅居的云南大理的白族村寨。那里，也是家家户户门前清泉流啊！

老屋，小巷，匾额，木雕，石刻，巧妙地组合成一座古村。它们历经六百多年风雨，居然仍如此完好，让我们对精心守护世代祖物的一代一代陈家人顿生敬意！

古村里，有好几个陈家祖辈留下来的制作特色食品的场所，摆放着陈家老辈人用过的老物件。看到这些已经远逝了的农村常用的生活、生产用具，勾起来村的年轻游客的好奇，也勾起进村的年老游客的无限乡愁。

在一条小巷里，我们看到有人在制作一种食品。据说那是当年陈闻中率兵来此剿寇时，在行军途中制作给兵俑充饥的干粮：墨碗饼。形似一个盛墨的碗，是一种用糯米粉、花生粉加少许红糖拌匀炒香蒸熟，最后放在一个梨木印模中，拓压成饼的小食品。热情的主人递给我一块。我放进嘴里一尝，真还别有一种味道。我的心不由得猛地一动，这是他们的老祖宗留下来的味道啊！此刻，我仿佛在品尝陈家六百多年前的味道……

陈家先辈用智慧建造了这个风格独特的村庄，陈家后人尽心守护祖辈留下的家园，使它历经六百多年风雨仍然完好。陈家人世世代代的这种付出，如今有了可喜的回报。

在当下推进乡村振兴、开发乡村旅游中，它带着夺目的光彩，走入人们的视野。它被住房和城乡建设部评为中国传统村落，成为一个 AAA 级旅游风景区。这个村的党支部书记，自然也是陈氏的后人，这一天，他穿着传统的服装，接待四面八方进村来的游人，自豪地介绍他们村曾经的辉煌……村中的每一条小巷中，老屋的每一个厅堂里，游人如织，场面火爆。

这是一个大村。这个大村在一座大山下。

这是一座小城。这座小城拥有两百多幢明清古建筑。

这个村，这座城，就是宜章的腊元古村。

（2023年5月21日发布美篇，载2024年1月19日《湖南日报》）

沩山有大美

当我们正要向沩山进发的时候，老天拉下脸来考验我们了——瓢泼大雨狂袭而来。

人是有逆反心理的。你越为难我，我越要与你对着干。我们的车，迎雨而上。

论高度，在三湘大地的山峰群中，沩山算是小弟弟了。它海拔不足 1000 米。有语道，山不在高，有仙则名。沩山上，有一座著名的寺庙。它在佛教寺庙中，地位可不算低啊！它坐落在沩山的毗卢峰下，是佛教南禅五大宗之一——沩仰宗的起源地。禅宗有"一花五叶"之说，沩仰宗为五叶之首。唐宪宗元和二年（公元 807 年），灵祐禅师来沩山开法，公元 847 年，由时任潭州观察使、后任唐朝宰相的裴休奏请朝廷，唐宣宗李忱御笔亲书"密印禅寺"门额，建了这座寺庙。据说，那个《白蛇传》中制服白蛇精的法海法师，就是从这里去杭州那座寺庙做住持的呢。

当我们的车到达密印寺的时候，雨越发疯狂了。我们冒雨朝那座在雨中巍然耸立的古寺走去。我们站在风雨里，仰望这座寺庙，它比平日更显威严。这更增添了我们心中对它虔诚的敬意。

我是第二次来瞻仰了。20多年前，我们登临过沩山，走进过这座寺庙。那一次，令我震撼的是寺中的两样东西：一是寺中高墙上的1万多尊佛像，所以密印寺又称万佛殿。殿中三面高墙上的每一块砖上，都模制一尊贴金佛像，共有12988尊。你想想，当你立在这样的高墙前，震撼不震撼？二是大殿中几根高数十米的粗大的花岗岩石柱。1000多年前，没有今天的机械设备，我们的先人是如何把如此之重的石柱立起来的呢？你能不佩服我们祖先的智慧吗？

　　怀着虔诚的心情，我们走进寺庙大殿，向巨大的佛像敬上一炷香。目光扫过，大殿中巨大的石柱依旧，高墙上的砖模贴金佛像依旧。我们虽然是第二次相会了，但仍然令我感到震撼！

　　尽管在三湘大地，沩山不算高，但它却是宁乡的一片高原，有"长沙的西藏"之称。每到盛夏，就有不少的人，从山下的"火城"到这座山上来。山上的气温，比长沙城、宁乡城低十来度。这些年，国家加速推进乡村振兴，入村进寨的道路，不是水泥硬化，就是油砂铺就。上沩山的路更是修整得上档次了。山上乡亲的房屋，一栋比一栋漂亮。据说，沩山上上规模、上档次的民宿有1000多家，共有6000多间接待游客避暑的房间。

　　在山间，我们随便走进了一家民宿。那院也罢，庭也罢，房也罢，怎么看怎么舒心。从卧室到卫生间，都不比城区的星级宾馆差。加上这里的空气里，每立方米含负氧离子多达近万个。这是在城里花多少钱也买不到的。难怪在盛夏时节里，有那么多的城中退休老人，往这个清凉世界里跑……

瓢泼大雨一直没有停。同伴中的多数，还是被它吓退了，躲在屋里避雨了。也有几位勇敢者和我一道，走出屋来，冒雨往山上攀登。

山头上，立着一尊90多米高的观音，她伸出数十只手臂，慈祥地迎接着我们这几位虔诚的勇敢者。然而，我们要近距离地去仰望她，就要攀爬上摆在面前的600多级台阶。雨又这么大，这真是考验一个人的意志，也检验一个人的脚力。

本老汉年近八旬了，还能攀爬上去吗？还敢攀爬上去吗？我没有迟疑，也不能迟疑。许多时候，在许多事情上，人一迟疑，勇气就退去了。我放缓脚步，平缓呼吸，不急不慢地往上攀登。看到一级一级台阶，往自己的身后退去，心里就不断地生出一分征服感、自信心。

终于，我们站到了这尊观音像前。转过身来，一幅无比壮阔的山水画，在自己面前徐徐展开：远处一座座大大小小的山峰，似乎此刻在我们面前变小了，它们被雨雾笼罩着，畏缩地立在前面。真可谓一览众山小啊！街道、村庄、田野、水库，一一铺排在我们面前，构成了这幅壮美的山水画！

站在沩山山顶观音大佛前

雄哉，最美的风景在高处！

（2023年5月11日发布美篇，载2023年5月18日《长沙晚报》）

遍地春光走荷塘

　　在春意最浓的四月，走出都市，来到一处躲在城边的山岗原野，看春天在大地上作画，不能不说这是人生一大绝妙的享受！

　　尽管这几天老天似乎受了什么委屈，闹情绪，一直阴沉着脸，时不时地飘下来一些眼泪似的毛毛雨粒。然而，春光却急匆匆地洒落到了大地，逼着地变色，逼着山改容。我们就是在这四月天，遍地春光的日子里，走进了株洲荷塘区的原野山地。这里是长沙、株洲和湘潭之间的山野，是这个城市群的"绿心"，号称"长株潭之肺"。

　　汽车向城外开去。城廓里的水泥森林似的楼宇群渐渐向后退去。二十多分钟后，展现在我们面前的，是一座一座的山岭。放眼朝前看去，山岭上一株株的树上，一蓬蓬嫩绿的新叶，在枝头上冒了出来。而它身后的老叶，却仍然赖着不下岗。于是，山岭上一个生动的画面出现了：枝头上，深沉老成的老叶上，叠着一层嫩绿鲜活的新叶。山岭便有了色的层次，有了活的氛围。一种美妙的灵动气息就飘逸在山间了。

　　远远地看去，一个个山岭有如天际间一团团绿色的云彩在飘动……

在春光的催逼下，山岭上那沉默了一个冬天的各种各样的野花，红的、黄的、紫的，纷纷登台亮相了。春光，把山山岭岭渲染得绚丽多彩！

车子在一个山庄停下了。我们走下车来，沿着坡道朝上走去。这山庄，有一个别致的名字：耕食书院。就这名字，就够你琢磨的。有耕耘才有收获，有收获才有"食"。至于书院，让人联想到耕读人家、晴耕雨读等词汇来……

这天正是周末。从城区"逃"出来的人蛮多，有年轻的情侣，有年迈的夫妇，更多的，是父母领着孩子来这里亲近大自然，享受天伦之乐。

迈过一扇大门，走进里面，别有洞天啊！一些造型别致的房屋，建在两山之间的峡谷中。每一栋小楼，都被翠竹簇拥，被绿树包围。越往里走，景色越美，空气越鲜。站在这里，深呼吸几口，顿觉窝在肺里的那些尘埃，被荡然清洗了出来。陪同者介绍说，这里的负氧离子每立方多达14000多个！这里是"长株潭"城市群真真切切的"氧吧"。

来到这里，能养眼，无论你从哪一个角度去看，都是一幅画；这里，能养肺，张口吸气，吸进的都是饱含山野清香的鲜得不能再鲜的空气；这里，还能养心，整个山谷，整座院落，禅意浓浓，是一个静心、养心的绝佳之地。

站在露台，举头望去，一挂山泉，从山岭深处流下，进入山庄以后，被一道大坝挡住。于是，书院里，便有了一片水域，一个小湖。湖岸边开得正艳的叫不出名字的花朵，在春风里摇摆着婀娜的身姿。山林里，一声声动听的鸟鸣声传来。湖水中，一条条红的、黄的观赏鲤鱼，在自由自在地舞蹈……这真是一个神仙住的地方啊！

耕食书院院中景

山庄上面的山头上，还真有一座仙庙，名叫仙庾庙，传说此庙始建于唐代。唐玄宗之孙李豫之妻沈珍珠在此修道成仙……传说归传说，可信可不信。但有一点，我们是完全可以信的，那就是这里的风景这么优美，是能够使人间佳人着迷留恋的。

仙庾庙里，香火很旺。有些确是带着各种各样的诉求前来烧香拜佛的虔诚的香客。他们进庙来，求菩萨帮助自己实现心中的美好心愿。而更多的，则是一些来看看新鲜、凑凑热闹的游客。

走进这片山谷，这个院落，这座山庄，无论你往哪里站，朝哪里看，只要睁开眼，眼前就是一幅画，一幅美妙绝伦的画。除了大自然这无形的春的妙手，人世间任何高超的画家，都是画不出这般宏大、这般气势的画来的！

这一晚，落宿在这么个美妙的山庄，这么个禅意浓浓的书院，这么个人间佳人修道成仙的地方，我非常非常地满足！

次日，我们走出山庄，去到一片更开阔的原野。放眼看去，是一片望不到边的花的海洋。花海里，蜂飞蝶舞。那是徐家塘村的千亩油菜地。眼下是油菜花开得正艳的时候，喷香喷香的油菜花，把芬芳飘散到十里八乡，营造出一片芳香的山野原乡。这也是春天的大手笔啊！

走过徐家塘村的千亩油菜花海，我们来到了有上万亩古油茶林的樟霞村。这里的山头上，先人给后人留下了一万多亩油茶树，树龄平均达二百多年，老的有四五百年。一走进这个村子，就闻到一股浓浓的茶油香。茶油，是食用油类中的上品啊！

村里有一口古井，井水中饱含硒元素。常饮此水，多使人长寿。这个 2000 多人的村子里，80 岁以上的老人就有 160 多人，100 岁以上的长者，则达 13 位，最长寿者有 107 岁。所以，这个村又被人称为"长寿村"，这口井则被人喊作"长寿井"。这些年，我们国家加速推进乡村振兴战略，使全国广大的乡村面貌，发生了翻天覆地的变化。樟霞村是省、市美丽乡村建设的示范村。村里，建起了村民公园。一口整治一新的山塘成了村民公园的中心。供村民健身散步的游步道，绕塘而建。水塘四周，有风景园林。园林一侧，还建有一处供儿童娱乐的"迷宫"呢！

水塘岸边，游步道旁，有好几栋漂亮的小屋子。这是供村民农闲时到这里"杀"一盘棋，"搓"一圈麻将，"打"一把扑克的棋牌室……今天，农民兄弟的闲余生活也多姿多彩了。

我站在长寿井的井台上，朝前边的山头望去，又是一幅画啊！古油茶树上，鲜活的新叶咄咄逼人地在枝头冒了出来，而老成稳健的老叶则顽强地坚守岗位，不愿退下。它们是看后来者还太稚嫩，要留下来护它们一程，然后再含笑隐退。我曾经看过别人写的《春天的落叶》的文章，赞美它们把后来者"扶上马，送一程"的高尚情怀。

这时，一阵山风猛地拂过，树枝摇晃，枝条上新老叶子之间，互相碰撞，闹得不可开交了。这又是春天惹的祸啊，把一株株古茶树，弄得神魂颠倒……

遍地春光伴我游仙庾，走荷塘，欣赏春天在原野大地作画，是一种多么美妙的享受啊！

（2023年4月15日发布美篇，载2023年第3期《湖南散文》杂志）

红星闪耀南城

时隔两年多，再次漫游长沙南城雨花，惊喜多多，收获多多。

那次，我们在井湾子街道为老旧工矿厂区改造后发生的变化感叹过，被泰禹小学童话世界般的校园惊喜过，在非遗博物馆被这片非遗文化的高地震撼过。站在清清的圭塘河边，听河边人讲她的华丽转身，被她如何从"龙须沟"变成清波荡漾的美丽身姿的过往今生感动过；在那家 24 小时营业的德思勤书店，被女经理高毅讲述它为城市点一盏不熄的灯的故事欣喜过……

这次漫步雨花，最让我难以忘怀的，是一个村的嬗变！原本，它只是城边一个普普通通的村庄，改革开放的东风，使人们抓住机遇，在村中建城，先后建起了三座城。这种动地惊天的变化，能不让人震撼吗？

那一天，车子把我们带到了一栋气派的高楼前。高楼后面，是一个硕大的市场。走上前来迎接我们的，是这个市场的管理者们。领头的，则是一位气质佳、身材好、长相俊，风度翩翩、精明干练的中年汉子。他握着我的手，自我介绍说："我是红星实业集团的董事长，也是红星村的党支部书记。"

"这么大的商业城，是一个村建的？"我一下愣住了。

"不错，这是我们村建的第三座城了。最早，建了井湾子家具城，后来，又建了红星商贸城。不知你们可否有印象？"

"那些'城'都是你们村建的？"我心中的闸门突然打开，记忆的潮水直向面前涌……

二十世纪八九十年代的长沙人，谁不知道城南有个井湾子家具城？谁搬新家，谁布新房，没有到那里买过家具呢？至于红星商贸城，更是牢牢刻在我的心里，那座"城"里，聚集了我众多的老乡，那个"涟源红星商城"的招牌，还不时在面前晃动！真没有想到，那座涟源商城，只不过是一群涟源商人向他们村建起的这座商贸城租下的一小片天地呢！

如今的长沙南城雨花区，改革开放前是长沙市辖的五个城区中唯一的一个郊区。而红星村，是郊区里一个规模不大的村子。村子的前身，是 1955 年组建的红星初级生产合作社。在社会主义建设的征程中，红星人没有错失任何一次机遇，他们总是立于时代潮头。20 世纪 50 年代末，他们就办起了社办企业：红星粉厂，生产加工绿豆粉、蚕豆粉、玉米粉，年总产值达 60 万元。这在当时，是很了不起的。后来，红星人又先后建起了翻砂厂、纸盒厂、制冰厂、液压模锻厂、电焊机厂……创建了运输队、土石方工程队等企业。

当时代的车轮驶进了改革开放的新时代，红星人更是鼓足干劲，麻起胆子朝前闯。他们借鉴沿海城市的经验，充分利用 107 国道纵贯全村和村子紧靠长沙城区的区位优势，率先在城边（那时是城边，现在早已变身为繁华的城区）建起红星家具城——井湾子家具城。"买家具，就到井湾子"，成了长沙人相当一段时间里的优先选择。如今，这种情怀依然牢牢地刻在长沙人的心里。1997 年 1 月建成开业的红星农副产品大市场，占地 540 亩，建筑面积 25 万平方米，一开张，就引来上千家经营业主，蔬菜、水果、粮油、肉食、干货、酱食、水产、蛋品、畜禽、饲料、苗木、花卉……成为长沙老百姓心中名副其实的"菜篮子"。随着这个农贸大市场的稳步、快速发展，催生了享誉国内外的"中国（中部）农业博览会"，从市场源头上孕育了长沙城南最大的商业中心——红星商圈。

这是一个村，以集体的力量建立起的产业，产权自然归属全体村民。尽管名称是实业集团公司了，但全体村民都是集团公司的股东。村民的收入，既有在公司上班的工资，也有公司分红所得的红利。至于村民们的年收入究竟有多少？我没有去打问，我想大家完全可以想见。

听完董事长罗跃对他们村、对他们集团公司简短的介绍，我们不禁发出一片啧啧的称赞声。随后，我们走出接待室，登上了停在大楼前的电动车。在工作人员的引领下，去参观这个村里新建的转型升级的市场：红星全球农批中心。这群红星人正瞄准"中国农批新旗舰、智慧市场新标杆"的目标，采用全新数字化交易，线上与线下同步，实现大数据运用和农产品溯源管理，用完善的配套服务打通农副农品流通产业的上下游，聚力打造一个集进出口交易、物流、仓储、配送、清关报检、电子商务、价格形成、信息发布、拍卖、展示展销于一体的现代化农批综合体。

红星村建起的"全球农批中心"

说不清这个市场有多大，反正我们坐在电动车上，转过一个商区，又是一个商区。陪同的朋友告诉我们，上午市场还空泛，一过中午，天南海北拉货的车子就会陆续进场了，市场里就挤不开车，挤不开人了。

硕大的市场，分工明确，管理精细。交易量之大，让人咋舌。2021年1月16日，农批中心一期水果市场投入运营，两年多来，市场交易规模和交易商品种类实现同步倍增。果品商区果类日均交易量达 1 万至 1.2 万吨，汇集了国内 28 个省区市及全球 21 个国家与地区的水果，实现了"买全球、卖全球"的新格局。红星人虽然身处内陆，他们却在自己兴建的市场里，瞄准"全球海鲜集散消费中心"的目标。如今，这个海鲜水产批发市场即将开门迎客。

坐在电动车上，漫游这个神话般的农产品批发中心，又有谁能想到，这个我国中部最大的农批市场，是一个村建起来的呢？勇立潮头的红星人，创造了奇迹，也收获了荣誉。他们村，是长沙市首批"文明村""亿元村"和"红旗村"。

原先，红星村在城边；如今，"城"在红星村里。红星人，伟哉，身居小村，坐拥天下！

红星村，如一颗耀目的明星，闪烁在长沙南城！

（2023年5月27日发布美篇，载2023年6月18日《长沙晚报》）

又到湘西访王村

——游走湘西之一

每一次来这里，都有惊喜；每一次来这里，都让你震撼！

这曾是王村，如今的名字，叫芙蓉镇。

下午，我们走进一处民族风情浓烈、风光景色别致的民宿。一位很有气质和风度的女士热情地迎了上来，安排我们的住宿。她就是这家民宿的老板，一位州民族中学的退休教师。陪同我们的朋友说，古镇上像这样的民宿，有好几百家，床位达8000多个。而前几次来这里时，河东都是荒山野岭，没有一座房屋。就连那座刚才走过的土王桥，也还没有建。如今，沿着营盘溪，兴建起了一条虽是新建却又十分古朴的街道。两边的商铺，古香古色，极有民族风情。街面是清一色的青石板，俨然一条历经数百年风雨的古街。

放下行李后，我走到卧室外的阳台上，举目远眺，心中就有一种冲动：啊，这里这么美呀！无论你朝哪一个方向看，都是一幅画，一幅惊艳无比的画！对面，一排排吊脚楼，紧贴着悬崖耸立，崖脚下，一挂溪水泻落。

水面上，一排水泥墩子立在河心。一些游人正在跳墩过溪……我忍不住用手机，朝着不同的方向，连续拍了几张照片……

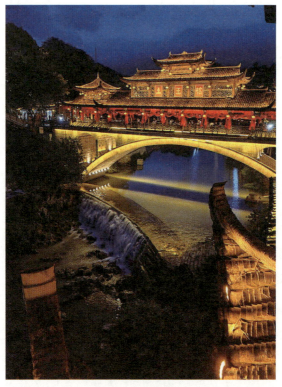

芙蓉镇里的土王桥

真记不起我是第几次来这座古镇了。

大约是 20 世纪 70 年代末，我与几位文学伙伴，闯进了这个依山傍水的小镇。一边，是一条河面很宽的酉水河；一边，是一条河面虽窄，而水流湍急的小河。小河水多处从高崖跌落，形成多层瀑布。这条小河叫营盘溪。两排依山傍水的古色古香的木板商铺，沿山铺排而上。两排商铺夹着一条青石板街道，叠级而上。每一个石阶都很陡，攀走在这条街道上，如同在攀爬一条天梯！好在我那时候年轻，腿脚有劲，见到这样特色独具的街子，感到特别新奇，一个劲往上攀登，不觉得累。

据说，这个小镇有上千年的历史了。一个彭姓土司政权，在这里延续了八百多年。那次，在镇子对面的山坡，一个小亭里，我还看到了土司王朝时期留下的巨型铜柱……

再一次来这里时，就碰上正在湘西采风的水运宪。当时，他应湖南电视台之约，准备创作一部电视连续剧，便到湘西体验生活，寻找素材。于是，我们又结伴游走了这个小镇。没有想到，他创作的这部二十集的连续剧《乌龙山剿匪记》问世以后，竟然热播二十年不衰！看过这部电视剧的一些观众，四处打问：乌龙山在哪里呀？电视剧拍摄地之一的龙山县的领导者，敏锐地嗅到了其中的机遇，顺势而为，将县内的皮渡河大峡谷改名为乌龙山大峡谷，将峡谷内的火岩村更名为乌龙山村，大大推动了当地的旅游开发，带活了一方经济。

那一次，我们乘一条木船，从永顺县城下水，顺着猛洞河直达这个古镇。别看如今猛洞河成了网红打卡地，当年，世上知道它的人并不多。那时它还是一个没有梳妆打扮的山野村姑，一身野气、豪气，两边河岸，悬崖耸立，猴群出没。虽然粗野，却无比鲜活。记得游玩回来，水君还写了一篇散文《猛洞河，男人的河》，发表在省报上。

又是几年过去。古华的长篇小说《芙蓉镇》被上海电影制片厂相中，改编为电影。拍摄时，导演谢晋到这里取景。这座两河相夹的小镇，尤其是小镇这条拾级而上的猪肠子青石板街道上散发出来的那股原始的气息，征服了老导演。不久，他就带着摄制组的全班人马，入驻这个小镇……电影开拍时，时任中国作家协会书记处书记的老作家韶华正好来湖南公干。他听说《芙蓉镇》在湘西一座古镇开拍，决定去看望摄制组的朋友。于是，我和古华便陪同韶华，再次来到这座古镇。

1997年，我们国家的一场社会大变革：扶贫攻坚，正开始在广大乡村展开。湘西，是湖南省扶贫攻坚的主战场。我们作家协会在省委主要领导同志的安排下，组织作家到扶贫一线采访。我和水运宪、蔡测海，结伴奔走湘西，自然又踏入了这个镇子。就是在这一次，我们发现这个镇子在悄然发生变化。当年拍摄电影《芙蓉镇》留下的所有场景地，都被聪明的王村人保留下来了，巧妙地用它来招揽游客，推动旅游开发，如刘晓庆（饰演胡玉音）开的米豆腐店等。那次，我站在挂着米豆腐店牌牌和刘晓庆、姜文（饰演秦书田）剧照的米豆腐店前，看到不少好奇的游客不断前来光顾的情景，感慨良多……

这次，我们在这家叫白水人家的民宿放下行装后，陪同我们的当地朋友，就领着我们沿着河东这条新建的"古街"游走。不一会儿，就拐上一条石级坡道，朝那条有层层水瀑泻落的营盘溪边走去。而此时，我还沉浸在对往事的回忆中。突然，耳边有轰轰的巨响声传来。一抬头，我们已来到了一道数十米高的瀑布下面了。前几次来，都只能在老街上，远远地看瀑布从山崖泻落。如今，王村的开发者，巧妙地把游道修到了瀑布下，让游人贴着高崖，从瀑布后面钻过。瀑布变成一挂水帘，从游人面前泻落。正好高崖上也有石洞，石洞里还有猴子的雕塑。我们仿佛真的走进《西游记》里的水帘洞了。

穿过这道瀑布后，就到了我前几次来都攀爬过的天梯般的拾级而上的青石板老街了。我们第一次光顾这里时，是入住在一个供销社办的小旅店，小旅店现今已经不见踪影了。老街上的商铺，外观虽旧，货架上摆放的商品，却十分新潮。一路走来，一路听陪同我们的永顺县委宣传部部长老陈介绍：随着电影《芙蓉镇》的播映，拍摄地王村渐渐在世人面前撩开了神秘的面纱，这个边远的深山小镇，一时名声大振，每年来这里的游客猛增。2008 年，县里便正式将王村改名为芙蓉镇。尽管近几年，外出旅游的人数大减，但芙蓉镇去年的旅游收入仍然达到了 1.4 个亿。如今，到访的游客每天约 1.2 万人。今年全镇的旅游收入，估计能突破 3 个亿。散落在全镇各处的 8000 多张民宿床位，天天爆满。

湖南，原本就没有一个地方叫芙蓉镇、叫乌龙山。芙蓉镇、乌龙山，只不过是作家古华、水运宪创作的文学作品中虚构的，被机智的湘西人适时地借用过来，推动了自己的旅游开发。就在来这里的前几天，我到过郴州市宜章县的莽山。当年古华是在莽山林场招待所一间小木头房子里写下的《芙蓉镇》。作品在《当代》发表以后，古华还邀我上莽山游玩，看过他写《芙蓉镇》时住过的那间木头房子。那里才是芙蓉镇的"原乡"。我这次到莽山，一打问，那间木头房子，早已消失在历史的烟尘里了，古华当年和下放林场的知青栽下的小树苗，已长成了参天大树。而没有想到的是，古华作品中的芙蓉镇，竟在数百里外的湘西复活了！看来，如果运用得好，文学艺术作品也是可以助力经济发展的。

这时，和我并排而走的老陈告诉我：每天一到下午和晚上，古镇的各个景点，各条街巷，就挤不开人了。尤其一到节假日，就觉得现在的这些游道，修得太窄了。

"为什么到下午和晚上，就猛增这么多人呢？"我不解地问老陈。

"是从张家界过来的。他们在张家界游玩过后，到这里住一晚，再往凤凰古城去。张家界—芙蓉镇—凤凰古城，这是湖南省黄金旅游线路之一。"

夜幕落下了。山峦、河道、街铺，渐渐隐去了。一处处灯光,光芒四射地登场了,顷刻间便把古镇装扮成一个缤纷多彩的神话般的世界。举目看过去,如仙境,似神界,惊艳无比,令人叫绝!

这么美的地方,难怪四面八方的游人,忍不住地纷至沓来……

(2023年6月1日发布美篇,载2023年8月2日《中国艺术报》)

漫步"天路"看天下
——游走湘西之二

　　一条栈道，挂在300多米高的绝壁悬崖之上；一条悬索桥，跨越1000多米长的大峡谷，建在300多米高的两座大山之间。

　　这是大山深处的"天路"，这是大峡谷之上的"天桥"！

　　这栈道，就是德夯矮寨悬崖栈道；这大桥，就是湘西矮寨大桥。

　　在人生暮年之时，能到这条"天路"上漫步；在生命夕阳之际，能到这座"天桥"上游走，我是一个多么幸福的老汉啊！

　　这一天，从十八洞苗寨下来，就闯入了这处天地奇观之地。景区导游小姐给我们介绍说，这条挂在300多米高的绝壁之上的栈道，全长1.6千米，花费8000多万元修建，是很牢固的，大家不用怕。但有恐高症的还是不去为好，因为中间有一段是玻璃栈道，到后面，还有几百个台阶要爬。听到这些，同行者中的几个朋友却步了。在栈道上走了一小段后，便原路返回了。

　　老天常常把最美的风景，收藏在最险峻的地方，这对人们是有诱惑力的。我没有犹豫，鼓足勇气跟着导游小姐，在悬挂于数百米高的绝壁上的栈道漫步前行。

站在雄伟的矮寨大桥前

　　约莫一刻钟，栈道拐过一个弯，到了一处突出的高岩。举目一看，几座石柱般的山峰，从峡谷里插天而上，像一把把利剑，刺入青天。前方，一片黑色瓦片的房屋，铺在远处山脚之下，这就是苗家古镇——矮寨。

　　栈道挂在一道一道危岩险壁之上，蜿蜒向前。每一处惊险之处，都有胆小者却步，双手攀着岩壁不敢前行，陆续有人原路返回。而一处一处令人叫绝的美景，却在前方不断出现。行走在这高壁之上的栈道上，有如在天庭漫步。

放眼下看，公路如一条细小的线，铺在地上；村庄房屋如一堆小孩玩的积木，堆在一起；河流如一根细小的水管，弯曲前流；大片大片的田野，也在自己面前缩小了。然而，这些，这些，组合起来，又是一幅气势磅礴、壮阔无比、震撼人心的大画！

在栈道上走着走着，两处绝妙的风景，出现在自己面前：一是左边山头上的那条老公路，二是右边峡谷上的那座新大桥……

二十世纪八九十年代，湘西这方山水，虽然美，却特穷，是湖南省扶贫攻坚的主战场。省、地、县，纷纷派出干部，进村入寨，帮助乡亲寻找致富的路子。就是在这样的时候，我和水运宪、蔡测海两位作家朋友，深入大山中的一些特困村寨，采访我们国家这场社会变革的进行情况。不知多少次行走在这条有"公路奇观"的盘山公路上。每次车子一开到这条路上，我就心里发怵，路面窄，坡度陡。筑路者为了防止车轮打滑，将薄薄的石片竖着铺在路面上，路面像搓衣板似的。尽管这样，车开在这样的路面上，还时有打滑的现象发生……

为了抗战，1935 年，中国政府开始修建湘川公路。矮寨这短短 6 千米的路段，是这条路上最难啃的一块骨头。6 千米，要修建在水平距离不足 100 米，垂直高度达 440 米，坡度为 70 ~ 90 度的高坡上。这样特定的空间，迫使公路多次转折，形成 13 道锐角急弯，26 截几乎平行、上下重叠的路面。其中一段360度环形大转弯，建成了立交桥，这就是我国最早的立交桥。每次从这里经过，我都要注目看看立交桥上书写的那行字：中国立交第一桥。

每每这时候，一个当地人讲的故事，就会涌上我的心头：路修到这里，在一堵高岩前，怎么拐弯也拐不上去了，急得修这条路的工程师茶饭不思。工程师的妻子看着丈夫日渐消瘦，不禁发了几句牢骚：人到山前必有路。看你这样，活人还能被尿憋死！你就不晓得从胯下面钻过去！

妻子的这句牢骚话，使丈夫突然头脑开窍，有了灵感！于是，本该往右拐上去的路，改方向朝左边高处拐去，然后修一座桥，跨过已修好的路面，再往右拐上山。这就有了中国第一座立交桥。

矮寨公路，是中国筑路者在近百年前创造的"奇观"。有许多当年的筑路人倒在这里，再也没有起来。一座湘川公路死事员工纪念碑，立在公路坡顶第一个回头弯处，历经近百年的风雨，巍然屹立。那不就是为这条路倒下去的英雄筑路人伟岸的身影？

站在这座新大桥桥头，望着右边那条猪肠子般弯曲在山坡上的老公路，我心中热潮涌动，默默地凭吊着当年筑路者的英魂。接着，一举头，看到这条彩虹般的大桥，又有一腔豪迈的情感注满心胸！尽管在电视新闻里，不知多少次见过这座桥的雄姿了，但当自己真真切切地站到了它的面前，内心还是感到无比地震撼！

时代的车轮驶进了21世纪，高速公路、高速铁路进入了大众的视野。一条高速公路，在湘西崇山峻岭间飞越，将要跨过这个大峡谷。于是，这险峻雄伟的峡谷，成了今天筑路者要啃的硬骨头。2007年，这座一步跨千米的大桥开工了。大桥全长1779米，其中主桥1414米，桥面为双向四车道，设计时速80千米。从桥面到谷底，高达355米。大桥如一道彩虹，横架在两座高山之上。

　　导游小姐带着自豪的情怀，讲解着这座大桥修建的故事，说她创造了多少个世界建桥史上的第一，解决了多少个世界建桥史上的难题……我没有去细记。我只感觉到，自己面前的这座桥，仿佛是架在天上，没有桥墩，全靠立在两山之上的巨大无比的高塔，伸出来的粗大的钢缆挂起来的。这么重的桥梁，是怎么挂上去的？据说，一个吊件，就重达2万吨。不可能有这么神力的吊机呀！原来是靠这座桥的工程师们创造的"轨索滑移法"的架设新工艺和他们研制的悬索桥主梁架设新装备实现的。

　　我听不懂这些架桥人的专业术语。但我明白，架这样的桥，是新时代的神话。而架这样的桥的人，是创造新时代神话的人！

　　过去，从这条路上跨过这个大峡谷爬上对面的山，要大半天。如今，从这座桥上跨过这个大峡谷到对面的山，是几分钟的事。

　　90年前，这山地上的矮寨公路，是中国的"公路奇观"。而 90 年后，这大山中的矮寨大桥，又何尝不是中国的"桥梁奇观"呢！

只听到风在耳边呼啸，只感到云在身边飘动，只看到河在脚下流淌，只见到前面的山、脚下的村庄、远处的原野，在自己的眼中不断地缩小。此刻，远远近近的山水、城池、村寨……这些如一幅幅美妙绝伦的画，在高天之下徐徐展开。唯有桥，托着我在高空自由自在地漫步，惬意地欣赏这一幅一幅人间大画……

雄哉，矮寨的路！

伟哉，矮寨的桥！

（2023年6月6日发布美篇，载2023年6月6日《湖南日报·新湖南客户端》）

八面山下看里耶
——游走湘西之三

　　那天早上，带着无比遗憾的心情，从八面山上下来。

　　先天上山来，投宿八面山，目的就是想一睹这座奇特的桌形山体的芳容，站在山巅，观天际的日出。没有想到，老天作怪。它撒开一张大雾网，牢牢地罩住了山上的一切。别说看山上的景了，站在五步之外的人都看不清。早餐后，我们又等了一会儿，想要老天开开恩，没戏，等了老大一会儿，雾似乎越来越浓了。我们只好遗憾地与八面山拜拜了。

　　八面山，是酉水边上一座突然耸立的桌形山峰。四周是悬崖绝壁，山顶却如桌面般平缓，是一片起伏不大的山地草原。山体长达二十一千米，宽有四五千米。上面，原是龙山县的一个乡，现为里耶镇的一个社区。有四千多人口住在这片山地草原上。

　　当我们的汽车开到半山腰时，老天突然变魔术似的撕开一帘雾幔，把一片明丽的阳光洒了下来，让我们清楚地看到，一弯秀丽的河水边有一片黑瓦白墙的房屋。这就是那座面对酉水、背靠八面山的古镇里耶。

此时此刻，酉水、里耶，如一幅画，铺展在明丽的阳光下。坐在车上的我们不禁惊呼起来：太美了！太美了！快停车！快停车！

　　车停住了，我们纷纷走下车去。一个个攀在盘山公路边的护栏旁，欣赏着面前的这幅大自然的杰作。只见清澈的酉水河缓缓地流淌，一座古镇静静地卧在那里。空中，几丝薄薄的棉团似的白云，悠闲地从河面、从镇子顶上飘过……许多人忍不住掏出手机，拍下了这生活中难得遇到的天地、山水、古镇如此完美地组合在一起的奇妙景观。

八面山雄姿

老天啊，总算看我们远道而来，给了我们一点点面子，使我们心中的遗憾稍许去掉了一些。

我们落宿在古镇一家叫小南京的会所。从这个名字里，可以窥见到古镇曾经的辉煌！在中国数千年的历史长河里，镇也罢，城也罢，不少是傍水而建的。那时候，汽车没有出现，火车没有出现，货物运输都是靠水运。于是，许多的地方，因为傍水而兴旺起来。酉水，是湘西的母亲河，很长一个时期，湘西各地的货物、人员，出山进山，都是靠它。于是，紧傍着酉水的里耶，成了酉水河道上重要的水陆码头，十分繁荣，有这一方山地上的"小南京"之称。

2002年6月，考古人员在这里一个巨大的古井里，发掘出37400多枚秦简牍。其数量远远超过了我国历次出土的秦简牍的总和，填补了秦代史料的空缺。这是当时惊动全球考古界的新闻，被世人称为"北有西安兵马俑，南有里耶秦简牍"……从此，这个湖南西部的边陲小镇，一下子便从历史的深处走了出来，走到了国人甚至世界的面前。

在春秋战国时期，这里是秦楚拉锯之地。一段时期，被楚占据；一段时期，又为秦统领。前不久，我游历陕西商洛的漫川关。那里也是秦楚交界之地，说那里的人，秦人来了说秦话，楚人来了说楚语，于是产生了一个成语：朝秦暮楚。其实，这个成语又何尝不是对里耶古镇历史的生动写照呢？

这些年来，这个古镇于我，可有太多太多的记忆了。

清晨，我漫步在古镇上那一条条布满明清时期古建筑的老街上，想找到十几年前、几十年前自己曾经落宿过的小旅社、光顾过的小商铺、漫过步的河滩草地……

　　大约是20世纪80年代初，我们省作家协会和《湖南日报》社，联合组织一些作家，搞了一次沅水笔会，就是从里耶开始的。当时，这个古朴的小镇，让作家们感到特别亮眼。那时，古镇的一条条街道，铺排在八面山下。而镇子下面，就是清澈得可爱的酉水（沅江的上游）。镇与江之间，是一片开阔的河滩。滩靠坡这边，长满了青草。滩靠河那边，则是干干净净的沙石。沙滩上，摆着许多条木帆船，有些是正在修补、上油的旧船，有些则是刚造的新船。我们好奇地走到一条将要完工的新船前，问造船的师傅：买这么一条木帆船，要多少钱呀？"不贵，一千二三百元。"听到这，一个天真的想法涌上心来。当时，安排我们这次笔会的经费很少。何不在这里购上一条木船，从这里驾到洞庭湖，再把船卖掉。估计到那里出手，价钱会比买进来时还高，岂不是省下了这一路租船的费用？当时，参加我们那次笔会的《湖南日报》文艺部编辑、散文家银祥云，是邵阳资江上一个船老大的儿子，他从小跟着父母生活在船上，水性很好。我们找他商量：敢不敢驾船走沅江，过洞庭？他连连摇头。我们这个浪漫而天真的想法，只好就此打住了……

　　再次来叩访里耶，是与水运宪一道了。他为了创作电视连续剧《乌龙山剿匪记》，到湘西来体验生活。那天傍晚，里耶镇一个敦敦实实的中等个子的镇长，陪我们走过一条条古香古色的街道。在一条街道的建筑物上，还隐约可见解放军剿匪时留下的标语。镇子上面的八面山，就是当年土匪的大本营。解放军在拿下八面山时，付出了很大的代价，做出了重大的牺牲。

镇长和我们一路缓步从老街，走到了河边的这片沙滩上。水君不断地问镇长这、问镇长那，总想从这个敦实厚道的镇长身上，挖到他创作所需的更多的素材。后来水君回忆，那次与镇长的交谈，让他获得了不少创作所需的鲜活的材料。如镇长说，当年盘踞在八面山燕子洞的土匪，十分顽固。解放军发动土匪的亲属们向他们喊话，用亲情感动他们，让他们放下枪下山，政府会宽大他们。这一招还真管用。镇上的一个老妇人（那时还是一个年轻的俊媳妇），当年就喊下山四百多条枪（即四百多个土匪），被评为剿匪英雄，得了锦旗。这位妇人没把它当成大事，将锦旗压在箱子底下，直到近期才被子女们发现……

当时，我们落宿在镇供销社办的小旅店。小旅店里，连一台黑白电视机都没有。我们问可不可以到供销社租一台电视机看几天呢？这位可爱的镇长，还真带着我们到了供销社，但被精明的经理幽默地拒绝了：没办法，上级还没有批准我们开展这项业务……

许多许多这样有趣而温暖的记忆，将这个小镇鲜活地留在我心深处。

次日，天刚蒙蒙亮，我就走出了"小南京"的住所，到镇上去寻找这些记忆留存的地方。小旅店找不到了，却见到了一幢一幢虽然外表古朴却是新建的楼房，一家一家民族风情极浓的民宿遍布整个镇子，接待天南海北的游人。镇子自然也长大了。如今，镇上常住人口接近五万，翻了几倍了。镇与河之间，没有以前那样亲近了，一条大堤耸立在中间。大堤上，砌了一堵古城墙似的齿形墙体，这使你觉得，古镇更古了。也许是下游修了水坝，建了电站，镇子前面的酉水河，水面开阔了，平缓了，没有了那片硕大的沙滩和草地了。平坦的河堤上，晨练的人们，或散步，或做操，悠闲而舒心。

渐渐地，我来到了一个紧傍着河堤的广场。一个侧立的四方形的大门出现在面前，门左边的墙体上，赫然标着几个大字：古城遗址。从这个大门进去，就是那个 2002 年出土了 3 万多枚秦简的巨大的古井。古城遗址门前，一块一块状似秦简的青石板摊放在地上，上面雕刻着秦简上的字体，营造出一种秦简的气氛。昨天从八面山下来时，我们就参观了早些年修建的秦简博物馆。出土的秦代的文物，一样一样陈列在馆里……

秦一统天下后，便在这里设立迁陵县治，县府就设在这座古镇。今日古镇街上，还不时可以见到大秦建陵的牌牌，处处让你感受到一种大秦的气息！这种气息，这种氛围，不就是古镇最具吸引力的特色？天南海北的游人，不就是奔着这个来的吗？

美哉，厚重而古朴的里耶！

（2023年6月14日发布美篇，载2023年6月14日《湖南日报·新湖南客户端》）

白马湖边新书屋

离开湄江风景区，我们一行便来到了涟源的另一个风景点：白马湖。

20多年前，全国4000多位作家联手，在离湖边不远的贫困山村——田心坪村，建了一个作家爱心书屋。当时，这是一件轰动全国文艺界的事。不少饮誉全球的文坛大家，在捐书的同时，给山乡青年寄语赠言，鼓励他们发奋学习，立志成才。于是，我们将这些名家的题词寄语雕刻成碑，在湖边建了一个"爱心碑廊"。

我们中的绝大多数人，是这里的常客。因为碑廊对面，有一个省文联的文艺家创作之家。本世纪初那些年，省文联每年都要在这里办培训班，组织文艺家到这个山区深入生活。这里，可是红火过一段时期的。

去年，白马水库管理处负责人颜贵阳女士找到我，说他们为了加强企业文化建设，丰富职工文化生活，准备建一个职工图书室，要我帮他们策划一下，给予支持，并给他们图书室题个词，写一个名字。对这件事，我义不容辞，当场便高兴地应允了。我从省文联筹集一批图书，赠予这个职工图书室，又为这个图书室题写了一个名字：恋水书屋。接着贵阳女士提出：有一些文学名家写过白马湖的诗文，可否推荐给她，他们要打印出来安放在职工图书室，增加他们职工的自豪感。

今年8月，娄底旅发大会准备把中心会场定在涟源湄江风景区。涟源市的领导要我喊几位文艺界的名家到涟源来采风，写点短文，向社会推荐涟源的山水风光。于是，中国书法家协会副主席、湖南省文联原主席、著名书法家鄢福初，历经20年热播不衰的电视连续剧《乌龙山剿匪记》的作者、著名作家水运宪，去年以散文集《大湖消息》获得鲁迅文学奖的湖南省作家协会副主席沈念，湖南省散文学会会长、著名散文家梁瑞郴，两位从领导岗位退下后以扎实的文学修养而分别华丽转身为诗人、作家的梁尔源和石光明等湖南文坛名流来了。梁尔源以他出色的创作成就当选为中国诗歌学会副会长，出道虽晚，成就不俗，被业界称道为"梁尔源现象"。此外，更有远道而来的著名诗人、中国诗歌学会副会长阿古拉泰。

白马湖绚丽多彩的风光，使第一次来此地的蒙古族诗人阿古拉泰大为惊叹！梁尔源便陪阿古拉泰登上一艘快艇，游湖去了。我们几位，则走进了湖边水库管理处办公楼中的职工图书室——恋水书屋。书架上陈列着一排排精美的图书，屋中间摆放着阅读台和桌椅。一面墙上，设计精巧地展示出四位名家创作的称颂白马湖的散文和诗歌。阅读环境温馨而优雅。

作家中的书法家梁瑞郴在湖边新书屋挥毫

趁去观赏湖面风光的两位诗家还没有回来，应水库管理处的邀请，水运宪、梁瑞郴挥笔在宣纸上为这个刚刚落成的职工图书室，留下了他们漂亮的书法作品，表达了他们对美丽的白马湖的赞颂，也为这个湖边书屋增光添彩。他们两位，一位从工厂，一位从矿山，闯进文坛，心中都有一份工矿的情结，身上都有一种工人的本色。此刻，他们把这种情结和本色，倾注在笔头，书写在纸上了。

"恋水书屋"，水库职工的精神驿站。从创意到建成，时间很短，可见水库管理处领导的重视。他们关心职工物质生活的改善，更关心职工文化生活的提升，多么聪明而暖心的领导者！

让我们为白马湖边这个新书屋喝彩！

（2023年5月22日发布美篇，载2023年5月31日《湖南工人报》）

雄、峻、秀：看莽山

无论你从哪边进山，也不管你是什么时候来，莽山的雄、峻、秀，都会给你留下终生难忘的印象！

五月初夏，我又一次来到了这座湖南与广东共同相拥的莽山。20世纪80年代初，我和古华、萧育轩等作家伙伴多次走进这座风光秀丽、山势雄奇、瑶家风情浓郁的莽山，寻找创作的源泉。这里的故事，这里的风情，使古华先后创作了长篇小说《芙蓉镇》和中、短篇小说《相思树女子客家》《爬满青藤的木屋》等一批饮誉文坛的作品。这一天，我们还在古华当年写作《芙蓉镇》的那栋小木屋所在的地方小憩了一会儿，只是小木屋如今拆掉了。这里的老人指着屋前的水杉告诉我："我们栽这些树时，古华也参加了，几十年过去，当年栽下的树苗已长成参天大树了。"

我们沿着一条小溪，踏着景区修整一新的游步道，钻入了一片浓密的森林之中。正是初夏，花草树木生命力最旺盛的时候。只见面前一个个远远近近的山头上，大大小小的树木枝头，厚重深沉的老叶上，冒出一蓬蓬鲜活嫩绿的新叶。老少接替，新老结合，合唱着一支大山森林的生命之歌。

坡坡岭岭上，一棵棵大树的树冠，向空中伸展开来，如一团团绿色的云彩，浮动在山间。山风扫过，一个个树冠摆动，如一团团绿色的云彩在飘动。

莽山，是我国南方的一个动植物博览园。这块198.33平方千米的土地上，汇集了2700余种植物，其中就有红豆杉、长苞铁杉、华南五针松等200多种珍稀植物。无论你哪个季节进山来，山岭都是一幅色彩斑斓的画。眼下，山头上青绿的底色上，这里、那里，浮现出白色、黄色、红色的花团，在青绿的底色上绽放出一片艳丽的色彩来，并在空中泼洒着淡淡的芳香。

我们漫步在林中的游步道上。一棵一棵一人难以合抱的国家二级保护植物长苞铁杉和华南五针松，不时与我们迎面相撞。杉也罢，松也罢，树干粗大，树身笔直，树高达数十米。领我们进山的导游小李对我们说，曾经有一位在广东做木材营生的游客告诉他，这样一棵树，如果进入市场，至少值20万元。

脚边，一条小溪在我们前面领路，沿着一条山谷，活泼地、顽皮地跳跃向前。一块叠一块的巨石，挡在前头，小精灵似的溪水，不惧强敌，不畏艰难，总是欢快地奔跑向前，千方百计摆脱前面的阻挡，巧妙地与挡在溪中的一块块石头纠缠。有时，从缝隙中钻了出来；有时，从石崖上跃过，不停地哼着欢快的小曲，叮叮咚咚蹦跳着流向前方……

大山深处，有了这样灵动的小溪和它发出的动听的歌声，这山就平添了一种灵气，山谷就变得神采飞扬起来。

这条溪，当地老百姓叫它青龙溪。溪边活动着一种全世界只有莽山独有的生灵：莽山铬铁头蛇。它除尾部有一小节白色外，全身发青。它是被莽山一位陈姓医生发现的，后经有关权威部门鉴定，给它冠以莽山山名，写入我国生物词典里。这位陈姓医生，也因此多次上了中央电视台。由于他专心研究莽山的蛇类，并颇有造诣，被人们尊称为"蛇博士"。

据说，对这种莽山独有的珍稀蛇类，有人曾动过歪心思，想带一条莽山铬铁头蛇走私出境，某国竟开价100万元来买它。从中可见此种生灵的价值。

一次，陈医生在溪边为救护一条小莽山铬铁头蛇，被咬伤，险些丧命。为了纪念陈医生这种保护大自然生物的精神，莽山人在"蛇博士"被蛇咬伤的地方的一块石头上，雕刻了"青龙居"三个字，还把这条在地图上标识为"花溪里"的小溪中的这一段称为"青龙溪"。青龙，是铬铁头蛇的别名。

青龙溪走出大山后，向南流去，进入广东，流进珠江的北江，汇入大海。它是珠江北江的源头。

山为水添色，水替山增秀。莽山之秀，从这里可见一斑！

沿着青龙溪前行约莫半个小时，莽山雄峻的一面，就出现在我们眼前了。大家不约而同地停住了脚步。对面，一个巨大的花岗岩山峰，从深谷里冒了出来，耸入高天，像一个威严的将军，立在天地之间，似乎正在向他统领的部队发布号令。远处的大小山峰，都默默地肃立在它前面，俯首听令。

天地造化，大自然的伟力，将山峰雕刻成一位威严的将军。此山峰被人们称为将军岩。

莽山即景

南南北北来的游客，无论老少男女，都纷纷站立在这里，与立于天地之间的将军岩合影……

站在这里，仰望如此神奇威猛的将军岩，你能说莽山不雄奇吗？

在五指峰景区，一条栈道悬挂在数百米高、笔陡的绝壁上，下面是万丈深渊。栈道对面，耸立着一座一座造型奇特的山峰。其中有一座，如人伸出的五个指头，指向天幕，故称五指峰。同行的朋友老蔡，恐高，在悬挂于绝壁的栈道上行走，不敢往下看，身子紧靠着岩壁，小心翼翼地攀着石岩，缓缓地朝前挪动脚步。为了一睹前面的美景，他没有后退，硬是走到观景台，美美地观赏了对面的几座奇峰怪岭后才返回。

莽山，在五指峰这里，尽情地表演了它的峻、它的险……

朋友，如果想看山之雄，观山之峻，赏山之秀，快到莽山来！

（2023年5月16日发布美篇，载2023年6月2日《湖南日报》）

世上心坛

远远地，一栋一栋高高的楼宇，巍峨地耸立在湛蓝的天幕下，直入我们的眼帘……我们的车，朝着那片楼宇飞驰。近了，近了，只见一座楼顶上，镶嵌着两个红色的大字：金桥，在丽阳的映照下，醒目而令人震撼！

这就是坐落在长沙望城的金桥国际新商业生态城。短短几年间，一块荒地上，就魔幻般地耸立出这么一座城来。街道开阔，高楼漂亮，城区气派！这怎能不使人惊叹！据说这座新城，规划面积达 10 多平方千米，全部建成后，有 1500 多万平方米的建筑。

我们的车，在这片新城区的一个广场停下了。走下车来，两柱雄伟的汉白玉华表，立在天地之间。华表前面，是一座发明击石取火的火神祝融的雕像。再往前，是一幢巨大的、状如心脏的圆形建筑，造城者称它为心坛。

世人只晓得，北京有天坛和地坛，那是古代帝王用来祭祀天地，祈求五谷丰登、国泰民安的场所。那么这个心坛，是一处什么样的场所呢？

我们带着一串疑问，绕着这座巨型建筑缓步前行。它的形状，有如福建客家先民建造的围屋。高达 5 层，总建筑面积 24000 平方米。建筑体外面，立着一个一个雕像，那是一些在我国 5000 多年历史长河里闪烁光辉的大匠名师：鲁班、黄道婆、造酒的杜康、建桥的李春……我们数了数，一共 32 个。这天天气真好，久雨放晴，天明丽，地洁净，空气新鲜。这个广场，这个心坛，无疑是这片新城区的心脏。在这座建筑旁边，有颂扬工匠精神的国际工匠院，有培育新工匠的技工学校，有赞美劳动者的劳模馆，有启发引导青年学子传承先辈匠艺的研学中心……就在前不久，世界杂交水稻之父袁隆平逝世一周年的时候，这个劳模馆里，还为这位一生为民的劳模科学家立了一尊铜像。袁老举起右手，伸出三个指头，似乎是在向人们诉说他的下一个目标：亩产 3000 斤……

靓丽雄伟的心坛

这座心坛里，有一个一个名师高匠的工坊，有一个一个非遗传承人的工作室。看到这里，参观者一定明白这是一个什么地方了。我不由得在心里，对这座城，这个心坛的建造者、设计者的崇高用情、美好创意，感到由衷地钦敬！

建造这个心坛的人，名叫傅胜龙。猛然间，一股记忆的潮水，从我心的深处涌出。屈指算算，是二十五六年前的事了。当时，这个叫胜龙的汉子，刚刚抛下铁饭碗，从一所重点中学团委书记的岗位上"跳下商海"，创办了大汉公司。他为何把创办的公司叫大汉？他后来对人说，这源自自己的父亲。他的父亲生活在社会最底层，拖过板车，做过煤矿工人，身体结实，力气大，是一条硬邦邦的汉子。于是，他把自己的公司叫大汉。除了父亲，这名字里是不是还有一点他自己的成分呢？他 12 岁就被生产队评为优秀社员，得过一顶斗笠的奖励。15 岁就以优异成绩考上大学，成了一名少年大学生。毕业后进入一家国营兵工厂，20 岁就加入了中国共产党，成了这个国营兵工厂的团委书记，后被娄底市作为人才引进到一所名校 —— 娄底市一中任团委书记。

就在他的公司刚刚创办不久的时候，我和书法家颜家龙走进了他的公司。当时，他的公司主营钢材贸易，主要销售涟源钢铁厂的钢材。而我们当时正在涟源白马湖建设文艺家创作之家，我们是来求援的。他是筹集两万元钱下海的，企业刚刚创办，可以想见，每一元钱对他来说是多么重要！然而，听了我们的来意后，他竟慷慨地无偿赞助我们七吨钢材，其价值相当于他创业时的全部本钱。我和家龙老师感动之余，各挥笔写下一幅字答谢。我写的是"大汉胜龙"四个大字，将公司名和董事长名组合为一体，借此祝福他的公司，如他的名字一样"胜龙"，龙腾虎跃！

这段温馨的记忆，近30年来，一直藏在我内心的深处。之后，我们虽然交往不多，但"大汉"的种种信息，他们前行的脚步，却总在丰富我的视野，充实我的心灵。在共和国经济腾飞的大潮里，他们逐潮而上。1998年，当时娄底还是一个县级市，从涟钢到娄底城区的娄星北路被压坏了，政府拿不出钱来修。他毅然拿出那些年积累的全部家底——1000多万元，把这条路修好了。为此，市政府划拨给他60亩地。他发现商机，开始了城镇化开发的道路。他是一个爱思考、有思想、敢担当的学者型企业家。他对世事、人事的许多认识，大大突破人们的常识。比如，传统观念认为资本是赚取剩余价值的肮脏东西；资本家是剥削工人的，是不道德的。而他却坦承，企业家就是资本家，是资本营运家，但这个资本家要胸怀社会大众，胸怀国家利益，把自己的财富和社会完全融合，把资本看作责任，并把"资本＝责任"确定为他们企业的核心价值观，资本越大，责任越大。营运资本，为社会创造更大的财富，资本对他而言，不是特权，而是不断地奉献。他努力在自己的"一亩三分地"里实践着自己的这个理念,让这个理念落地。20多年里,他在全省34个县城,修好一条发展路,建设一座致富城,营造一个温馨园,创造出了"一路一城一园"的大汉造城模式。中央党校专家到他们那里调研后,把他们的这种开发模式,总结为"大汉模式",并列入国家课题。2012年,湖南省政府把"推广大汉模式,变建房为造城"写进了《湖南省推进新型城镇化实施纲要(2012—2020)》。他们创造的这种模式,极大地推动了县域城区的发展,加速了国家城镇化建设的步伐。

20多年艳阳高照,20多年春风劲吹。20多年间,这个当年只搞搞钢铁贸易的企业,如今已是拥有300多个子公司的企业集团。光那个"大大买钢"的电商平台,钢材年交易量就达2000万吨。当年,只销售涟钢一家钢厂的钢材,如今是买全球卖全球了,成为中国钢贸企业10强。2012年,大汉昂首挺胸迈进了中国企业500强的行列。

常言道,一滴水能见太阳。从大汉的发展道路中,我们完全能感受到,这20多年间,国家经济建设突飞猛进,无论城市或乡村,都发生了翻天覆地的变化,使我们这个近代以来贫穷落后的国家一举跃为世界第二大经济体。

傍着心坛,就是大汉技工学校。走进校区,迎面看到教学楼上的一行大字:立匠心,育匠能,树匠人。这无疑是这所学校的校训,不同样也体现了建校者的心境和追求吗?头脑里有思想的人,嘴里就常有金句。傅胜龙说,人是有两条生命的，一是肉体，一是灵魂。肉体生命为自己而生，灵魂生命为社会而生。当你利于他人，利于社会，生命就会熠熠生辉。他创办这所学校，就是这种理念的体现。这20多年来，他带领着一群人造城。这些造城者中，多是从贫困山区走出的外来务工者。这个与外来务工者朝夕相处的傅总，常在心里叩问自己：如何帮助这些外来务工者斩断穷根，使他们的子女有一个富裕的前程？基于此，他筹集巨资开办这所学校，教会外来务工者子女一门谋生的技艺，鼓励这些贫困山乡来的学子，学精一技，精彩一生。育人先育心，学技先学德。他把"育匠心"摆在第一位，目前，大汉技工学校是全省最大的技工学校，有4000多名外来务工者子女在这里就读。对贫困家庭的子女，减学费，补生活费。一些孤儿，则生活费全免，学校还帮学生担保到银行申请助学贷款，毕业后赚钱再还。傅胜龙说，如果我们没有教会你赚钱的本领，毕业后进入社会赚不到钱，则贷款由我们企业来还！这种底气，这种自信从何而来？这就是有着"利于他人，利于社会"灵魂生命的企业家的魄力！自己给自己压担子，一定要把学校办好，把所有学子培养成优秀的匠人！

艳阳下，我们从技校漂亮的校园走出来，一个广阔、气派的新城出现在我们面前。这是一座赞颂劳动美的城，这是一座歌颂劳动者的城，这是一座弘扬劳动精神、劳模精神的城！城的心脏，就是那个心坛！我们忍不住又来到了心坛前，虔诚地肃立于此，仰望那座庄严雄伟的建筑。此刻，心里似乎更明朗了。这里，不仅是供奉历代巨匠名师的殿堂，也是激励后来者学名匠、做名匠的课堂，还是安放一个企业、一个企业家利他人、利社会"匠心"的地方！

世上心坛，安天下匠心！

世上心坛，一个企业的精神图腾！

2022 年 6 月 12 日于晚晴居

（2023年5月30日发布美篇，载2022年第8期《湖南文学》杂志）

小城回来说小城

从湘北那座小城回来有些时日了。然而，小城里的种种景象，尤其是那精美如公园、浪漫似童话的街区，时不时在眼前浮现……每当这时候，我就总想对人说说小城里的这些、那些……

那天，到达小城的时候，已是晚上十点多了。小城，已湮没在一片灿烂的灯火里。于是，我们便直接进入酒店休息了。

次日早餐后，主人引领我们走进了一个街区。近两年，这座小城的决策者们，正在对全城的老旧街区、厂区进行提质改造。撤除这家那家"画地为牢"的围墙，要让全城变成一座通透、开放、温馨、没有围墙的精致的城区。

当我们迈进这个改造完的街区时，心为之一震，双眼也不由得瞪大了！仿佛，自己进入的不是一个老旧街区，而是一座艺术公园，一个童话世界。

这是万寿苑街区。

一条昔日的长长的脏乱老街，在小城建设者、设计师、艺术家的共同努力下，华丽转身了，清一色的青石板铺就的街面上，雕刻有各种书法形态的一百个寿字。街心，不时出现一座座供市民休闲的小亭。小亭精巧得如一件供市民观赏的艺术品。猛一下见到它，你就忍不住想走近去，与它来一个亲密的吻，或者在那里栖身小憩一会儿。

街道两边的一个个木雕，一件件石刻，展示着这座小城厚重的历史，告知观者小城上千年的来路、过往……

小城街区新貌

小城，已走过一千多年风雨历程。在那世间还没有公路、没有铁路的年代里，在那人们往来、货物进出全靠水路运输的岁月中，城，傍水而兴，人，靠水而旺。小城是湘北一座最繁华的闹市。它位于澧水进入洞庭湖的入口，背靠嘉山，面临澧水、洞庭。古时，洞庭湖是中华大地第一淡水湖泊，有八百里洞庭之说。而小城，居浩瀚洞庭之北，于是人们又说，八百里洞庭至嘉山。而嘉山，就是小城背后的山。当时，这里商贾云集，各种商业会所，各种交易机构，遍布全城。运载各种货物的船只，停满了城边的河道、湖面……这个优越的地理位置，使小城红红火火在湘北称雄多年。

中华人民共和国成立之初，它隶属湖南省，后来，又成为澧县下辖的一个镇。不管身份如何变化，小城人遇事不惊，始终依照自己的要求，安排自己的生活，做事追求完美、精致。斑马蚊香，就是从小城人手里，走进大江南北千家万户。坐落在这里的湘澧盐矿，称雄业界。各种小工厂，更是遍布全城。就是一种平平常常的早点小吃：米粉，小城人也做得比别人精致，色香味形，高人一筹。于是湖南全省各大都市里，遍布津市刘聋子米粉店。极爱米粉的长沙人，吃津市刘聋子米粉，成为他们早餐的首选。

沿着这个街区的这条街道走过去，领略了小城的历史，也见识了令小城人骄傲的历代名士、当代好人。这条街道，是小城的历史通道！

在风起云涌的战争年代，小城张开双臂，迎住贺龙、关向应率领的红二军团的将士，成为湘西北重要的革命根据地。红军给小城留下了红二军团指挥部旧址等多处红色纪念地。

小城里，还走出了中国共产党早期组织成员朱务善。

他1896年出生在小城，1919年考入北京大学，曾任北大学生会主席、北京市学生联合会主席。1920年10月加入"北京共产主义小组"，1921年加入中国共产党，后被党派往苏联，在历史的长河里，他命运坎坷，遭遇不公。直到晚年，才还他以清白，给予他公正的评价。小城人没有冷落他，整修他的旧居，建立他的纪念馆，展示他的革命事迹。如今，朱务善纪念馆成为小城人的骄傲，也成为南南北北往来小城的旅游者瞻仰的地方。

看过小城的名人墙、好人榜后，我们走进了已融入这个街区的一个老旧厂区。陈旧的房屋，在小城艺术家的巧手里，变成了一个童话般浪漫的世界。一面面旧墙，被艺术家们当成画布，绘上了整面的绿藤红花；一株株平平常常的树，也被艺术家们巧妙地进行了打扮。一走到这里，我就怦然心动。于是停下脚步，站在那面布满红花的老墙前，来了一张合影……

我不是第一次到这座小城了。四十年前，湖南人民出版社决定出版我的长篇小说《风雨山中路》。发排付印前，出版社交我一份清样，嘱我自己再认真校对一次。当时，我在《湖南日报》文艺部做副刊编辑。我向部里提出，想下基层采访几天，为副刊写点也组点稿子，获得批准。

那天，吃过晚饭，我背了一个包，装上我准备认真校对的长篇小说的清样稿，从报社大院走了出来，来到了报社前面的公交站。往哪去？没想好，很盲目。正在懵懵懂懂时，一辆公共汽车进站了。我不管三七二十一，便登上了车。不一会儿，就到了湘江河边的一个码头。我下车走进码头。码头上，一艘船正在上客。我问也没问，就登上了这艘船。

这艘船，就是开到这座湘北小城——津市去的。

一觉醒来，这艘船就载着我和许多的乘客，驶过了湘江，驶过了洞庭，到达了洞庭与澧水的接口。迎着红日，我登上岸去。出现在面前的，就是这座当时于我十分陌生的小城。

在市招待所住下。开头两天，我埋头于校对我的小说清样，这是我的第一部长篇小说。校对完这部小说清样后，我从记忆里找出了小城里的一个作家，他常向我们副刊投稿，与我建立了联系。他叫王荫槐，在市文化馆工作。这天早上，我就走进了文化馆。很巧，碰上了他。接着，又见到另一位给报社副刊写稿的作者，市委办的张家元……

当时，我的中篇小说《山道弯弯》，在社会上正火，相继被改编为电影、电视剧以及多种地方戏曲。王荫槐哪肯放过我，硬是把我推进他们的剧院，与小城里的文学同道们来了一个"面对面"，逼着我与小城的同道谈了一番自己的创作体会。

接着，在他们的安排、引领下，我采访了饮誉一方的八十高龄的眼科医生毕人俊，采访了电子管厂的青年女技术员王文化，采访、参观了小城里的孟姜女寺庙等许多古迹人文景观。

这座小城，这座小城里的人，就这样一步一步走进了我的心里，进入了我的笔端。回来以后，我写下了记述毕人俊先进事迹的人物专访，写下了王文化不恋都市、勇赴基层的感人故事的散文《她和她的男朋友》（刊《湖南日报》1983 年 8 月 14 日）等多篇新闻和文学作品。

这次，重来旧地，感慨良多。我向现任的市文联主席、靓丽的土家族女士杨淳打问："不知你是否认识作家王荫槐？他今年可是八十开外的高龄了。"杨女士笑了，说："他是我们的老主席。不久前我还去看望了他呢！"

"他身体可好？"

"健旺着呢！已有第四代了，做了太公公。"

听说老友如此幸福，真欣慰。没想到，次日一早，有人敲门。我把门一开，就见杨淳和王荫槐站在那里。

旧地重游，老友重逢，真是不亦乐乎啊！

从王荫槐口里，我得知张家元后来被省教育厅一个领导相中，去了省城，现退休定居在长沙。而王文化，我写她的散文在《湖南日报》发表后不久，她被市里选拔到市委组织部，后来做了组织部的副部长，现今也离开了这里，与他的夫君定居在某海滨城市。而名医毕人俊，在他九十高龄的时候，仙逝了……想想，这都是四十年前的事了。真是岁月如梭啊！

一晃，四十个春夏秋冬过去了。小城在新时代的春风、艳阳里，变得如此的精美，如此的人性化。在老旧街区的改造中，消除的不仅仅是画地为牢的围墙，而是撤掉了人与人的隔阂，使人与人的心贴得更近了，城市更亲和了，更温馨了，也更人性化了！

朋友，我想对你说，湘北那座小城，在老旧街区改造进程中，没有围墙了，它将是一座没有围墙的精致小城了！

多美啊，多精致啊，湘北那座小城！

（2023年7月9日发布美篇，载2023年7月8日《湖南日报·新湖南客户端》）

朱亭的树

到大理快半个月了，心里总是想着一个地方。那是湘江边的古镇朱亭，那是古镇里的树。

动身来云南大理的前几天，友人邀约，要我到株洲渌口区去看看。正是骄阳似火的七月，我打点行装，准备往贵州、云南去寻觅清凉。而株洲，岂不与火炉长沙一样，炎热难耐？然而，友人的盛情难却，我还是与一群好友，在骄阳似火的七月，往炎热难耐的株洲去了。

天气炽热，而友情也炽热。一路上，大家笑声不断，非常愉快。走访过鲜果小镇，攀爬过一脚踏三县的山峰，接着，就来到了湘江边的古镇朱亭。

大家都在江边的一棵大香樟树前停住了脚步，听主人讲这棵树的历史，这棵树的故事……

这是一棵有 1800 年树龄的古树了。

凡古镇、古刹、古村，都是有故事的。就让我们从这棵古香樟前，朝古镇的历史深处走去吧！

朱亭，原名浦湾，因它紧傍湘江港湾，港内弯曲多滩涂，滩涂上长年生长着香蒲和芦苇，由此得名。到了南宋乾道二年（公元 1166 年），理学大家朱熹偕名儒张栻，来到这里讲学，长达五个月。朱熹离开后，人们为了纪念他，将浦湾改名为朱亭。三国时期，这里是吴蜀必争之地。传说有一年，蜀国君主刘备派名将张飞到这一方巡视。庞统投奔刘备时，因其貌不扬，被刘备发配到湘江边的耒阳县做县令。庞统对自己怀才不遇和主公刘备以貌取人的做法感到不悦，上任后，多日不上报信息，为此，刘备嘱张飞去考察。张飞行到此，见此处山林秀，江水清，江边还建有一座古刹——祖师神殿，便下马去拜祖师神，并将马拴在神殿旁边的一棵香樟树上……从此，这棵香樟树，被这一方的百姓呵护起来了。一年一年，香樟越发生机勃勃。你看，1800多年了，它仍然枝繁叶茂，树干粗到几人都难以合抱。

许多古镇、名城、大村，都有使人们引以为傲的宝物，被称为镇镇、镇城、镇村之宝！而这棵古香樟，自然成了朱亭的镇镇之宝了。你看，大树四周，用青色石条规规整整垒砌成墙，将树围了起来。粗大的树干上，挂上了政府有关部门颁制的保护牌牌。

在我国数百年、上千年的历史过往里，水路交通曾主宰着人民的生活。人流物流，全靠水路。于是，城，傍水而兴，村，近水而旺。那些年月，朱亭是这一方山地的物资集散地。镇子前面，一溜地铺开六个码头。码头旁、河面上，摆满了北来南往的船只。从这里往北，就是湘潭、长沙，接着入洞庭、进长江，就可以驶向天南海北了……

而往南，则可以到衡阳，入潇水，进入更深的山地！

朱亭，因水而辉煌了多少年啊！如今，时代的车轮，驶入了高速公路、高速铁路的年代！过去称雄了多少年多少代的江边码头，却渐渐地清冷起来了，委屈地缩到一边去了。

智慧的古镇人，没有抱怨，而是不失时机地开创自己新的天地。人们不是常说，靠山吃山，近水吃水。以往，我们靠水而旺。以后，我们可不可以近山而兴呢？镇子四周，就是连绵不断的荒山啊！于是，从1964年起，还是人民公社的时代里，这里的公社和大队就建起了自己的林场，社、队林场联手，扎扎实实地开展了开山造林。经过10多年的奋斗打拼，方圆100多里的人工林海，就出现在这一方山地上了……他们的这种成就、这种精神，震动了全国，也引起了国际上的关注。联合国粮农组织总干事和全世界39个国家组织代表团来这里观摩、参观、取经……国内30多个省区市的219000余人前来参观学习。这个古镇，又一次火了起来。当时，株洲县还没有改为渌口区，朱亭，归株洲县管。每天有成百上千的人从全国四面八方走进这个小镇参观。没处住啊！县里只好在朱亭盖了一个颇具规模的县第二招待所……现今，这个招待所，转身变为镇政府的办公地了。

社会发展到今天，生态文明建设成为全党全社会的共识和行动。"绿水青山就是金山银山"啊！这里的树，无论是历史留下的，还是二十世纪六七十年代人工栽种的，都成了这一方地域的财富，成了这一方百姓的宝物啊！

随着社会物质的富有，人民生活水平的提升，人们对精神生活的追求就更上一层楼了。旅游业火爆起来，乡村游、周边游等各种各样的旅游蓬蓬勃勃发展起来。古镇人又紧追时代的脚步，依靠自己优越的自然条件、厚重的历史，开掘自己独有的资源，将水运时代遗存的肖家码头、大码头、湾码头、官家码头、莫家码头、一苇亭码头等六处古码头（现均被列为湖南省文物保护单位），以及正街、港街、桌子街、后街等四条传统古街，陆续着手修复整理，让古镇变得鲜活起来。古镇的人民，张开双臂，拥抱四面八方涌来的新时代的游人！

湘江边的古镇——朱亭

只可惜，那天的行程太紧，主人没有安排我们走进那百里人工林海，去观赏那郁郁葱葱的满山遍岭的林的海洋、树的天堂！

离开朱亭多日了，难忘古镇里的人，难忘古镇里的树！

（2023年7月28日发布美篇，载2023年7月28日《湖南日报·新湖南客户端》）

故乡与煤
——我的大实话诗

目标与依靠

一抬头，
是一排青绿的山峰；
一转身，
是一座坚实的石岭。
前山，是我人生的目标。
后岭，是我终生的依靠。

两山之间，
是我们消失了的祖屋。
而今，祖屋新生了，
又巍峨地屹立在这块土地上。
在这里，仿佛能听见先人们的笑声，
隐约能看到祖宗们的身影。

它今天的身份，

是曹家村老农活动中心。
新的身份里，
饱含后人对前人的思念与景仰，
更有祖屋的灵魂！

对面，依旧是那排青山。
身后，仍然是那座石岭。
山，叫洪界山，
岭，名花山岭。

故乡与父母

父母在的时候，
父母就是故乡。
回家看望父母，
就回到了故乡。
——父母就是故乡。

父母不在了，
故乡就是父母。
每年清明回乡扫墓，
就见到了父母。
——故乡就是父母。

煤

黑溜溜地来，
红通通地去。
燃烧自己，
是你的品格。
温暖别人，
是你的境界！

故乡

也许你漂泊异国，
也许你定居华都，
然而，
有一个地方，
你却永远也走不出。
那个地方 ——
是你的故乡。

也许你年事已高，
也许你官位显赫，
然而，
在一个地方，

你却永远也长不大。
那个地方 ——
是你的故乡！

根与家

祖宗埋在哪里，
根就在哪里。
父母住在哪里，
家就在哪里。

夜幕降临，老农活动中心里，村民在跳广场舞

（2023年6月4日发布美篇，其中《目标与依靠》载2019年5月17日
《湖南日报》）

白族小院过大年

奔向温暖

从长沙飞往大理的这个航班，起飞时间是九点五十五分。乘机手续颇为麻烦，必须提前两小时到机场。而从自家住地往机场，开车也要三四十分钟。这样，我们就要在七点钟出发。

儿子开车送我们。平时，他并没有和我们住在一起。孙女上初中三年级，是中考的关键时期，他和妻子在女儿就读的学校旁边，租了一处房子陪女儿读书。为了开车送我们去机场，先天就赶回家，为了次日送机不误事。

冬季的天亮得晚，加上又是蒙蒙细雨，七点时，天还没有亮。我们驱车往机场赶。车外，寒风飕飕，细细的雨点落在车窗玻璃上，本不该有什么声响，而此时，却听到车窗玻璃发出咚咚的响声。细一看，只见车窗玻璃上有白白的颗粒蹦跳。啊，下雪砂子了。

乘机手续虽然繁杂，因为准备充分，也还顺利。飞机准时从下着小雨加雪的长沙起飞了。

这个航班，不是直飞大理，而要经停西昌。两个小时后，我们乘坐的飞机，就在西昌青山机场落地了。

这是我第三次来到这座美丽的川西小城。

第一次来这里，也是冬天，是一月。那时，我对这座高原小城很陌生，只是在电视新闻里得知这里是我国的卫星发射基地。总觉得它在高原，冬天一定很冷。四川省作家协会的朋友邀我来这里参加采风活动，我很犹豫，怕自己冷得受不了。电话那头，朋友听我一说，不禁扑哧一笑：你是在长沙冷怕了吧。这里冬天才不像你们长沙那样冷，暖和着哩！

就这样，我在将信将疑中飞到这里来了。

那天，飞机一落地，只见遍地阳光灿烂。走下飞机，沐浴着暖暖的冬阳，十分舒适。乘车赶往城中住地时，只见道路两旁，红灿灿的三角梅开得正艳。一树一树，一丛一丛，直向自己的眼帘扑来，使人感觉眼下这哪是冬天？明明是春天呀！

这座小城，就这样美美地被收藏在我的心里了。第二次来，是参加中华文学基金会和中国烟草总公司组织的一次活动，去中烟公司在这片高原的一些烟草种植基地采访。这里阳光充足，是优质烟草生长之地。这一次，我们走访了许多彝家山寨，领略了浓郁的民族风情和高原风光。每天晚饭后，我们漫步在小城旁边美丽的高原湖泊——邛海湖岸，常常流连忘返……更令人难忘的是，还参观了卫星发射基地。

飞机在这里停留了半个小时。这个航班在长沙起飞时，本来就空了许多的座位，到西昌，又下了一多半乘客，飞往大理时，机舱里就更空了。

下午两点十分，飞机稳稳地在大理的机场降落了。这里的冬阳，与西昌的一样温暖。走出候机大楼，我忍不住转过身去，深情地看了看候机大楼上那两个在阳光下格外醒目的大字：大理。

先一天到达这里的女儿女婿，开车来接我们。在车上，我放眼望开去，只见冬阳下，苍山是这般地青绿，洱海是那样地秀美，古城是如此地美丽……

云湖居里冬阳暖

推开我们那座在洱海边、苍山下的农家小院的门，一树开得正热烈的青梅花迎接着我们。院门边，前年才栽下的三角梅已蹿到门楼顶上去了。我举头望去，只见它的枝头上绽放了七八上十朵红艳艳的花朵。再往上一看，湛蓝湛蓝的天幕上，几朵白云正缓缓飘过。白的云彩，红的花朵，此时此刻在这里如此完美地结合，更显得我们的小院格外地温馨！

小城美丽，小院温暖。心里美极了。

2022 年 1 月 26 日

（2023年8月21日发布美篇，载2022年2月14日《大理日报》）

挂在山腰间的古村

　　从我们租居的小院出来，约莫两个多小时车程，就进入了云龙县的一处深山了。千年古村诺邓，就藏在这座大山里。

　　下了高速公路后，车子直往一座高山上爬。天气很好，暖阳高照，路上的车越来越多。突然，前面一位着制服的交警将我们的车拦下，要我们的车就停到此处的路边，说今天游客多，上面没有停车的地方了。女婿与他交涉，说把两个老人送上去找个地方吃饭，再把车开下来停。交警终于同意了。

　　越往上走，车子越多，道路两边，成了临时停车场，停满了各式各样的车子。当我们的车子开到村口的停车场时，只见这个不算小的停车场，密密麻麻地停满了车子，不过我们运气还好，竟还找到了一个停车位。如果刚才女婿不灵活，那我们就要多爬一两千米的山路了。

　　走下车来，看到村口立着一块巨石，上刻：千年古村诺邓。另有一块牌牌上则标着一行字：中国历史文化名村。

　　上山的公路上，密密麻麻全是人。有扶着老人的，有牵着孩子的，还有人租了马驮着行李往上走的，看来准备到山上村寨里落宿。时近中午，阳光当顶了。尽管汽车已爬了好几十分钟的坡，但我们停车的地方仍是山下。举目望去，只见对面陡峭的山崖上，耸立着一片密集的土砖房屋。阳光下看去，像一幅巨大而厚重的油画，悬挂在天地之间；又像一尊巨型雕塑，耸立于山崖之上，真是令人震撼！

古村挂在大山上

101

路虽陡，但那如油画、如雕塑悬挂在山腰间的村寨，发出巨大的引力，诱惑你向它靠近，朝它爬去……

上去不远，在一栋房屋里，藏着一口古盐井，吸引着游人前去探访。历史上的诺邓，就是因产盐而称雄于世的。早在一千多年前的唐代，这里就凿井制盐。历经唐、宋、元、明、清几代王朝，红火过上千年。当时，盐业是社会发展的重要经济支柱。盐课税，是国家的重要财政收入。1383 年，明政权在云南设四个提举司，其中"五井盐课提举司"治所即设在诺邓。可见这个小小的山村，在当时的社会地位。

世上还没有汽车、火车，还没有铁路、公路的时候，物资流动，多靠骡马。这里产出的盐，自然大都是用骡马往外运送。这里是滇西茶马古道的重要驿站。

诺邓，是一个白族村寨。建村以来，它就叫诺邓，一千多年来没有改名。现在，保留在这个山崖上的各种建筑，多是明清时期所建。目前村内保存有六十多所明清时期的民居建筑，四十多所民国时期的民居建筑，二十多所古庙宇，以及五千多米古街巷古村道。走进这个挂在山腰间的建筑群落里，许多的墙上，都挂有国家级、省级文物保护单位的牌牌。一条弯弯曲曲的卵石山径，引导游人往上走去。龙王庙、万寿宫、贡爷府、玉皇阁、古牌坊、古戏台……这一座一座的古建筑，都在诉说着当年这个小小村寨的繁荣景象，它是当时滇西地区的商业中心。

经济的繁荣，带来了文化的繁荣。这个小小的村寨，族谱上有据可查的，出过两名进士，六十多名贡生，秀才则达五百多人。

1466年，福建人黄孟通任五井提举。任职九年后，因所辖顺荡井的盐课任务未能完成，遂留其子孙在诺邓补征盐课，自己告老回归福建。后来提举司衙门演变成诺邓村的"黄家宅子"，衙门旧址也在清乾隆年间被改造成黄氏族人的科举"题名坊"。村中举人黄桂，是名噪一时的文化名人，被誉为"滇中一儒杰"，云南最早的诗歌总集《滇南诗略》，就收录了他的多首诗作。

时代在发展，社会在前进。火车进山了，汽车进山了。新文明的出现，自然会淘汰旧文明。诺邓就是在这种社会前进中衰老了。它的凿井制盐在当今社会没有什么地位了。然而，一种东西沉沦后，另一种东西会蓬蓬勃勃兴旺起来。它保存下来的这批古物，是它对国家的重大贡献，对历史的重大贡献！也正因为如此，这里得到了人们的尊敬，成了旅游兴旺地、网红打卡地，国人跨越千山万水来寻访这个小村寨。你看，今天这个村寨的村道街巷里，游人如潮水般涌动……

那些挂在山腰间的古宅古院，是看不够的风景，它们引导着游人不停地往上攀爬。不觉间，两三个小时过去了，我的腿脚隐隐地发痛了。一看手机上的记录，我已在这古村山道上攀爬了近九千步。年近八旬，不能逞强了，我和老伴便返回停车场了。

　　女婿女儿他们还没有回。打电话询问，他们在购买火腿，因购买的人多，要排队。诺邓产的井盐咸度较低，最适合腌制火腿。于是，不知从什么时候起，诺邓人便开始腌制火腿。如今，诺邓盐不行了，"诺邓火腿"却火了。因为它的咸度适中，赢得了人们的青睐。电话里，女婿说山顶上这一户人家的火腿质量最好，所以买的人多。他前面那位，一下买了六腿，每腿二十多斤，要一千多元钱。买下后，店主要把火腿切成一两斤一块，每块都真空包装，所以很费时。我们在停车场里足足等了两个小时，女婿和他的朋友才背着一袋子切成块真空包装的火腿从山崖上下来。

　　诺邓，这个挂在山腰间的古村，从历史深处走来。它失去了过去因制盐而繁荣的历史，却获得了今天因旅游而红火的景象。这不正好印证了我们社会的发展、时代的进步吗？

（2023年1月27日发布美篇，题为《大山深处有古村》，载2023年4月5日《人民日报》为现题）

白族小院过大年

　　我们旅居到这个洱海边、苍山下的白族村寨，入住进这个农家小院，今年是第四年了。四年四个春节，有三个春节是在这个小院里过的。

　　除夕这一天，我早早地就起床了。找出三年前第一次在这里过春节时带来的红宣纸，写上自撰的对联：朝品湘茶晚饮湘酒家的味道，背靠苍山面对洱海滇地风光。横批：外乡亦故乡。贴在厅堂恋湘书吧上。在餐厅前面的廊柱上，写上：湖南云南都是华夏大地，白族汉族同为炎黄子孙。横批：白汉一家亲。接着，在小院院门上，贴上了：病虎归山去，玉兔送福来。横批：病去福来。接着，我又写了几个福字，贴在门上。顿时，一股浓浓的节日的喜庆气氛，在这个小院里弥漫开来……

　　临近中午的时候，我们把平日摆放在餐厅的餐桌，抬到了小院的院坪里那棵造型美丽的青梅树下。这是一张我们当时在旧货市场淘到的白族农家的木桌，笨拙、厚重，却具有极浓的白族农家的味道。丰盛的菜肴也一一摆上了桌，多半是从故乡湖南带来的：蒸土鸡、雪花丸子、红烧土团鱼（王八），产自洞庭湖芦苇荡的芦笋……还有邻

居 ——从南京来本村旅居的一位设计师送来的他们故乡的特色菜 ——什锦素菜，满满的一桌。

大理，最可爱的，是冬日的阳光。尽管，这里的早晚温度也很低，但是，这里的冬天，几乎天天都有太阳。太阳一升起，大地就暖暖的了。所以，只有热带地域才能生长的许多花卉，在这里也开得非常灿烂。你看村里家家门庭前面，那一蓬蓬三角梅，红灿灿地怒放着，多么招人爱啊！

今天的除夕宴，除我们一家四口外，还有前一天从湖南来这里旅游的 ——和我女婿同乡的一家三口。昨天，女婿就买来了一盘大红鞭炮。此时，他和他的同乡一道，点燃了鞭炮，啪啪啪的鞭炮声连同弥漫着硫黄气味的烟雾，顿时飘散在小院上空。

在外乡小院照张全家福

这个外乡小院的除夕之宴开始了。大家举杯碰盏，相互祝愿。一时间，小院欢声笑语四起，声声句句，表达对来年美好的期盼。而这一声声、这一句句，又都是亲切的乡音。真可谓外乡亦故乡啊！

退休以后，无官一身轻，没有了职务，也就没有了工作负担。到了这个年纪，子女也成家立业了，自己便没有了生活负担。工作几十年，多少有了些积蓄，于是也没有了经济负担，可以轻轻松松地安排自己的生活，享受余下的生命。哪里舒服就到哪里过，怎么自由就怎么来。当女婿决定在大理这个冬不冷夏不热的地方，租一个农家院子度夏过冬时，我全力支持。这个白族村寨的一位乡村医生盖了新居，旧院子就废弃在这里。我们把它租下来，进行整修，租期二十年。几个月后，这个废弃于此的小院，就面貌一新了。院门上面，挂上了我们在山东制作的用榆木雕刻的匾额：云湖居。一副挂在院门两侧的对联："避冬寒躲暑热温馨小院，观苍山赏洱海淡泊人生"，表达了我的心迹。

白族，是一个纯朴、厚道、和善的民族，族人又极讲卫生。村子里家家户户，屋前院后，打扫得干干净净。一条山泉溪河，从苍山上下来，傍村流过。智慧的白族先人，还巧妙地将溪水引入村中的沟渠，使家家户户门前清泉流……白族还是一个极有文化素养的民族，村寨里的一栋栋或新或旧的民居，气派的照壁，高大的门楼，处处传递出这个民族的传统文化。早早晚晚，我常在村街、溪边、山下散步。碰到迎面而来的村民，总是微笑着向你打招呼。有一天，碰到一个从地里摘菜回来的老婆婆，虽然不认识，她却硬要从她的背篮里，拿一把她刚摘回来的青菜送给我……这就是这个白族村寨，这就是这个村寨里的人！

下午，又有我的四位同乡走进了我们的小院。他们是祖孙三代，一家四口趁春节假期，自驾出来旅游。哪知，今年春节，来大理旅游的人爆满，宾馆、酒店、民宿都订不到房间了。于是，我的这位同乡，从朋友处打听到我旅居在这里几年了，便找到了我，想用我在这里的人脉，帮他找到一个住处。我虽然每年在这里住上四五个月，但平时与外界交往不多。我要比较活跃、与外界交往比较多的女婿帮忙，也没有找到。而我的这位同乡一家四口，已在路上了，除夕那天就会到了。箭在弦上了，真令人着急。

这时候，我儿子一家，因突发情况决定不来和我们团圆了。于是，我们的小院就空出来两间房子。我就把我的这位同乡朋友，接到了我们小院……

小院里又多了亲切的乡音！身在外乡，犹在故乡啊！

（2023年1月27日发布美篇，载2023年2月1日《中国艺术报》）

新屋满村街

晚餐后，我又走出小院，到村寨里转悠散步起来。我沿着村旁的鸡鸣江岸边的游步道，朝洱海的方向走去。约莫二十多分钟，就到了一条大马路上。这是从大理到丽江的大丽公路。沿着大丽公路走一会儿，拐上另一条进村的水泥村道。这条村道穿过村前的田野，到达村口时，便变成了村街。

这时太阳还悬在苍山顶上，一片火红的云霞，把苍山衬托得更加挺拔雄伟！沿着它的脚下铺排开密密麻麻的一片白墙青瓦的建筑。这就是我旅居的上阳溪村。晚霞下，暮色里，村寨的建筑物间，透露出一股浓浓的烟火气息。一只只叫不上名来的小鸟，从村寨里飞出，向屋后的苍山飞去。暮色下的这个白族村寨，是那般地温馨、祥和。

沿着村道进入村街，只见好几栋新屋耸立在面前。每次离村几个月后再回到村里，总有几栋新屋落成。几个月前离开村寨的时候，一些刚刚打基脚的房子，已完成主体建筑了。一些当时主体完成一半的房子，已经完成外装修了，只是墙上还没有绘上精美的壁画。一些当时已开始外装修的房屋，则已全部完工，房主人准备搬入新居，开始新生活了。你看，村街转角的那一栋建筑，我去年九月离开村寨的时候，还正在砌围墙，做整个院落的扫尾工作。如今，墙上绘上了精美醒目的壁画，院内拉上了红红绿绿的彩旗。气派高大的门楼上，挂上了红灯笼，插满了青青的松枝，门框上贴上了喜庆的对联。宽大的院坪里，人影涌动。一阵阵欢声笑语，飘满了整个院落。一场热闹的宴席，正在举行。显然，房屋的主人选择今天入住过火。村里的乡亲，纷纷赶来赴宴、庆贺。

从村街上一路走过来，一栋一栋新屋像一幅一幅美妙的图画，进入我的眼帘，进入我的心头……

又有新屋立街头

白族是一个看重居住环境建设的民族。他们的民居，在我国 56 个民族中，是非常具有特色的。他们平日节衣省食，用毕生的积蓄来建自己的居室。有些居室院落，花了十年八年才完工。硬装完工后，对房屋内外的装饰，也很用心，很讲究。照壁、门楼、壁画，每一处都精雕细琢。每一个院落里，都种有各自喜爱的花卉。几乎每一家的院落，都有自己的特色和个性。我的左邻右舍，有四户外来旅居户。我来自湖南长沙，小张来自江苏南京，另两户都来自北京。北京的两户的院落，一户墙头的三角梅开得最耀眼，一户院里的大叶橡树长得最茂盛。小张的院落，一口池塘里荷花满池。他从院外引来山泉水入池，池里的水是流动的。我们家的院落最小，但房东也留下了一棵造型优美的青梅树，让我引以为傲！这里的民宅院墙，高达二三米。有些院墙上，挂满青绿的藤类植物，多为炮仗花。没有开花的时候，长得茂盛的青藤绿叶从墙头泻落，严严实实盖满高高的院墙。一到花开时节，青藤上一个个炮仗（鞭炮）样的花朵，一排排在藤条上怒放，这时，整个院墙犹如一挂美丽的花的瀑布，煞是好看……可以说，我们这个村里的每家每户，都有自己的镇宅之宝啊！

　　民居，是衡量老百姓生活水平和地区富裕程度的标尺。这些年，无论是我的故乡湘中，还是我的旅居地——这个洱海边苍山下的白族村寨，每年，都有一栋一栋的新屋落成。民居建得越来越漂亮，档次也越来越高。这从一个侧面，生动而有力地说明，在我们党乡村振兴战略的推动下，广阔的中华大地正在发生翻天覆地的变化！

（2023年1月29日发布美篇，载2023年2月2日《长沙晚报》）

我的闺蜜是条溪

旅居到这个村寨三四个年头了。如果有人问我：谁和你的关系最亲密？我会毫不犹豫地告诉他：哦，村寨边的那条溪。

每天清晨，我从小院里出来，就来和她幽会。初升的太阳，给小溪镀上一层暖色。这时候的小溪，有如一位活泼的姑娘，在山谷间跳跃着，哼着优美动听的小曲，一路向前，奔向洱海。我踏着她哼唱的小曲的节拍，听着她悠扬深情的小调，陪伴在她的身边，如痴如醉……傍晚呢？苍山上布满了火红的晚霞，晚霞给小溪铺上了金灿灿的底色。这时候，我又来到了她的身边，欣赏她的英姿，倾听她的小调……

这条小溪，是苍山流入洱海的十八条溪河中的一条，名叫阳溪。阳溪是她的"官名"，就如同网站有"官网"，瓷窑有"官窑"一样。然而，她还有另一个美丽的名字，叫鸡鸣江。其中，肯定有故事，但目前我还没去探究。她在苍山十八溪中，水量、流程、风景处在什么样的地位，我也没有去考究。我爱她，没有必要拿她和别人去比较。可谓情人眼里出西施，我觉得她是世间最美的溪。

溪从大山来

　　说她美，除了她秀美靓丽的自然外貌之外，我的另一个评判标准是：她和我，她和我们村寨里的人的生活，密不可分。你看，明明家家户户早就通了自来水，可每天早早晚晚，村里的人提着壶，担着桶，开着车，相拥着到这溪里来取水。不少居住在城区的人，还开着他们的高档轿车，来到这里打水回家饮用。个中奥妙，不言而喻，就是因为这溪水的水质上品啊，这是从大山深处流出的山泉水。

溪水于我，更是近水楼台先得月，从我居住的小院到溪边，只有二百零八步。

村寨里的先人，选择在这里开村筑寨时，依托的就是这条溪。他们在溪的上游，沿着苍山脚下，开了一条水渠，拦下一部分溪水。这条水渠，连着村寨里蜘蛛网似的分布在每家每户门前的小水沟。需要的时候，水渠上的闸门一拉，溪水便流入了这些小水沟。顿时，那清清的山泉水，便在家家户户门前流过，极大地方便了村民们的生活。最后，这些流过每家每户门前的溪水，又统统流进了村寨前面的那片田野，去浇灌庄稼。我真佩服当年在这里建村筑寨的白族先人的智慧啊！

近年间，国家推进乡村振兴战略实施，政府有关部门为了提高村民们的生活品质，为溪河两岸的村民们创建一个可以休闲健身的生活环境，在鸡鸣江岸边建起了湿地公园。从苍山脚下到洱海边，约莫五千米的溪岸地段，划出一大块地来，栽上树，种上花，建起了游步道，安上了休闲椅……配齐了方便村民到此健身休闲的设施。早早晚晚，就能看到一些年长村民的身影，闪动在这个湿地公园之中。自然，这些身影中，也有我呀！

如果有朋友来访，我一定会带他到这条溪边漫步。三年前，我在长沙的邻居老罗夫妇，到我的云湖居小院住了些日子。每天，我们一起在这条溪边，送走黄昏，接来黎明。每当傍晚，我们一起走出小院，步入溪岸边的游步道，傍溪而行。这时候，我和他总爱抬起头来，看那从苍山顶上飘过来的云朵的变化。刚从山顶上飘来的云朵，明明洁白洁白的，不一会儿，在夕阳的作弄下，泛出淡红，慢慢地，竟被夕阳渲染得火红火红，如一堆堆燃烧在高空中的篝火！

我也在这条溪边，送走残冬，迎来春天。我感觉到，春风最早是从溪边吹来的。她轻轻拂动着溪岸边的柳树梢，这柳树梢就在一天一天地、不动声色地变化着。忽然有一天，你就看到树梢上发出了鹅黄的小芽芽……婀娜多姿的春姑娘就从树梢上下来了。接着，湿地公园里的其他树木，也在春风里表演开来，有的捧出火红火红的花朵；有的展现黄灿灿的身姿。各色草木，在这溪河两岸展开了一场春光大赛！

春夏秋冬，小溪都有她出色的表演。秋天，稻子熟了，溪河两岸广阔的田野，一片金黄，这是她用自己的乳汁——清澈的山泉水灌浆壮籽后的壮美图画啊！

我爱鸡鸣江。爱在溪边观彩云南现，爱在溪边听溪水放歌，爱在溪边观那春夏秋冬的变化，爱在溪边看那繁花满岸的风景……爱在溪边享受惬意的人生！

（2023年1月31日发布美篇，系2023年第4期《湘江文艺》杂志所载《苍山观云》之一）

苍山观云

　　每天，我们的小院，是被小鸟的歌声吵醒，被天边的红霞喊醒的。

　　我每天晚上九点多钟上床睡觉，凌晨三四点钟醒来，这是四十多年来养成的习惯。20世纪80年代初，我在一家省报副刊当编辑，业余时间写写小说、散文。1981年，《芙蓉》杂志发表了我的中篇小说《山道弯弯》。当时，这部小说着实火了一把，被改编为电影、电视剧、广播剧、各种地方戏曲，先后有六家美术出版社出版连环画……一下就把我弄成了一个当红作家。当时，作为一个正走红的作家，北京、上海等地上门约稿的编辑很多。而作为一家省报副刊的编辑，上门送稿的作者也不少。恰在那时，我正着手写后来由湖南人民出版社出版的我的第一部长篇小说《风雨山中路》。下班回家后，我本想伏案写这部长篇，而这时，不是上门来约稿的报刊出版社的编辑，就是上门来送稿的作者……搞得我实在没有办法。形势逼人，我情急中想出一招：每天晚上八点多就上床睡觉。上门送稿的作者和上门约稿的编辑看到我睡觉了，只好放下稿子，留下条子走了。凌晨三点多我就起床写长篇，此刻，整个世界都很安静，我一下子就进入了创作状态。到八点钟去上班时，就写出四五千字的稿子了……此后我这早睡早起的习惯，就一直延续至今。

我醒得早，而大理的天却亮得晚，太阳比我的故乡湖南要晚出来四十多分钟。这时候，我躺在床上，看着窗外的天空，捕捉天际上每一个细微的变化。大理的白族民居，都是背山（苍山）面水（洱海）。所以我的卧室，也背靠西边的苍山，面对东边的洱海。在我仔细的观察中，我渐渐地发现，窗外青梅树的影子似乎清晰些了。青梅树外边天空上的云块，也由沉重的灰暗色，慢慢泛出淡红的色彩，继而愈来愈红，最后，像篝火般在天际燃烧！

晚霞告诉你：明天又是好天气

这时候，我就出门了。走出小院，沿着鸡鸣江，朝苍山走去，站到高处，观天际云彩的变化。

当太阳从洱海那边的山峦上完全跳出来，把一片温暖的阳光洒向大地时，天上的云朵便卸下了红装，变成了洁白洁白的巨大的棉团。在阳光的照耀下，格外地亮眼。

如果说，朝霞是云彩在天空中的第一次独唱表演，还含羞带涩，不大胆，不放肆。那么，最精彩的、最放肆的、最疯狂的、最动人心弦的就数傍晚的那场大合唱了！我经过多次的观察发现，当太阳挨近苍山山顶的时候，一批一批的云朵，就从苍山爬上来登台表演了。这时，壮阔的天空，成了云彩的大舞台。有些，如大鹏展翅，欲振翅高飞；有些，如蛟龙入水，浪花飞溅；有些，如猛士卫边，威严耸立；有些，像一群美丽活泼、多才多艺的白族姑娘，在天宇中翩翩起舞。不一会儿，苍山顶上，又飘来一片鱼鳞状的白云，整体看去，极像是一条刚从洱海跃上天的大鲤鱼，在广阔的天宇，活泼地游动……忽然，不知苍山上哪位牧羊高手，把一群洁白活泼的羊群，赶上了天际。在湛蓝湛蓝的天幕衬托下，似乎能听到这群绵羊在高空里"咩咩"的欢叫声……

我从苍山走下来。这时候，太阳落到苍山那边去了，把苍山巨大的影子投到了地上。那苍山巨大的影子越拉越长，不一会儿便覆盖了山海之间的那片宽广的田野，阳光也被苍山的影子逼得慢慢地朝前移动……我加快脚步，追着太阳光奔跑！可怎么使劲，也追不上它。渐渐地，太阳光照到了洱海边的村庄。于是，那片青瓦白墙的建筑，在夕阳下，格外醒目、安详。不一会儿，夕阳又从水边的村庄，移到了洱海的水面上。微风吹过，阳光在一层一层的浪花中跳动，美极了！

天下没有不散的筵席。太阳彻底地坠入苍山后面了，云彩在天际大舞台的精彩表演，也终于谢幕了。

这时，一轮弦月出现在天幕。接着，或亮或暗的一群星星也跟着在天幕上亮相了。天际大舞台上的另一场大演出，即将开始了……

（2023年2月3日发布美篇，系2023年第4期《湘江文艺》杂志所载《苍山观云》之二）

蝴蝶泉边听情歌

　　一条青石板铺就的大道，沿着一个缓坡，朝一座峻峭的大山伸展过去。道路两旁，是浓密的翠竹和高大的树木。这些树木，树龄都在数百年以上。阳光很强烈，却几乎都被翠竹和树木挡住，只剩零零碎碎的光点落在青石板路面上，像是洒落在地的碎金子，反射出耀目的光来。

　　越往前走，竹林树木越浓密，使这条缓坡石道，显得越发幽深而神秘。前行约一刻钟，只见一座威严高大的牌坊就耸立在几级石台阶的前面。这是一座具有浓厚的大理白族建筑特色的石牌坊，整座石牌坊用大理本地的青石条修建而成。上方横梁中间，雕刻有三个苍劲有力的大字：蝴蝶泉，分外醒目。那是一代文豪郭沫若所题，他于20世纪60年代初到此游览，并留下一首诗作。

　　这条青石板林荫道旁边，不时竖立有石雕像，有些是传说中的人物，有些是金庸武侠小说中的人物，如《天龙八部》中的段誉等，小说涉及大理国，电影又是在大理拍摄的，所以大理人就把这些文学作品中的人物也雕刻于此。突然，一尊特别的石雕像映入眼帘，引起我驻足观望。一位美丽的姑娘，怀抱一个石螺，石螺破开一处，里面是一个小人。雕像下方座子上刻着四个字：阿凤公主。

这里，深埋着一个凄美的爱情故事。相传，这个阿凤公主是南诏国国王的女儿。她与苍山上一位英俊的青年猎人相恋，遭到国王的反对。国王请来一个法师，将这位猎人打入洱海海底，化作一颗石螺。阿凤殉情而死，化成白云，怒而生风，决心把洱海的水吹干，与恋人相见……

游道两旁，设置有播放音乐的盒子。悠扬的音乐声，弥漫在整个游步道上。此时此刻，我仿佛觉得，这音乐是从历史的深处飘来，是一首颂扬阿凤坚贞不屈的情歌。

我是第三次造访蝴蝶泉了。看过蝴蝶博物馆，看过蝴蝶大世界，看过这里的许多景点。今天，便优中选优，直奔主题而去。春节假期已过，学校相继开学，学生们都返校学习了。机关企事业单位也都已开工，人们已返回职场，拼搏自己的事业去了。今天来这里游览的人不是很多。爱情大道上，多是一些爱情丰收并已结果的父母领着孩子，或者祖父母带着孙子来游玩的。当然，青年情侣还有不少，只不过没有假期时那样多了。

很快，一个熟悉又陌生的地方，出现在自己面前了。一座陡峭的山峰下，一池碧水静卧在这里。大理，本是多风的地方，而今天例外，一点风也没有。泉池如一块碧玉，又像一面明镜。泉池不大，但泉水很深，水清冽极了。池底，一些不守规矩的游人丢下的硬币，此刻像一颗颗星星，闪烁在碧蓝的池底。池岸右边，一棵我叫不上名的古树，伸开粗壮的枝丫，拥抱着这眼碧泉。此刻，这古树又像是一位威严尽职的卫士，守护着这块天庭遗下的碧玉。

自然，这里是有故事的，也是一个如阿凤公主和猎人那般凄美的爱情故事。相传很久很久以前，苍山云弄峰下的羊角村中，住着一位美丽的白族姑娘雯姑，云弄峰上住着勇敢善良的白族青年猎人霞朗，他们是一对幸福的恋人。王宫中的王子看上了雯姑，派人把雯姑抢入了王宫。一个夜晚，霞朗潜入宫内，救出了雯姑。他俩逃到无底潭边，被追兵围困，霞朗奋起厮杀，因寡不敌众，无奈中，只得与雯姑牵手跳入潭中……次日，官兵退去，风停雨住，霞光满天。这时，无底潭中飞出一对彩蝶，互相追逐，形影不离。白族先人为了纪念霞朗与雯姑，将无底潭改名为蝴蝶泉，并把他们殉情的日子——农历四月十五，定为蝴蝶会。

两个传说，两个故事，两桩美好的爱情，都因反对势力的阻拦，落得十分凄惨的结局。人们只能借助想象来寄托美好的愿望。

一唱雄鸡天下白，换了人间。1949年，中华大地走进了一个崭新的时代。一部歌颂新中国建设热潮的电影《五朵金花》，把蝴蝶泉送到了大江南北，长城内外。阿鹏与金花在蝴蝶泉边的对歌声，响彻在国人耳畔。这也是一个爱情故事，这也是一曲爱情之歌。这是新时代完美的爱情故事，这是新生活动人的爱情之歌！

从蝴蝶泉往下走，就是五龙潭、情人湖。一堵青石垒就的高墙上，五个石雕大龙头的口里，涌出五股清澈的泉水，注入五龙潭、情人湖。这些泉水，都是从蝴蝶泉放出来的，可见蝴蝶泉泉水之丰！

泉边似有情歌声

　　情人湖湖面达 6000 多平方米，状如一只展翅的蝴蝶。池中心，搭建起一个舞台，那是一个供情侣对歌的对歌台。每年农历四月十五蝴蝶会的时候，情人湖四周，游人爆满。对歌台上，一对对情侣，尽情放歌，吐露心中对情人浓浓的情意……此刻，我立在对歌台前面，仿佛听到了阿鹏和金花的对歌声……

　　蝴蝶泉，那是一首优美动听、千年不衰的情歌……

（2023年2月7日发布美篇）

又到邻村赶街子

我们村的隔壁，就是下作邑村。下作邑有一个圩场，每逢农历的初二、初九、十六、廿三，就是圩场开集的日子。这里的人把赶场、赶集，叫作赶街子。想想，也挺形象的，集市，就是"街"啊！

没有开集的日子，这里是一个很宽广的大地坪。一到集日，硕大的广场，就变为火热的闹市了。这里的每一个角落都是货摊，且分工明确，功能齐全。家禽家畜、日用百货、花卉盆景、五金日杂、糖果食品、床上用品、鞋帽衣袜、鱼虾水产、各类蔬果……生活所需的各个门类，应有尽有。平日宽广的地坪上，耸立出一个个遮阳棚，形成一条条有规有矩的"街"来……

这一天，周围村寨的人，开着大大小小的农用车、家用轿车、电动摩托等，背着极具民族风情的竹篓，赶来采购自家所需的物品了。圩场上，人山人海。熟人相见的问候声，摊主揽客的吆喝声，不绝于耳。

从我们居住的小院出来，沿着从苍山流向洱海的山溪，走到下作邑村的集市，我算过，有4800多步。一个来回，加上在集市上游走选货所走的步子，就大大突破"日行万步"的目标了。

今天，是下作邑村集市壬寅年的最后一场大集了，前来赶街子的人特多，挤不开的人，看不尽的货。要过年了，家家户户都要购买年货啊！只要你心里想到要买的东西，在这里都能找到。

邻村"街子"好热闹

我首先购买了两个大饼，每个三元，当作早餐。每餐半个大饼，一碗玉米稀饭，佐以豆豉辣椒，就很满足了！

在苹果摊前，摆有外地苹果和本地苹果，外地的，品相漂亮，五元一斤；本地的，样子丑些，四元一斤。我品尝过，本地的虽然丑些，但味道好；外地的，虽好看，却不大好吃。这就如同一些人，有学历，有文凭，履历上看起来很漂亮，却没有实际的本事；而有些人，学历不高，文凭很低，却很能干，杀得猪死。如果你在某单位主事或者自己创业，你是要无文凭有本事的人，还是要有文凭却无本事的人呢？……我最终选购了不好看却好吃的本地苹果，而我老伴选了好看却不怎么好吃的外地苹果。

我来到了水产区，看到一个大木盆里拥拥挤挤游动的泥鳅，实是招人爱。平生以来，白辣椒煮泥鳅是我的最爱，也是我的拿手菜。于是停下了脚步。然而，挤在这里买鱼、买虾的人很多。女摊主手忙脚乱，忙不过来。我只好自己动手，拿起旁边网泥鳅的网子，网了一网，摊主接过一过秤，叫道：24元。我用手机扫码付了款，提着泥鳅，又往其他的功能区走去。

接下来，我又选购了魔芋豆腐、炒蚕豆、青菜、豆芽菜等几样。手机上显示，总共花了73元。

我们四口人，旅居在这个白族农家院里，每天的生活费用，只要六七十元，应该说是不高的。但是，你不知道，我们用在"住"的方面的费用，却是一个不菲的数字。我们租住的小院，是一个主人盖了新居而废弃不用的农家院。我女婿将它租下来，租期20年。租金前10年为16.8万元，后10年为18.8万元。然后花了40多万元改造装修。我的老友魏文彬为我算过，每个月合3300元，每天110元。这样看，也不太贵。然而，每年我们使用不到5个月。这样，每个月就是七八千元了。每天呢？你算算，"住"是"吃"的多少倍呢？这些多出的钱，是用在买这里的气候、这里的环境、这里的空气啊！"贵"就"贵"在这里啊！

有一年，我们在海南一个老人旅居中心过过一个冬天。包吃包住，每人每天 100 元。四口之家，每月约 12000 元。我们这个院子，按每年 5 个月摊，每天也就 400 来元。但我们这是一个院子，有小坪，坪里有青梅树，活动空间很大。住房也有 4 个带卫生间、小厅的卧室。另有阁楼、大客厅、厨房、餐厅等，是能住下十几个人的。那个阁楼做成了榻榻米，如果供军队宿营，是能住下一个班的。而且住在这里，有自由度，有当家作主的感觉，这样一想，也就释然了。

赶了这场街子，到家一看，走了 10900 步，超额完成了今天走路健身的任务，而且，也采购了自己的生活所需。这岂不是一举两得？

（2023年2月8日发布美篇，系2023年第2期《芙蓉》杂志所载《滇川边地笔记》之一）

白族村寨农家院

　　有事没事，我总爱到村街上去溜达。一来，是散步健身，二来，总感到村街上有某种魅力在诱惑我，吸引我……

　　我们这个 3000 多人口的村寨，只有主街上有些商铺，而其他的街巷子，都是由村民的一个一个院落连接而成的。每一个院落，都有高大、气派、砖雕考究的门楼，院墙都高达 3 米开外，大门多数时候都是关着的。旅居到这里好久了，我没有进去过几个院落。

　　于是，总有一种好奇感在心中涌动，很想去探访探访这些白族的农家院落。

　　白族是一个对居住环境极其讲究的民族。他们吃得很简单，却追求一个宽敞、舒适的住所。每家都倾其财力，建造自己的小院。住到这个村子里久了，走访过几家的院落，就感到这高墙深院里，是另一片天地，那是主人精心打扮的一个个别致的小花园。有些在建房的时候，就在院门一旁栽下一株三角梅。当院子全部完工（限于家庭财力，先建主体，再搞外装修、院墙等，全部完工，有些要花三四年），搬进去居住的时候，这株三角梅就爬到了高大的门楼上了。这里的三角梅，长年开花。微风中，一朵朵红艳艳的花朵，在大门上晃动，像一张张笑脸，代表主人迎接着进院的客人。

有些院子，主人在高大的院墙边种上一些藤类植物。藤蔓长着长着，爬过院墙，沿着院墙泻落下去，青绿、浓密的枝叶，像一道极具特色的帘子悬挂在院墙上。有的藤蔓是有花朵绽放的，那红灿灿的花朵，排列整齐地挂在藤条上，像一挂散发喜庆气氛的鞭炮，它的名字，就叫炮仗花，多么形象！有些院墙外，一排爬满绿色植物的墙，被修饰得十分精致，可见主人对生活的讲究和追求……

洁净、精致的农家院

白族的先人当年在择地建村筑寨的时候，对环境的挑选，是很有智慧的。大理白族聚居区的每一个村寨，都是背山面水的，有利生产，方便生活。比如我旅居的这个村，紧靠着一条溪河，面对着一片通向洱海的开阔的田野，是一个十几度的斜坡。从溪河的上游，开渠引水，通过一条条小沟，让山泉水流经每一个院落。每天早晚，定时放水，方便家家户户除饮用水外的其他用水所需。而后，这些小水沟里的水，最终汇入田野上的沟渠，形成农田的自动灌溉。当年白族先人的这种布局，这种追求，是多么具有远见和智慧！

　　村庄的建设如此，对镇子的建设，更是如此。你看丽江古城，束河古镇，小溪沿街流。那清澈的山泉水，那溪水中漂动的水草，为古城、古镇增添了一种蓬蓬勃勃的灵气。

　　漫步在村街，有些院落的门没有关，从大门外放眼看过去，每一个院落都是一片天地，都传达出院落主人的爱好和追求。有些院落像一个小花园，院坪里很讲究地摆放着一些大小不一的陶瓷花缸，栽种着主人喜欢的花卉，显得精致又和谐。有些院落，也许主人喜欢雕塑，爱好微型景观，院落里就建造有小型假山。大家根据自己院落规模的大小，来安排花卉、树木的布局，都十分用心，都显得精巧而别致。

　　这些农家院里，除了种了多种花卉以外，大多还栽有树。白族最崇拜的是高山榕，俗称大青树。它枝叶浓密，四季常绿，树干粗壮，树冠巨大。每个村寨的村口，都栽有这种树。有些古榕树，树冠大得能覆盖一亩多地，是村寨的守护神。而农家院落，限于面积，不可能栽种大青树，多是青梅树。我居住的这个小院子里，就有一株青梅树。这树主干、枝干弯曲得有味，形成了一个颇有特色的树形。每到春节前夕，它没发叶就先开花了。几天之内，花朵全绽开了笑脸，白灿灿一片，占去了半个院落。这时，整个院子，就弥漫着淡淡的清香……

这里的冬天，极少下雨，几乎每天都是艳阳高照，暖暖的阳光洒满整个院落。每年大年三十，我们就把餐桌搬到青梅树下，全家围坐一起，吃着美肴，闻着花香，过大年！你说，这美不美呀？

（2023年2月12日发布美篇）

一路春光走洱源

在路边小摊上，买了两个喜洲粑粑，坐在摊主提供的矮凳上，喝着自带的热茶，啃着喷香温热的喜洲粑粑，开始了我们的早餐。

面前，就是大丽公路，川流不息的大小车辆，在身前飞驰而过。天气真好，春光明丽。刚才沿着鸡鸣江边走过来，就看到江两岸边的柳树梢梢上，已冒出来了一个一个鹅黄色的嫩芽芽。柳树上一条条往下垂落的柔软的枝条，在微风里摆动，像一个个天真活泼的小姑娘在跳舞。春天正悄悄地从树梢上走下来，走向大地，走向人们身边。

这么好的春光，我们想去了却一桩心事：游走洱源。早些日子，就有朋友发信息给我：2月4日至2月8日，洱源举办第二届梅花文化节。那里的松鹤村，万亩古青梅树上的花朵，正竞相开放。我的小院只有一棵青梅树，一开花，就渲染得满院花枝招展。那里的万亩古青梅花，一齐盛开……那气势，那场面，你想想，会是何等震撼！何况，梅花文化节上，还有民族集市、山歌表演等一系列的活动。那是白族民俗风情的一种集中展示啊！无奈那几天，我因故无法抽身，只好遗憾地让这么好的机会流失……

刚把喜洲粑粑吃完，一辆从下关（大理州府所在地）至洱源的小型巴士就停到了我们面前。我和老伴上了车，一坐定，车就朝前奔跑起来。

来到大理避冬寒躲暑热三四年了，常到洱海边转悠，也游玩过洱海周边许多的古镇、古村，竟还没有去过洱源。洱源，洱源，顾名思义，那是洱海之源呀！

小巴士，一会儿跑在宽广平坦的主公路上，一会儿拐入乡村小道，穿过一些村寨集市。不断有人上车下车，有些，是出门上街办事的村妇；有些，是去集市药店购药的老人，乘车三两里路就下车；也有送一些货物上车的，交上几块钱和一个电话号码，委托乘务员带货……这是一辆便民车啊！虽然绕了道，多费了时间，于我，却也有另外一种收获：感受、品味了白族的风俗、风情。

大约一个半小时，我们来到了一片城区，高楼林立，街道宽阔。老伴说，这不像是县城呀，像个大城市。

走出汽车站，许多人在门口接客。一位有些岁数了的大爷迎上来，问我：你们要去哪里？当我告诉他要去茈碧湖，他连连说：好的，我送你们。于是，我们上了他的车。这是一辆农用三轮车改装的车。车棚里，前面是司机的驾驶台，后面是一排简陋的座位，能坐两个人。我和老伴就坐在这排座位上。

一会儿，三轮车就驶出城区，上了一条油砂大道。再一会儿，一个气派的牌楼就出现在面前，上面有一行醒目的字：茈碧湖风景区。车子并没有在景区大门口停，而是径直往里开。上车时就说好了的，送我们到茈碧湖码头。洱源之所以叫洱源，就因为拥有茈碧湖。茈碧湖，是洱海的主要源头。从地理概念上说，茈碧湖是高原断陷溶蚀洼地形成的天然淡水湖泊。它南北长约6千米，东西宽约2.5千米，平均水深18米，最大水深32米，水面约8.46平方千米。它收纳这一方山地的山溪小河，然后通过河道，流入洱海，是洱海的主要水源湖泊之一。

洱海源头的茈碧湖，还有一个名字更好听：玉湖

茈碧湖，又名宁湖、玉湖。茈碧湖镇，原名就叫玉湖镇，因湖内生长茈碧花而得名。每年农历七八月份，茈碧花开。这种花，只在每天太阳初升及午后盛开半个小时左

右，所以又称"子午莲"。茈碧湖内还有一种罕见的自然景观，称为"水花树"。每当风和日丽的日子，乘船到湖心，就可欣赏到这样的奇景：在碧绿透明的深水中，从下而上冒出一串串晶亮的水珠，在阳光的映照下，就像一株株挂满珍珠的玉树。这是不是就是它又称玉湖的原因呢？

突然，我们乘坐的三轮车的前面，出现了一片开阔的水域，足有数千亩之阔，好几平方千米。是不是到了茈碧湖？驾车的大爷说，这不是，是附在它身边的伙伴——草海湿地。由于水不深，许多的植物钻出水面，形成了一片水上草原。不少飞鸟在草海上飞翔嬉戏，最多的，是野鸭。成千上万的野鸭浮在水面上。有些不安分的家伙，不时屁股朝天一翘，一头钻入水中，不一会儿拱出水来，嘴里便叼了一条小鱼，得意洋洋地向同伴炫耀。哪知，猛地窜过来一个霸气的伙伴，一下便来了个"口中夺食"，把它嘴里的小鱼抢走了……这里，真是野鸭子们的天堂啊！

茈碧湖码头到了，我们走下车来。这一天，游客不多，也许是春节假期已过，人们都上学上班，忙学习忙事业去了。也许是时候还早，更多的游客还未到。此刻，一艘艘漂亮的游艇，全都安静地卧在码头边。在车上，驾车的大爷就告诉我，送你们到码头，你们好乘游船到世外梨园景区去玩。过去只听到过"世外桃源"，没想到这里还有一个"世外梨园"。

没有人登船，我们只好站在码头上，往湖的对岸望去。

朦胧中，只见湖岸边，山坡下，有一片白墙青瓦的建筑。那里，大概就是"世外梨园"了。其实，那是一个只有108户人家的古村。因为村子的后山上，有数百棵经历了百年沧桑的古梨树，每年春天香雪成海，夏至翠色葱茏，秋来硕果满枝，为此被文人描述为"梨花院落融融月，柳絮池塘淡淡风"的世外梨园。

我们跨过一座桥，一条笔直规整的景观大道出现在我们面前。大道全是用厚实粗糙的青石块铺就，远远地看去，路面十分平坦，而低头一看，每块石面上凹凸不平。它是一条防滑的大道，一直向前伸展而去，看不到尽头。大道前面一处一处景致不断地扑面而来。看，那成片的白杨树，生长在水中，形成一片水中森林；壮阔的湖面上，野鸭们无忧无虑地嬉闹，时而在水面翻斤斗，时而钻入水中捉小鱼……诱惑着我们一直前行。足足走了两千米路，才改道奔向左侧的另一个景区。那是一个连着一个的大小不一的水泊，它们和草海一起，如众星捧月似的紧紧依附着茈碧湖。难怪，洱源又被人们称为"高原水乡"啊！

不知不觉间，已是下午两点多钟，我们得打道回府了。洱源，是温泉之乡，温泉的资源多得不得了。洱源，是唢呐之乡、梅花之乡……诱惑我们的地方太多太多了。

下回，再来！

（2023年2月13日发布美篇）

家家门前清泉流

苍山十九峰。十九峰孕育了十八条溪河。十八条溪河一齐流向洱海。

也许是千百年来溪河冲积的缘故，苍山洱海之间，形成了一片平缓开阔的原野——一个小小的山间盆地。村庄要么紧靠着苍山，要么就紧挨着洱海。这山和海之间，就是一片开阔的、依山傍水的白族村民耕种的农田。这里的土质非常肥沃，黑黝黝的。一到春天，油菜花盛开的时候，金灿灿一片，从苍山铺向洱海，微风吹过，花香弥漫在天地间。这些依山傍水的村寨，全泡在浓浓的油菜花的芳香里。

我们的村寨，靠着苍山。一栋栋民居，一个个院落，在苍山到洱海的缓坡地上铺排开来。十八溪中的阳溪，从村旁流过。从我租居的小院到溪边，我数过，只有二百零几步。

从苍山深处流淌出的溪水，清澈见底，水质好极了。尽管，这些年村里家家户户安装了自来水，用水方便极了，然而，村寨里的人，总是到溪河边来提水，用来泡茶、煮饭。他们总觉得，自来水是从洱海提取的，是人为处理过的，而溪里的水，是从苍山深处流出来的山泉水，是原水，上面没有人居住，因而没有污染。就像是土鸡肉、土猪肉的味道，要比用配合饲料喂养的鸡肉、猪肉的味道好一些一样。我的女婿认真地对我说过，这溪里的水，比某些商用桶装水的味道好多了。难怪每天早早晚晚，到这溪边来取水的人络绎不绝。挑着桶来的，提着壶来的，开着车来的；有本村本寨的人，也有在城区居住的人，装水的容器也各式各样。有时，我就想，这溪水，到底经有关部门化验检测过没有？符不符合饮用标准？然而，这么多人前来取水，这么多张嘴喝过，都觉得好，这么多人赋予它这份信任，这不就是最好的"化验检测"吗？

溪河边的提水码头，没有垒砌过，非常原始，是取水的人用脚板踩踏出来的几个土坎坎，供人下溪上溪。只要水好，人们并不嫌弃码头不好。

入乡随俗。我这个外乡人，也和本村本寨的人一样，每天到溪边来提取饮用水。开初，我用塑料壶提。但好手难提四两呀！于是找来一根木棍，做成一条扁担，挑两个塑料桶。再后来，到邻村赶街子的时候，看到有卖竹扁担的，便买下了一条漂亮的竹扁担，女婿又买了两个装水的塑料桶，到溪边担水的行头便备齐了。一桶水是32斤，一担是64斤，我这个近八旬的老汉，目前还能对付下来。

这条溪，大名叫阳溪。不过，它还有一个更好听的名字：鸡鸣江。至于这个鸡鸣江的名字从何而来，我没去考究。

水，是生命之源。世上有水才有生命，任何生命都离不开水。这个村子的先人选择在这里建村筑寨，看中的一定是这条溪河。更令人称道的是，这个村寨的先人，巧妙地把溪河里的水，引到村寨家家户户门前流。我旅居到这个村寨好几年了，在村中散步时，发现村寨里每一条小巷子里，每一个院落前面，都很规整地修有一条或宽或窄的水沟。沟里，有时是干干的，而有时却流淌着清清的水。每当清泉在街巷中、在房屋院落前面的沟渠里流动，整个村寨就生动起来。一种特别的灵气，就在村寨里升腾……

早些年我在丽江古城、束河古镇看到，水渠在街中流过。只见渠中小鱼游，水草漂，新鲜极了，美妙极了，令人感叹不已。没有想到，如今自己旅居的这个白族村寨，竟也有如此的美景！

这清清的山溪水，是怎么自动流到家家户户门前的呢？真令人好奇。在这里住的日子多了，待的时间长了，我就沿溪而上去探个究竟。我终于找到了原因。在村寨上面，阳溪上游筑了一道坝，沿着村寨上方的山坡，横着修建了一条水渠。在坝口，将阳溪水引入水渠，水渠沿山脚横着流过去。一条一条小水沟，从大水渠中接上水，向村寨里流来。村寨建在苍山下面的缓坡地带，从上到下，形成了自然的落差。这些小水沟，顺坡而下，就流到了村寨中一条条街巷、一个个院落前面了。需要的时候，把安在大渠上的水闸门打开，清冽冽的山泉水，就蹦蹦跳跳地涌下来了，不需要的时候，则把闸门一关。

屋前就有清泉流

　　家家门前清泉流，家家户户的生活就方便了。洗衣，拖地，冲厕所，浇花……饮用水以外的生活用水，都可以从门前的沟里提取。

　　更巧妙的是，从家门前流过的这些水，最终全部流入了村寨前面那片广阔的农田，去浇灌地里的庄稼。农田也是缓坡地，也如村寨里一样，沟渠如网，溪水自流。我真佩服那些在这里筑寨建村的先人们高超的生活智慧！

　　清清的山溪水，家家户户门前流。这是我们村一道美丽的风景！

　　（2023年2月23日发布美篇，系2023年第2期《海内与海外》杂志所载《我们那个村》之一）

文化装点新民居

离开这个背靠苍山、面朝洱海的白族村寨四个多月了，在春节前的半个月，才回到自己旅居的这个村寨来。

去年九月上旬离开这个村寨的时候，两栋刚开始打地基的房屋，已华丽地耸立起来了，汇入了村寨那片建筑海洋之中。新房气派庄重的门楼、靓丽大气的照壁、清新华美的壁画，无处不在彰显这个民族厚重的传统文化。

白族，是一个喜集居的民族。他们的住房宅院，是紧密地连在一起的。一栋挨着一栋，一院连着一院。人们常说，我们国家五十六个民族，团结得像石榴籽一样，紧紧地抱在一起。而白族村寨的民居，也很像紧紧抱在一起的石榴籽啊！

第一次驾车来大理，在下关从高速公路上下来，远远地看到前方，苍山脚下，洱海边上，两片连绵不绝的白墙青瓦的建筑，呈现在阳光下，那般地壮阔，真是令人震撼！

我旅居的那个村寨，就在苍山脚下那片令人震撼的建筑海洋之中。

早早晚晚，我常在村寨里漫步，看那一个个气派庄重的门楼，观那一块块书写着家风格言的照壁，赏一幅幅新墙旧壁上的精美壁画，心里琢磨着这个民族那根深蒂固的传统文化……

白族，注重住宅的建设，追求居室的舒适。他们对日常生活的要求极低，平日节衣省食，终其一生的积蓄，用来建一个舒适宽阔的宅院。他们把居室宅院看作一个家庭财富的象征、经济实力的象征，也看作自己的脸面！

白族民居，最基本、最常见的形式，是"三坊一照壁、四合五天井"。三坊，每坊皆为三间两层。正房一坊面对照壁，主要是供家庭中的长辈居住。东西厢房二坊，则是由晚辈居住。正房三间的两侧，各有"漏角屋"两间，也是两层，但深度与高度皆比正房略小。前面形成一个小天井，以利采光。通常，一边的漏角屋用作厨房，两层高，但不设楼层，以便排烟。

大理，是白族的集居区。这里的白族民居不主张"负阴（北）抱阳（南）"的格局，而是遵循"背山面水"的原则。他们处在苍山洱海间，从山向海倾斜的一个缓坡地带，背山面水，可以更好地吸纳阳光。他们的这种格局设计，是十分科学的，是一种因地制宜的智慧的选择。

白族民居，最精致、最气派之处，集中体现在门楼。门楼的门柱用砖石砌筑，做工精细，上面绘有精美的龙凤图案，飞檐翘角，层层递进，端庄大气。他们把门楼看作一个家庭的脸面。

如果说，门楼是白族民居的脸面，是一个家庭的脸面。那么，照壁则是一个家族文化的展示，是一种家风的呈现。在这里，呈现的是这个民族传统文化的传承。照壁通常为白色墙面，上面书写深含民族优良传统文化的格言警句。多为"清白传家""青莲遗风"之类，也有对村落美景的赞誉，如"苍洱毓秀""彩云南现"等，还有诸如"紫气东来"等吉言美语。有些照壁，还蕴含着这家人为人立世的品格与理想。甚至，一看到照壁，就知道这家人的姓氏……从这一块块照壁上，人们看到，有一种深厚的民族传统文化在流淌！照壁，承载了一个家族、一个民族的文化传承！

白族民居的照壁好气派

壁画，也是白族民居上的一道亮丽的风景。有一次我从外地回村，正好看到一栋新屋落成。只见新屋高墙上，一男一女两位民间画师站在高高的架子上，往新墙上绘制图案。男女画师腰间，各挂着装有油漆颜料的圆桶。男画师在前面打墨底，女画师最后着色成稿，画面生动活泼。没有底稿，直接在崭新的墙面上作画，真是民间高手！图案有的是迎客松、菊花翠竹，有的是鸡鸭鱼兔等农家常见动物。这些图案上墙后，顿时一股蓬勃的农家生活气息便在墙面上飘逸开来……

这是一种我国独树一帜的少数民族民居的建筑文化。这种文化，在无尽的岁月里，于白族院落中世代相传至今，滋养着一个个院落。一砖一瓦里，凝聚着白族人的智慧。走进这些民居，走进这些院落，就可以窥见整个民族的精神世界！

我漫无目的地在村寨中游走，只见一栋栋规模不一、档次不同、大小不等的旧宅新楼扑面而来。这个村，有3000多人口。至于有多少栋民居，我没有问过，不得而知。我只看到，一栋一栋房屋、一个一个院落，相拥在一起，亲亲密密，和和美美。离我们村3千米的喜洲古镇里，有一个严家大院，被人们誉为"白族民居博物馆"。我们这个村，汇集了各式各样的白族民居，又何尝不是一个白族民居的博物馆呢？

走着走着，猛然间，我又看到，村东村西好几个地方，正在打新屋的基脚。明年再归来，一定又有几栋靓丽气派的新屋，耸立在我们村这片建筑之中！

（2023年2月25日发布美篇，系2023年第2期《海内与海外》杂志所载《我们那个村》之二）

本主庙·大青树·中央街

这一天，费了好大的劲，总算爬上了我们村的发端之处——村里的本主庙。本主崇拜是白族独有的崇拜现象。白族村寨，都建有本村的本主庙。本主庙里供奉的，是护佑本村的守护神。至于是哪一位神灵入主本主庙，这取决于当时在此建村筑寨者的选择。有本族先人中的英雄，更多的是中华传统宗教文化里的人物，如观世音、关云长。据说，开村立寨者确定在此建村时，首先是建造本主庙。接着，在庙前，在村口，栽下一棵或几棵树。这些树，多为树形雄伟、树冠圆浑、枝叶常青的大青树。在村民的心目中，它们也是村寨之神，护佑村民的幸福与吉祥，是村寨兴旺与繁荣的象征，故称风水树。

我们上阳溪村的本主庙，建在村庄上方的苍山脚下。从村街去本主庙，要爬一个不小的坡，这更显示本主庙的庄重与威严。一级一级的青石台阶，沿坡而上。这里海拔2000多米，加上自己年近八旬，气力有限，每次去本主庙，都是气喘吁吁的。

其他的村寨，只有一座本主庙。不知为何，我们村寨有两座。它们并排在一起，是不是有主次，有先后，不得而知。其中一座供奉的是观世音，而另一座，叫遗爱寺，我还没有问清楚遗爱寺供奉的是谁。前年，村里发起一场募捐，捐款用于维修本主庙。有一天，我在村里散步时，看到村中心的一块墙壁上用大红纸贴出捐款者的名字。最末处标示，总计捐款 34 万多元。次日，便有人上门，问我们这些旅居户捐不捐点？入乡随俗，我们捐了几百元。去年夏天回村，本主庙就维修一新了。

村村都有风水树

今天是本主庙维修好后，我第一次前来瞻仰，大气，雄伟，金碧辉煌。庙前的那棵大青树，树冠盖住了半个广场。树干粗得几个人都合抱不了。树干上，挂了一块当地政府立的古树保护的牌子，上面标示，树龄 500 年。据此推算，我们村寨建立达500年了。这个村子里的人，都姓杨。我问过房东：你们的先祖，是从哪里迁徙到此的呢？70多岁的房东也说不确切，听说是从江苏南京来的。

庙前广场，立着一块大照壁，上面绘制着一只威武的麒麟。这是一个祥瑞的动物。

站在庙前大青树下，放眼看去，一片几平方千米的建筑群落，就沿着本主庙和大青树前面的、从苍山往洱海方向的缓坡地段铺排开去。正对着本主庙的，是村寨里的"中央大街"。它从苍山往洱海方向伸展而去，长达2000米。这是本村的政治、经济"中心"。管理全村3000多村民的"村政府"在这条街上，村小学、村卫生室、村农贸市场、村生活超市等，也都在这条街上。移动、联通、电信的运营商铺，理发店，药店，也都集中在这条街上……

村寨有500年历史了。这条"中央大街"上的房屋，不知更新换代多少次了。街道上的许多建筑，是近几年拆除旧屋后新建的。气派的门楼、庄重的照壁、精美的壁画，无一不在展示我们这个新时代的幸福与美满。由于一些人外出闯荡天下，打拼事业去了，无法经管自己的祖屋，街上一些废弃的旧屋成了危房，有些还倒塌了。前年，村里开始整治村容村貌，对这些房屋进行了处置。拆除后，清理出的地块，建成了街心小花园、微菜园，并挂有负责管理的责任人名字的小木牌……经过这一整治，这条街、这个村，更加靓丽、更加温馨了。

我每天都光顾这条街两次。清晨，我来到街上的农贸市场，买一点刚刚宰杀的新鲜猪肉或刚从洱海打捞出来的鱼虾。下午三四点钟，一些外面的商贩和本村的村民，把从外面贩来的和自家生产的物品，带到了市场，成规成矩地摆放在一个个摊位上。许多在都市都不知道到哪里去寻的日常小商品，在这个市场里都能找到。有了这么一个农贸市场，村民们的生活方便极了。

这条"中央大街"，既是村里的"大街"，也是村里的"大道"。村里只有这条街道和少数几条宽一点的巷子，能跑汽车。多数的小弄子，只能行人。房屋太密集了。

"中央大街"的尽头，是一条水泥马路，穿过那片宽广的田野，便到达大丽公路。从这里，便可以走向东西南北的远方……

啊！本主庙，大青树，中央街，我们村寨的灵魂！

（2023年2月26日发布美篇，系2023年第2期《海内与海外》杂志所载《我们那个村》之三）

三塔
——一个民族的符号

不知不觉间，人们走进春天快一个月了。春风愈来愈热烈了。放眼看去，旷野、山岗、漫漫大地，全被春风渲染得绚丽多姿！这一天，我驾车行驶的道路两侧，原本并不十分惹目的一棵棵树，这些天竟每一个枝头上都蓬蓬勃勃地开满了色彩艳丽的花朵，有如一个个花枝招展的青春少女，站立在道路两旁……春色越来越浓烈、春意越来越多情了！

春风春色里，我们要去游览大理古城一个地标式的景区——崇圣寺三塔公园。三塔，那是一个民族的符号啊！早早晚晚，我们散步的鸡鸣江两岸的湿地公园的游步道上，镶嵌的一块块青石板浮雕上，就雕刻着挺拔的三座宝塔。下端，刻着两个字：白族。这就再明白不过地告诉人们：这是白族的标志，是白族的符号。所以，外地人来大理旅游，这是首选的景区。

常常有这样的情形，远方的人们，千山万水地赶来参观这个景区，品赏这里极妙的风景。而居住在这极佳景区边上的人，却没有踏脚进入。总觉得就在旁边，近，方便，随时随地都可以去游玩，不急。这"不急"，有时一晃就是几年、十几年。曾经，我迁居长沙八年了，竟没有到过长沙的著名景区——橘子洲头。一直到有一年，有几位战友从外地来，提出要去看看橘子洲，我才陪同他们走上了这个家门口的江中小岛，去领略了伟人毛泽东青年时期到湘江中流击水常登临的江中大洲的风情与魅力……这不，我们旅居在大理好久了，玩过了大理周边几十里外、一百几十里外的这样那样的景点，就是没有光临这个大理最具代表性的景区。

景区离我们居住的小院，只有十来千米路程，开车不一会儿就到了。高大的景区门楼，气派、雄伟。大门两侧，立着一块花岗岩石碑，上面刻有一行醒目的字：1961 年 3 月 4 日，国务院公布全国首批国家重点文物保护单位。顿时，一种厚重的历史感和庄严感，在心中油然而生……

我们还在门外，一仰头，三座高大的宝塔，就震撼地映入了我们的眼帘。此刻，我们一步一步朝它们靠拢，它们那威严的塔身在我们面前愈来愈高大。它们立在苍山之下，面对洱海。它们立在绿树丛中，花海之上。它们立在历史的风尘里，送走过往，迎接未来……

崇圣寺三塔，位于大理古城西北部 1.5 千米处，背对雄伟的苍山应乐峰，面向碧波浩渺的洱海。南有桃溪流过，北有梅溪环绕，确是一处难得的风水宝地。看到这些，使人不得不佩服古人选地的智慧！

三塔，大塔居中，名千寻塔，当地群众又称它为"文笔塔"。塔高69.13米，塔底呈方形，边长9.9米，16级，为大理地区典型的密檐式空心四方形砖塔。离主塔70米处，南北各立有略低点的塔，均为10级，42.17米高。三座塔鼎足而立，千寻塔居中，南北塔拱卫。

　　南诏王劝丰祐时期（公元824—859年），先建了千寻塔，稍后建了南北小塔。相传，古人修建这三塔时，是垫一层土，修一层塔，塔修好后，再将土逐层挖去。建塔时所搭的桥，高如山丘，长达10余里。修塔时运力不足，还动用山羊驮砖。用工达770万人，耗金4万余两，历时8年建成，足见其工程之艰巨。

挺拔、威严的大理三塔

当年，大理先人修建三塔，除了佛家所宣扬的可以成佛以外，还有一个重要原因是镇水。大理古为"泽国多水患"，古籍中记载："世传龙性敬塔而畏鹏，大理归为龙泽，故为此镇之。"三塔建成后，又建了规模宏大的崇圣寺。

这塔，这寺，载着古人美好的愿望，在历史的风尘里，屹立1000多年了。其间，经历过多少磨难，多少灾祸，光大的地震，就有多次。明正德九年（公元1514年），大理大地震，千寻塔"裂二尺许，形如破竹"，后"旬日复合"。这般的神奇，这到底是佛的神力，还是天地的造化？千寻塔和南北小塔，建造在洱海冲积平原上，地基未见桩孔，塔身重8000余吨，经千年风雨，历多次强震，巍然屹立。其基础之牢固，可以想见。古人超人的智慧，从中可见一斑！

在对塔区的仰慕中，在对寺庙的赞叹里，在这春光花海的漫步间，不知不觉地过去了两个多小时，还有多处景点没有去观赏，只好留下遗憾了。

遗憾，是一种诱惑！遗憾，是一种期待！赏过了三塔的春光，来日，再来品三塔的秋色！

（2023年2月27日发布美篇）

看云在高空作画

　　我们小院有一个露台。露台四周是晾物品的架子，用来晾晒衣服、被子等。得闲时，我总爱搬上一把椅子，到露台上坐着晒晒太阳。某一日，不经意间，我举头往天上一看，只见一团巨大的白云，雄赳赳、气昂昂地从我头顶的上空滚过来了。一看那气势，不禁使我的身子为之一震！

　　从此以后，我就有了一个习惯，早早晚晚，我总爱搬上一把椅子，坐在露台上看云彩在高空作画。有时，云彩单独表演；有时，它借用太阳的光辉，为自己助力添彩。无论是单独挥毫，还是与太阳联手，都表现得非常到位，画作浑然一体。呈现在广阔天宇的作品，精彩极了。

　　好多次，我看到，太阳刚刚从洱海那边的山头露脸，猛一团浓云扑了过来，生生地把太阳给遮住了。太阳在云团里挣扎，强行将它的金箭，从云层缝隙中射了出来。在厚厚的云层包裹下，太阳的光芒被缩成一束，如探照灯般地射向洱海。顿时，洱海海面上的波波浪浪，在太阳光的作用下，反射出一片金光。海面上的波浪，在金光里舞蹈，呈现出一幅灿烂无比的画面！天上地下，那画面之巨大，那色彩之丰富，那层次之分明，让人看了叫绝！

大自然是最高超的美术大师！它的艺术手笔之大，作品画面之壮阔，是人间任何美术家无法企及的。

正当我被这个画面弄得如痴如醉时，一定眼，强行遮住太阳的那团浓云，松开了一丝缝，海面上的光斑强烈起来，眨眼间，仿佛惊飞了洱海中的一群水鸟，此刻你再来看天空，浓云四周，一群白白的薄云，如一群飞鸟，正在高空展翅飞翔……

有时候，天空上万里无云，像是一张湛蓝湛蓝的纸，铺展在天宇之中。忽然从苍山那边爬上来几团洁白洁白的云彩，山间生成的风也跟上来了，风像一条赶牛的鞭子，赶着云团往高空奔来。在风的作用下，云团变幻着，不大一会儿，你举头再看空中，云彩变成了一群奔跑的牦牛，此时，蓝天竟像是一个无边无际的大草原。

多数时候，云彩是从苍山那边爬上天空作画的。从山那边浮上天的云彩，是要借助太阳的光芒为自己助威的。也有的时候，云彩竟是从山腰间钻出来的。这时候，它是要借用青山的色彩，为自己的作品着色的。它或薄或厚的身躯，飘动在山腰间，几分神秘，几分魔幻。就在这些变幻飘动之中，山腰间升腾出一股蓬勃的灵气涌动在画面之上……

云彩的画作，简直是无处不在。有一次，我坐在露台上，一转身，就看到一团巨大的棉絮般的白云，竟挂在我的屋角上。不注意，还真被它吓了一跳。

你看这是什么画？

　　清晨，云彩多是在洱海上空作画。那时，正是太阳从那边出来，它常常恶作剧似的作弄太阳。就在它与太阳嬉闹之间，一幅幅高超的画作就创作出来了。傍晚，太阳从苍山尖尖上落下，云彩便转换场地，到苍山顶上展示它的美术创作的天赋来了。开初，明明是几片薄薄的白云，从蝴蝶泉上面升腾上来，像一群白色的蝴蝶在空中飞舞。不一会儿，它巧妙地借来一缕夕阳。夕阳落在白云上，白云着彩了，转眼再看在空中起舞的，已是一群五彩斑斓的彩蝶了……

有时候，它不知是和天宫玩恶作剧，还是真的对天庭有意见闹情绪，它竟从四面八方，绘出来一个个火堆，让天宇四周燃起熊熊烈焰，一齐烧向天宫。《西游记》里，有一个孙悟空大闹天宫，此刻，它竟来一个火烧天宫。比起孙悟空来，它这一手，就要厉害多了！

坐在露台上，看高空云彩作画，真是一种绝妙的享受。我发现，云彩在作画中，善于借用太阳、借用青山为自己的创作服务。为此，它们之间也结下了深厚的友谊。你看，每当太阳要从苍山顶上落下去的时候，它们难舍难分，苍山不忍太阳从山顶上滑落下去，便拼命地拽着太阳不放。实在拽不住了，太阳还从山那边，射过来一缕缕强光赠送给上空的云彩，最后帮助它完成一幅绝妙的晚霞图……

任何事情，都会有遗憾。看云在高空作画，也如此。有一回，一场春雨过后，云团散去，太阳重现天空，把一缕缕光芒洒向大地。空中一幅美丽、壮阔的图画出现在天幕：一道彩虹，从洱海升起，一直落到苍山顶上，如一条巨大的彩带把苍山洱海紧紧地系在一起。当时，手机不在身边，等我回屋取来手机拍照时，彩虹已隐身天宇了……

遗憾留在心中，希望也留在心中。我在等着，下一个机会的降临！

（2023年2月28日发布美篇，载2023年3月24日《海口晚报》）

最美乡村看尼汝

那里，号称"世界第一村"。第一次听人这么说，总觉得这牛皮吹得有点大，不是全省第一、全国第一，而是全世界第一呀！于是将信将疑。

这天，女婿对我们说，他和他的同事们准备去那里看看，问我们去不去。来到大理，在旅居的小院已住了一些日子了，也真想出去走走了，何况是去一个天下第一的地方呢，于是一口应允。

次日一早，我们就出发了。七八月，正是大理的雨季。雨，说来就来了。似乎天天有雨，一天几场雨。只要有乌云飘来，雨就来了。我们迎着风雨，上路了。

那个村，属香格里拉市，是藏族聚居区。从大理到香格里拉通了高速公路，便当多了，三个多小时就到了。因为此行的多数人，以前都到香格里拉来玩过，香格里拉的景点我们就省略了，只顺路在车上看了看这里的纳帕海。

于是，就直奔那个号称"世界第一村"的藏家山村而去。

从香格里拉到尼汝村，只有七十五千米路程，而导航上标示，需要三个半小时，可见其是什么路况。说它路况不好，也冤枉它了，全程都是硬化水泥路面。那么，为什么这么耗时呢？因为全程都是在大山上爬行，坡陡、弯多；加上是雨季，不时有山体塌方，有碎石掉落，一路上小心翼翼。

尽管这样提心吊胆地前行，我们的车还是出事了。在通过一处有碎石落下的路面时，右前胎被扎破了。只见车子发出警报声，紧接着轮胎就扁了。还算好，此时正好经过一个路边饮食店，有一个停车的小坪。

停下车来，女婿下车，向路边小店的人打听附近有没有维修汽车的店铺？也巧，下一个坡，就有一家修理店。车子是不能开了，女婿徒步前往。不一会儿，一个壮实汉子开着一辆双排座的小卡车来了。

经过一番查看，维修师傅说，胎被碎石扎破了侧面，无法补，只能换新胎，而他们店里没有这种型号的轮胎，要外调，至少要两天时间。幸好我们带了备用胎，但备用胎比正常胎略小一点，师傅说，备用胎不能长时间使用，只能应急，开行最好不要超过六十千米。这里离尼汝村还有二十多千米，只能换上备用胎前行了。

此番教训，使我们开车更加小心翼翼了。一见前方路面上有碎石，就停车，清除以后再走。没有"求助机会"了，如果再扎破一个胎，就无法前行了。

进入尼汝村的村道，坡更陡，弯更多，撒落碎石的路段也更多。然而，路边的景色，却诱惑着你，引诱你忍不住地往前走去。云在山头表演，雾在山谷作画。有时，两边壮阔的山坡上，云像一朵一朵耀眼的白花，开满整面山坡。有时，雾像巨大的白帐，遮住整个山头，偶尔松开一点，露出一点山体，亮出几棵树来，一下又飘过来一片白雾，将山体蒙住了。愈是这样，就愈显得这山秘不可测，神秘无比。近处，路边的树，在雾的配合下，更显挺拔、威武，有一种刺破高天的气势。有时明显地感到，不远的山脚下有河流，却看不到河流的面貌，只听到哗哗的流水声传来⋯⋯此时此景里，山神秘，水神秘，树神秘，村庄神秘！

老天总是把最美的地方，保护得最严，收藏得最深。你想见见它，就得付出些什么！好在现代文明，已覆盖中华大地的每一个角落。这样的深山老林，也被网络网进来了。昨天出发前，女婿就在网上预订了这个村的民宿。

从香格里拉市区出来，已经驱车四个多小时了。前方，看到一个山坡上立有一块广告牌，上书：战友情客栈。这就是我们从网上预订的今晚落宿的地方。

这是一处藏家民宿，坐落在一个依山傍河的地方。两边高山耸立，绿树环抱房屋。云雾，在山间、水边飘动。整座民居坐落在一幅画里。

一棵挂满果实的苹果树就立在我们住舍的露台边，伸手就可摘到果子。经营这家民宿的是一对藏族夫妻，丈夫是一名退伍军人，故将自己开的民宿取名为"战友情客栈"。夫妇俩都十分慷慨地对我们说，树上的果子，你们想尝尝，就尽管摘。

此时，已是傍晚六七点钟了。奔波了一天，累了，匆匆吃过晚饭，就歇息了。这里离村部还有十里地，明天再走。

次日一早，我们就出发了。进村这十里地，比昨天似乎更难走。虽然也全程是水泥硬化路面，但走不了几分钟，就有塌方或落石，或者有被雨水冲倒的树木挡道，需要下车清道。然而，越往里走，景色越美。

爬上一个高坡，前面的车子就停下了。大家一个个从车里钻了出来，发出一片"啧啧"的惊叹声。

我们也停车了，走下车来，只见一幅绝妙无比的大画呈现在自己面前，这是大自然的杰作。站在这天地合作的大画前，人间任何丹青高手也只能望洋兴叹、望尘莫及了。这时候，老天也眷顾我们，开恩地放出一片阳光，洒落在山下那个大坝子上。一片风格独具的藏家民居，整齐有致地出现在阳光下。四面雄峻而广阔的山峰，是一个硕大的云雾表演的舞台。有些白雾，如一群群活泼的绵羊，在山间奔跑；有些轻雾，如一缕缕炊烟，演绎着人间烟火，似乎"白云生处有人家"。云雾占据了整个山峰，在这里，弄不清哪是山上的雾，哪是天上的云。天和地，在这里无缝对接了。站在这里，我顿时浪漫地想：如果当年董永和七仙女是在这里离别，董永完全可以从这天地连接的地方上达天庭，去追寻他的心上人……

再看村舍前面，一条小河流过，傍河铺开一片广阔的田园。这里地势高，气温低，已是七八月，油菜花还开着。

各种各样的野花，开满山头，装点着这个藏家小村。在这个村里，你无论往哪个方向看，面前都是一幅画，一幅极具藏家风情的画。

香格里拉的藏家村寨——尼汝村

看到这些，女儿忍不住感叹道："太美了！这里的人，每天都生活在画境里，多么幸福啊！"

尼汝村，属迪庆藏族自治州香格里拉市洛吉乡，在

"三江（怒江、澜沧江、金沙江）并流"保护区内。一个村，有446平方千米的广阔地域，却只有108户，650人，全是藏族同胞。村名尼汝，系藏语。尼，意为太阳。汝，意为照耀。这是说，这里是一个太阳照耀的好地方。村里有最原始的生态美景，被世人称为"秘境中的秘境"，是真正的世外桃源。

我们进入村中，停下车后，就看到一块标示牌上，有这样几行文字：2002年10月，联合国世界遗产中心委派的高级官员和权威人士吉姆·桑塞尔博士、莱斯·莫洛伊博士对"三江并流"列入《世界自然遗产名录》实地考察时，将尼汝村誉为"世界第一生态村"。尼汝村是"三江并流"世界自然遗产自然奇观标志性提名地之一。

你看看，这还不是吹牛，而是真的！这次来到了现场，见了实景，看到了世界权威人士的评价，我算彻底地服了。

走过祖国的名山胜水，看过不少的美丽乡村，最美在尼汝啊！

（2023年8月11日发布美篇，载2023年8月25日《湖南日报》）

尼汝河谷走秘境

不知是河从村名，还是村从河名，尼汝河边的村寨，叫尼汝村；尼汝村旁的河，叫尼汝河。

这一天，游览尼汝村后，才上午十点钟，时候还早，大家决定去尼汝河谷徒步。往返十三四千米，我已近八十高龄，女婿担心地征求我的意见："这么远，且是山道，你们行不行呀？要不，你们就在这餐饮店里休息休息，等我们徒步回来。"

"不是说这条河谷是人间秘境吗？我想试试。"

于是，我和小我四岁多的老伴，也跟着这群年轻人到尼汝河谷徒步了。

守在路口的人，很负责任地交代进山的人，因这几天下雨，栈道有几处垮塌了，行走时一定要小心。

游道紧傍着尼汝河岸。刚进去这段，是高低不平的泥沙道，几百米后，就是悬崖陡壁的河岸了。陡壁上，人工修建了悬空的钢木结构的栈道。栈道下面，就是汹涌奔腾的河水。栈道挂在陡壁上，依壁弯曲前去。开始那段，似乎还不怎么吓人，进入几百米之后，只见咆哮的河水迎面泻落下来，冲撞到横卧河道中的一块块巨石上，化成冲天大浪，发出惊天动地的吼叫！而脚下的栈道，由于河水经年累月的冲击，把山崖脚下坚硬的岩石也磨溶了，淘空了。本该笔直而下的石壁，被水浪冲击得大大地凹陷进去了，栈道全靠打入石壁的钢管托了起来。可见当初这条栈道的修建者，付出了多么艰辛的努力，也展示出他们超人的智慧！不少地段的栈道，全悬在一片惊涛之上……

不知是什么年月，或是岸边某堵数百米的高崖崩塌，把状如小山的一块块巨石摔落在河道中央，想阻止河水的前路。而水，并没有被吓住，它们鼓起勇气，飞泻直下，在巨石上左蹦右跳，奋勇向前。有时，它们被巨石撞得粉身碎骨，化成万点水花飞向空中。从高空落下后，它们又聚拢一起，奔涌着，吼叫着，义无反顾地向前冲去！

不时看到一些河道上，横着一棵一棵几个人都无法合抱的大树，接受巨浪冲击，这不知是哪一场大雨或狂风把它们弄到这条河道里来的。在一个河坎上，上百根巨木抱成一团，形成了一道树坝，自然也挡不住奔涌而来的河水。水、石、树，在这河道里展开着一场接一场的厮杀，一场接一场的搏斗！

水在河谷里逞威，看得人惊心动魄；水在高崖上表演，也让观望者胆战心惊！在一堵数百米高的悬崖上，顶端猛地蹿出来一股巨大的水流，从高空飞泻而下，落在河道里，发出的声响震得两边的大山都在颤抖！

在这道瀑布飞落之处，卷起狂风，水借风势，风助水威。走到近处，从对岸百米外被风揉碎的水珠，扑面打来，落在脸上，使人心中发冷。

而有些水，不是从山顶上落下，而是从崖壁中间钻出。它不如高崖落下的瀑布的气势，但却另有一种韵味。如果说，高瀑如猛汉，而这种从崖壁中钻出的小瀑，秀丽温柔如村姑。阳光下看去，像是一捧碎银从天撒落，也像是一个做工精致的白银挂件。

栈道上，好几处大小瀑布从高崖泻下，并没有使我们停下脚步。尽管水珠溅湿了我们的衣服，前头的美景，还是引诱我们健步向前。

还真有两处，因暴雨使高崖落石，砸在栈道上，不仅砸坏了铺在钢架上的仿木板，连钢架都被砸弯了。有一处河岸，岩石开裂，往下陷落。我们经过此处时，小心翼翼，胆战心惊。

河谷两边的山，全是悬崖绝壁。每一处，都高达数百米，宽若几千米，全是刀劈似的陡峭大岩，壁面上，布满了神秘的黑色图案。目睹着这样的绝世壁画，我在想，这是不是藏家先民留下来的另一种气势恢宏的唐卡呢？

在栈道上走着走着，前面光线突然暗淡起来。两边的山崖，在这里渐渐地靠拢，河道自然更窄了。挤得河道里的水，急得在窄窄的河道里乱蹦乱跳，一蹦数米高。抬头望去，两堵高达数百米的高崖，相互比着劲，耸入云天。两堵高崖之间，露出一线天来。自然，这里就是河谷里的一线天景区了……

　　这里的水野，这里的山雄，这里的树奇。好多的悬崖绝壁上，无土无泥，却有参入高天的树。这是树的生命奇迹。它们伸出比树干长出很多倍的根，拼命从崖壁缝隙处汲取自己所需的养料，使树在绝壁上长得挺拔、雄伟。

　　山顶接着云彩，而这些连接云彩的山脊上，整整齐齐地耸立着一排伟岸高大的树。它们就像是这方山水的卫士，挺立在天地之间。

在秘境——尼汝河谷留个影

很快，一个多小时过去了。看看计步表，已走过了一万多步，小腿肚子酸痛起来。我想，世间风景看不尽，是不是到此为止，转身返回算了呢？老伴比我有韧劲，她鼓励我说："最美的风景，在最深的地方。这里的王牌景点——七彩瀑布还没有到啊！以后，我们不可能再到这里来了。还是走到底，看看那七彩瀑布吧，不要留下遗憾。"

于是我们在尼汝河谷又继续前行。

走出没几步，栈道这边悬崖上，泻落下白如雪、状如练的一挂银瀑。说明牌上，标示为倒挂瀑布。这是什么意思？原来，这处瀑布，从上至下，有七个叠坎。水落到叠坎处，反弹出来，形成往上跳的水瀑。传说这是天庭里的仙女落下来的一条丝巾。这条河谷里，两岸瀑布数以百计，而瀑布倒挂，唯此一处。

尼汝河，位于香格里拉市洛吉乡，是洛吉河的上段。洛吉河流到四川木里县境，与无量河汇合后，注入金沙江，形成美丽的长江第二湾。

洛吉河谷，是纳西族先民迁徙的必经之地，更是野生动植物的天堂。走进这里，随处可见猕猴、野猪，还有栩栩如生的岩画，处处呈现出一派原生态的景象。

有一位外国作家，游览这方山水之后，写过一本书，称香格里拉是世间秘境。而尼汝河谷，处秘境深处，是秘境中的秘境啊！

十几分钟后，只见对岸一个壮阔的山坡上，一丛丛青绿的草丛里，成百上千条银丝般的水流，直往河岸下泻落。阳光作用下，升腾出一缕缕七彩光泽来，真是美极了！

这里，就是十里河谷上的王牌景点：七彩瀑布。

尼汝河，只有在这里，脚步才有了短暂的停留，留下一块几亩宽的平地和一个水潭。平地上，密集生长出一片高大壮实的树林。树林间，摆有多条木凳，供那些勇敢到达游道终点的游人歇息。

人世间的事，常常是这样，越是最艰难的时候，越是接近成功的时候。若不是老伴的鼓动，我又将失去一个观赏绝世美景的机会，又将留下一个终身的遗憾！

这一天，徒步三十里，尼汝河谷走秘境，看天下最雄的山，观世间最野的水！

（2023年8月13日发布美篇，载2023年8月31日《长沙晚报》）

走条新路看风景

那天，从尼汝村返回大理，我们没有走快捷的高速公路，而是走了一条刚刚通车不久的新路——香虎路。香，即香格里拉；虎，就是虎跳峡。

这是迪庆州用心打造的一条景观公路，全程170千米，有34座桥梁，两条长达1700多米的隧道。一段相当长的路程，是在海拔5390米的哈巴雪山山腰间穿行，沿途经过白水台，下、中、上虎跳峡，有看不尽的风景。

果然，上路不久，就有一个观景台，标示是九仙峰观景台。我们停下车，走上观景台，眺望对面的山峰、山下的原野和村庄。只见山峰上，云蒸霞蔚；原野间，一片田园风光；村庄里，炊烟袅袅，生机勃勃。站在高处往下看，往远望，近处远方，这边那边，都是一幅幅画。最令人心动的，是山际天空上的云彩，有如骏马奔驰，有如村姑起舞，有如大雁排阵，有如羊群啃草……这些云彩，给予你的想象空间太丰富了。

走在这条路上，也有令人担心的地方。刚刚落成的路，标准不可谓不高，质量不可谓不好，路旁都栽上了各种各样的景观树，路两边的坡面，也用水泥钢筋修建了固土用的一个个框架。框架里还紧紧密密地垒着装有草籽的土袋，草籽已开始发芽长草了。然而，这几天一场大雨下来，不少水泥框框里的草籽土袋被水冲洗出来了，水泥框框被淘空了。不少地段，还发生了塌方，压垮了刚刚栽上去的景观竹木……真是令人痛心。

也许是这个地方的地质构造太特别吧！这无疑是一个难题，摆在了这条高原景观路的养护者面前，等待他们去破解。

一路过来，令人惊叹的风景点不断扑面而来。车子每开出不久，就有新的观景台出现在我们面前，还真不知有多少观景台立在这条路上。每一个观景台，都建设得极有特色，民族风情特浓。

我们是下午从尼汝村出来的。走到这条路上的一个风景区——白水台风景区，天色就晚了，于是就找一处民宿住下了。

次日一早，我们便走进景区游览。白水台，顾名思义，是白水造就的奇特景观。所谓白水，就是富含碳酸钙的泉水。泉水慢慢下流，水中的碳酸钙则逐渐沉淀，长年累月就形成台幔，好似层层梯田，是一种奇特的景观。

景区在哈巴雪山山麓，这里是纳西族东巴教的发祥地。景区里，雕塑也罢，标示牌也罢，标语宣传文字也罢，除汉语外，还有纳西文，处处弥漫着纳西族东巴教的文化气息。

我们落宿的民宿，就在景区下面。往山上爬上一两千米，就是那片令人震撼的一层层台幔围成的梯田了。因为泉水中碳酸钙的沉淀，"梯田"底部便呈现白色，就形成了这样的白水田园景观了。泉水慢慢下流，经年累月就造就了一个面积达三平方千米的台幔梯田，被人们称为"仙人遗田"。

我们来到了造就这个奇独景观的泉水的源头。只见一片树林之间，一左一右，从地层拱出两股水量很大的泉水，一股从一个水池中冒出，一股从一条石壩下流来。水极清，我们中的好奇者，用手捧了一捧喝下，说此水有丝丝的甜味，口感不错。

前途美景更多，我们在此没有久留，拍了几张照片就下山了。

公路在哈巴雪山山腰间摆动，车子在白云涌动的路面上飞驰。拐过了不知多少个弯，一个令人惊叹的地点便出现在面前了。

这里一路过去，就是下虎跳峡、中虎跳峡和上虎跳峡。前年夏天，我们到过上虎跳峡。那次是从高崖下到谷底，站到水边来观看的。头一次看到水如此暴怒，感触极深。回到旅居地，我便写出短文，发出"天地大合唱"的惊叹！这次，观景台设在哈巴雪山山腰间，从上往下看，真有一种不一样的感觉。

玉龙雪山和哈巴雪山在这里对峙，两山海拔都在 5000 米以上。玉龙雪山海拔 5596 米，高出哈巴雪山 200 米。两山之间，就是奔涌的金沙江，就是著名的金沙江大峡谷！

站在哈巴雪山看金沙江

站在下虎跳峡的观景台朝前望去，我感到地球在这里开裂了，在这里猛一下裂开一条长达数十千米、深达数千米的大裂缝来！往下看，只见一线黄水被两座大山夹扁了，可怜巴巴地夹着尾巴在山脚下逃窜。一抬头，看两堵绝壁，两座山峰，欲与天公试比高！绝壁上，有水流留下的印记，有风雨刻下的图案！这是一块立在天地之间的大自然留给历史的无字牌！

走一趟香虎路，看不尽的人间风景！

（2023年8月15日发布美篇）

曾在花海过炎夏

说走就走到了攀枝花

一个晚上过去，从北方的小年，跳到了南方的小年。农历腊月二十四这天，吃过早饭，女婿从朋友处得知，离我们住处不远的丽江市永胜县的热河村，有一个温泉山庄，问我们要不要到那里泡泡温泉去。

我们一口应允。于是说走就走，带上一暖壶热茶，就出门了。

小车出了村，上了大丽公路，一路西去。约莫两个小时，只见路边一块指路牌上写着：热河红温泉山庄。我们拐上了一条下山的水泥公路，只见山谷里有几栋亮眼的建筑。渐渐地就看到，一片芭蕉林中，有一些排列整齐的遮阳小棚，里面是一个个温泉小池，中心地带有两个大泳池，盛满清亮的温泉水。此时来泡温泉的人不多，办妥手续后，我们就跳入了大泳池。刚下水，觉得水很热，一会儿就适应了，感觉美美的，挺惬意。在大泳池里游了一会儿，我们要的小泡池的水也放满了，于是转入只供我们一家四口泡澡的小池子，我半躺半坐地泡在池里享受着大自然给予的温暖……

约莫半个多小时，全身就冒汗了，身子也有点发软了。

不能再泡了，再泡就会虚脱。于是见好就收，从温泉池里爬了出来。

推荐我们来泡温泉的友人还告诉我们：温泉山庄对面有一个农家餐馆，专做野山药炖鸡、炖排骨，味道绝了！我们当然不能错过这个享受美食的机会，很快就走进那个不显眼的路边小店。精明的老板对我们说，本店专做一样菜：本地野山药炖本地土鸡或排骨，已做了三十年，用高压锅大约要炖二十分钟才能炖好。你们先到楼下用温泉泡泡脚，或者洗一个温泉澡，免费。

从餐馆出来，本该返回我们的小院来。可是路上的一块牌子，却又吸引了我们的目光：攀枝花，178。从此处到攀枝花，只有178千米。两年前，我就和老友罗先生策划过，要到这个20世纪60年代中叶在国家大三线建设的战略规划中崛起的钢铁新城，如今的那个冬不冷夏不热的康养胜地去看看，去选一个合适的住处，结伴去过一个严冬或苦夏。去年，我还托四川攀枝花的朋友，联系了一处旅居的住所，准备去过一个冬天。那时候，从我们居住的大理去攀枝花，要十来个小时的车程。就是因为这诸多原因，没有成行。没有想到，最近一条新的高速公路开通，使这两地之间变得这样近了。

"干脆去攀枝花看看！"我对驾车的女婿说。

于是，我们直奔攀枝花而去。这真是说走就走啊！

20世纪60年代，国家根据当时的国际形势，进行大的战略布局：加强大三线的建设。于是，沿海发达地区的工厂、学校，纷纷西迁。国家一些新的建设项目，也纷纷落地大山区。贵州的六盘水，四川的攀枝花，湖北的石堰，湖南的怀化……一座座新城崛起！攀枝花，就是在这时候，走进国人的视线。它于我，还有另一个原因，使我牢记于心。20世纪80年代，我的一位在湘中某城任市长的朋友，在党的干部交流任职的安排下，被调到攀枝花去任市长。恰在这时，他父亲身患癌症，他不忍心在这时候离父亲远去。而这时，从北方某省交流来湖南接替他的人，已在路上了。他只能让出职位，后到省里的某厅做一个副职。他是一个挺有潜质的人，能力和水平超群。后来，他做了省委常委、省会城市的市委书记。而后去到北方某省任省委副书记、中原大省任省长、某自治区任区党委书记……创造了他精彩的人生。

很快，一个攀枝花西的服务区就在我们面前了。车子要加油，我们也要方便，于是来到服务区，稍作停留。

现在，高科技方便了人们生活的方方面面。在车上，女婿就用手机搜到了一处满意的民宿。下午三点多，我们的车子直接开进了这家民宿的地下车库。按照主人提供的密码，进入了一套复式住宅。

直到这时候，我们才发现，自己这种太随意的说走就走，导致许多日常生活离不开的东西都没有带。比如手机充电器，比如……尤其要命的是，我这个糖尿病患者每顿要服的药也没有带。

我们走上街来，首先是找药店。攀枝花是一座比重庆山城还山城的"山城"。城在山上，山在城里，下楼就爬坡，街道沿坡而上。我不时抬头前望，只见一条碧绿的河流，在山下，在城下，在一片高高矮矮的楼宇下流动。河岸两边，一丛接一丛的三角梅，一树接一树我叫不出名的花朵，在枝丫上开得十分放肆，把大河两岸渲染得十分灿烂。夕阳下看去，美丽极了，生动极了。

攀枝花，是一座四季鲜花盛开的城市，也是我国唯一一座以花命名的城市。人们形象地描述它：花是一座城，城是一朵花。以前，我不知道这攀枝花是什么花？最近才在网上搜到，攀枝花就是木棉花。对木棉花，我真是再熟悉不过了。年轻时在南海前线当兵，与英雄树（人们对木棉树的尊称）、木棉花终日厮守。据说，当年这个地方就是因为有一棵很大的攀枝花树，村子才叫攀枝花村。后来，新中国的大三线建设，使这个村变成了一座大城，一个地级市！

漫步街头，不时举目四望，只见耸立在金沙江两岸山头上的一片片楼宇、一座座厂房、一个个烟囱、一杆杆线塔，生动地彰显出这座工业新城蓬勃的生命力！

攀枝花街景

　　需要的药购好了，需要的充电器也找到了。这时，女婿又从网上查到，从这里去西昌很近了，只有两小时车程。何不干脆再到我们国家的这座卫星发射城去看看？

　　看来，明天我们又要来一场说走就走的旅行。

（2023年1月28日发布美篇，系2023年第2期《芙蓉》杂志所载《滇川边地笔记》之二）

米易的冬阳

我们说走就走的旅行又开始了。

从攀枝花去西昌，要途经米易县。米易是攀枝花市所辖的一个县。在四川这个人口大省里，攀枝花大概是四川省辖地级市中人口最少的，户籍人口只有一百零几万。而米易，是不是四川人口最少的县，或者说是之一呢？常住人口才区区二十来万。前两年，我们计划来攀枝花过冬或夏，是奔着它康养胜地的名声来的，而攀枝花康养胜地的声名，是靠米易挣来的。攀枝花是钢城，是煤城，是工业新城。粗放式开发的年代，这里是付出了牺牲环境的代价的。而米易，却躲在这座工业新城之外，没有失去它天蓝、水碧、山青、气净的本色。它地处雅砻江与安宁河交汇之处，是亚热带干热河谷立体气候，年平均气温 20.3 摄氏度，年日照时长达 2700 多个小时，拥有得天独厚的光热资源。县城海拔 1100 米，人口集中居住区海拔 1300 米。全年无冬，秋春相连。全县森林覆盖率达 64.3%，空气优良率达 99%。一年四季温暖如春，一年四季瓜果飘香，一年四季空气清新，是一个海拔高度、温度、湿度、洁净度、优产度、和谐度，六度完美结合的地域。这里是我国"南菜北运"的重要基地。两江相汇，又串联着普威、海塔等6个很大的山间盆地。当我们的车子驶入米易地段，扑面而来的，是平坦开阔的田野，只见成片成片的塑料大棚在阳光下闪闪发亮。大棚里全是一人多高的西红柿秧。公路上，一辆一辆的农用车，载着红灿灿的西红柿，往收购站运送。那一个个鲜活的红果果，在眼前闪动，实是惹人爱。老伴说，说不定我们长沙菜市场的西红柿，就是从这里运去的呢！

我们这次临时起意来到米易，有两个目的：一是参观一个傈僳族梯田景区，二是考察一处老年康养中心。女婿在网上搜到梯田景区的地址，于是我们在导航的指引下，直奔景区而去。

车子朝着一座高山奔去。这些年来，我们国家对农村公路建设，是下了血本的。这里上山的公路虽然坡陡弯多，但平整开阔，且全是油砂路面。1个多小时后，我们不知拐过了多少弯，爬过了多少坡，终于来到了这个景区。景区气派的山门上，几个醒目的大字映入眼帘：傈僳族祖居圣地。不要门票，只收5元停车费。停好车后，我们迫不及待地往景区内走去。硕大一片山坡，或窄或宽的水田，一层一层依山铺排而下。已是深冬，田里的水稻早已收割。而一条一条的水流，仍然沿着一条一条的沟渠，从山顶往下流，每块田地都得到了山水的浸润。这是大自然馈赠给这个民族的礼物啊！这里的先民，抓住了山水自流这个得天独厚的条件，开垦出这片令人振奋的梯田。抬头看去，对面的山坡，也很是壮阔，却不是梯田，而是梯土，种的是一些耐旱的作物。也许是没有山水自流的条件，山民只能因地制宜。如今，这片梯田，除了供给人们生产稻谷等农作物以外，又有了新的身份：风景区。它给远方来的游人以美的享受，也给这片土地的主人丰厚的收益！景区里，除壮美梯田的自然风景外，又呈现出另一种人文风景：道路两旁，一个接一个的小货摊，摆放着各式各样的傈僳族的民族特产，穿着靓丽的民族服装的傈僳族妇女，坐在摊前叫卖。你能说，这不是一道独特的风景吗？

留影米易傈僳族梯田

壮美的梯田，是傈僳族先人留给后人的财富。而这些土货特产小摊，是我们这个时代带给这里人们的福利啊！山河壮丽，人民豪迈。国家繁荣了，人民富有了，才有这旅游业的兴旺啊！

　　傈僳族，是一个十分厚道、纯朴的民族。他们不乱喊价，不欺生，做生意实实在在。我看到一个傈僳族妇女摆放在路边的刚刚挖出的芋头，问她多少钱一斤？她答：2元。我掏10元钱，购5斤。一过秤，有6斤，应该付12元钱，但随身带的钱包里只有1元小票了。我把这1元小票给她，并从袋中拿出两个芋头。她把小票退我，并把我拿出的芋头又放回我的袋里，提给我。我们买的生姜，每斤只要2元钱。在一个农家乐吃午饭，店里只有一个小伙子，厨师、服务员都是他。他对我们说，他什么都是现做的，所以需要40分钟才能做好，而且只做一样，就是一个铜火锅，什么菜都放火锅里。我们坐在他的小院里，晒着暖暖的太阳，剥着他摆放在桌上的瓜子，聊着天。小院十分洁净，一排架子上，挂满了农家腊肉，飘散出浓浓的殷实的农家气息。40多分钟后，他准时把菜端上来了。硕大的一个黄灿灿的铜火锅，里面盛满了乌鸡、腊肉、肉丸、山药、土豆、酥肉……上十种食物，每一种都十分扎实，还配有一大盘鲜嫩的青菜。这么大一锅，只收了我们200元钱。

　　在这个傈僳族梯田景区，我们养了眼，也养了胃。这里虽然山高，但在太阳照耀之下，非常非常温暖，游客们一个个都脱去了外衣。

从这座高山上的梯田景区下来，我们又到县城边的一个老人康养中心看了看。那年准备来攀枝花过冬时，有朋友就向我们介绍过，攀枝花过冬度夏最好的地方在米易，看来真不假。过去，米易交通不发达，所以知道的人少。年前，一条从成都到昆明的高铁开通了，在米易设了一个站。听说高铁一开通，从成都到这里只要3个多小时。许多原打算到海南购房避寒的成都人，都到这里来购房了，一下就把这里的房价拉上去了。

这个康养中心在县城边上，一溜的新楼房，挺气派。接待我们的是一位漂亮的姑娘，她领我们里里外外参观了一番，住舍里设施齐全，有冰箱、洗衣机。姑娘介绍说，他们中心是民办公助，酒店式管理。内衣是自己用房间里配备的洗衣机清洗，而外衣则由中心负责收拢到洗衣房清洗。床上用品一个星期换洗一次。中心里有医院，医生定期查房。中心在四川省12个地方设有基地，入住的人员可以换着地方住。包吃包住，每人每天90元到110元不等。"两个标准，是不是食宿有两个档次？"我们问。姑娘微笑着回答："标准一样。民政部门有补贴，能争取到补贴的，就90元一天，否则，是110元。现在还剩几个指标。你们如果入住，尽快办手续，就能争取到补贴。"我们心里清楚，这是聪明的姑娘巧妙的营销手段。在这个康养中心里，看到一些与我年纪相仿的白头翁和白头婆，或在安详地晒太阳，或在愉快地聊天，或在结伴玩牌，都是些幸福的老伙伴。

我们这次米易之行，一路阳光灿烂，温暖如春。米易没有冬天，没有夏天，四季都生活在鲜花盛开的春天里。

（2023年2月19日发布美篇，系2023年第2期《芙蓉》杂志所载《滇川边地笔记》之三）

一路向西到西昌

　　我们从大理白族村寨租居的小院出来，开始这次说走就走的旅行的第三天下午四点多钟，终于到达了西昌——这座川西高原小城。

　　西昌对于我女儿女婿他们来说，是有魅力的，魅力就在于它是一座我们国家的航天城。多年来，每当电视新闻里报道我们国家的卫星从这里送上天，他们就心动，就想有一天自己能来到这里参观，见见那火箭发射塔……眼下终于有了这么一个机会，他们当然不会错过。

卫星从这里上天

西昌于我，却是旧地重游了。记得 20 多年前，四川的朋友邀请我来参加一个创作采风活动，也是一月。我听说这个地方是高原，且紧挨着西藏，担心很冷。四川的朋友说，你误会了，那里的冬天，比你们长沙好过。这话真不假啊！那天，下了飞机，坐上前来接我们的车子往城区驶去。只见道路两旁，灿烂的阳光下，一个一个的花坛上，三角梅开得十分放肆，像一张张美女的笑脸，在我们面前掠过。

我在心里默神，此次是自己的第四次西昌之行了。凉山，由于其独特的气候等自然条件，种出的烟叶特别优质。在国家扶贫政策的支持下，中国烟草总公司选择在这里建设烟草种植基地，帮助这个贫困山区的人们种植烟草，用烟草产业脱贫致富。八九年前，中国烟草总公司联手中华文学基金会，邀请一批作家来到这里采风，我是那次采风活动的参加者之一。那一次，我们跑了五六个县。在田头，在村寨，我们倾听许多驻村干部介绍情况，也与不少当地村民交谈。我们看到的是一张张逐渐摆脱贫困的村民们开心的笑脸，听到的是村民们致富后喜悦的心声。

从此，我的心也与这片土地贴得更紧了。电视里只要报道这里的新闻，我都会放下手中的活，认真地看。前年，当看到凉山州整体脱贫了，我真是由衷地高兴。

西昌，是凉山彝族自治州的州府，一座美丽的小城。它傍着邛海，靠着泸山。如云南大理，苍山为大理城增色，洱海为大理城添秀一样，这里的泸山，是西昌城雄伟的形象；这里的邛海，是西昌城美丽的面容！每一次来，我们都住在邛海边上、泸山脚下的酒店，出门是美丽的海（实为湖），推窗见雄伟的山。有一次，我在这里生活了半个月。每天晚饭后，我走出酒店，沿着邛海边十分规整的栈道惬意地散步。开始是散步赏景，住久了，就是散步健身了。

早餐以后，女儿、女婿和老伴他们迫不及待地去卫星发射基地参观了。我因去过多次，就独自一人来到邛海边，重温当年自己在这里散步健身的情景。时近春节，冬阳灿烂，邛海边的游人真多。凉山州刚刚举行过建州 70 周年的庆典，各种醒目的标语牌匾，四处可见，处处透露出这个民族对当下新生活的满足和喜悦。

前几次来，都是坐飞机，一着地，就是城。这一次，是自驾游，从米易县驱车而来，一路上，视野开阔，地势平坦。这哪是山地？分明是平原啊！只见田野上，全是塑料大棚？大棚里种着各种各样的作物。一杆杆高高的风力发电机，耸立在这平坦的田野之上。在湖南，这些风力发电机都是立在山头上的。这里，颠覆了我的认知。几百平方千米的平原上，数不清有多少这样的风力发电机。只见它们巨大的叶片，在不紧不慢地转动，这说明这里的风力资源丰富。那巨大的杆柱上，标着醒目的字：西昌风电。

入住宾馆后，我在手机上搜了搜，方知我们从米易来西昌，经过的是安宁河谷平原，它是四川省的第二大河谷平原。历史上，这是一片富裕之地，可见当年彝族先民的智慧和眼光。

西昌的白天，阳光灿烂；晚上，月亮美丽，西昌城素有"太阳城""月亮城""小春城"的美誉。新中国又赋予它"航天城"的称号，它还先后获得了"国家森林城市""国家卫生城市""中国最优旅游城市"的称号。

这座古城，虽然来过多次了，总感到有品不完的味，看不腻的景。这一次旧地重游，真不虚此行！

（2023年1月30日发布美篇，载2023年1月18日《长沙晚报》）

新湖盛月

　　一栋栋设计新颖、装修靓丽的高楼在这片山地上耸立起来了。原本，立在这里的，是几座树长不高、花开不好的可谓"鸟都不屙屎"的乱石山岗。三年前，这山岗上日日夜夜响起了隆隆的炮声，随后数十台大型挖掘机威威武武地开进了这片山地。开发者是我们的老友。没有多久，这里的山头被削平了，高楼立起来了。一个可入住近万户的住宅园区，就这样一天一个样地在这乱石山岗上拱了出来……

　　这是云贵高原上的一座小城。即便是在炎炎夏季，这里的平均气温也不足 20 摄氏度，被人们称为中华凉都。这是夏天躲热避暑的好地方啊！那天，我和老罗结伴，走进了这个叫"湾田盘州盛世"楼盘的购房处，订购了当时尚未完工的一个小住所。如今，它就默默地隐藏在这片高楼之中。

　　那是两年前。当时，这里还是个热气腾腾的建筑工地，一栋栋高楼，正如雨后春笋一般在节节拔高，其中的好多栋，已经封顶开始外装修。小区内的园林，也初具雏形。只有园区中心小湖尚在设计中，还是一片堆满石块的荒地。

我下决心在盘州这座小城购房，看中的是这里夏季的凉爽。而近年，这座小城里遍地是楼盘，尽可以供自己挑选。而我之所以选中这个楼盘，相中的就是这个园中的小湖。贵州，有"地无一里平"之说，遍地是山。这里可能缺这缺那，但最不缺的就是山！尽管贵州每年降水量不少，但因是喀斯特地貌，地层里缝隙很多，地不藏水，地下暗河很多；而地上的水域却不多。水，于贵州可谓珍贵啊！听说这个园区的开发者，能把一处山泉水引到园区里来，在园区中心建一个泉水湖。听到这，我就动心了，就认定这里是自己未来夏日的住所了。

　　这次，我从大理返回长沙前，接到老罗的电话，要我到盘州停一下，说是我们的居所中的小湖建好了，让我去看看，看能不能写点什么。那天，我来到这里的时候，已是傍晚时分。沿着一条青石板铺就的踏步道，穿过一片郁郁葱葱的园林，下了几级台阶，前面突然开阔起来。一片碧蓝碧蓝的水域，洒洒脱脱出现在自己面前。它像一面特大的镜子，把西方天际上的红霞，红霞下的那座石山，耸立在石山上的"品质湾田"四个大字，一并收入碧蓝的湖水中。沿湖的高楼矮墅，也在湖水里留下了靓丽的倒影。细一看，水草在水中舞动，一条条或大或小的鱼儿，在自由自在地游动……在这样的湖边漫步，你能不心旷神怡吗？

　　就在这一刻间，我仿佛觉得，这里的高楼矮墅，这里的大树小树，这里的小花小草，都有灵气了。这里的一切都变得灵动起来……

我沿着湖边极富特色的游步道缓缓地走着，心里热热的。湖岸边，不时见到现代气息极浓、颇为洋气的小亭，遮阳伞、长条凳、逍遥椅等摆设，这多是为到这里来拍人生最难忘的婚纱照的新人准备的。

当我来到这里，不禁停下了脚步。有一块巨大的状如煤块的黑色石头，坐落在湖边一块小坪里。石头中央，一股泉水冒了出来。这泉水真是从 10 多千米外的高速公路隧道里引来的吗？一打问，得知是从 200 多米深的地层深处冒出来的。

花重金打深井，从数百米地层深处抽上来的地下泉水，比从隧道里冒出的泉水，更清冽，更纯净。两相对比，取其优。泉水从煤块般的黑石中央冒出来后，落入小坪里一个弯弯曲曲的水槽，再流入湖中。从空中往下看，这条弯弯曲曲的水槽，就是一个草书的"寿"字。我的心猛地一动，几个词，就在我的心中蹦跳起来：那石，应该叫湾田煤。因为这里的开发者，是从湖南的煤矿上走出来的。他们在黔地经营的第一座煤矿，就叫湾田煤矿。那泉，应该叫盛世泉。当今时代，是我们中华民族的盛世，是黔地小城的盛世，自然也是这个企业的盛世，而且这个园区就叫盛世园区。那水，从寿字水槽里流过，是不是可以叫作长寿水呢？这里的开发者，是从湘中煤田——涟邵矿区走出来的。如果在湾田煤前面，再添上"涟邵源"就更完美了。

我想，这湖，这石，这泉，这水，如果都有了名字，就有了眼睛，就有了灵魂。

世间任何东西，都会有名字，人如此，物如此。名字，是一个物件的外衣，是物质外的精神形象。名字，要叫起来响亮，听起来易记，写起来顺手，想起来有韵味、有意境、有内涵，这名字就完美了。如今，这片水域还没有名字。我向主事者建议，应该把命名权交给全社会，面向全社会征一次名。我甚至浪漫地想，国有国徽，校有校徽，我们这个园区，能不能设计一个园徽呢？

西边天际的红霞渐渐黯淡下去了。湛蓝湛蓝的天幕上，大大小小的星星跳了出来，全都在神秘地眨巴着眼睛。月亮，也羞羞答答地涨红着脸爬上了天幕……天幕上的这一切，全被这碧蓝的小湖收藏起来了。月亮在湖里笑，星星在湖里跳，整个浩大的天宇，全装在这小小的湖里了。大自然的巧妙造化，造就了这天湖一体的奇妙景观。

开明的主事者采纳了我的建议，把这个新湖的命名权交给了全社会，一纸征名告示向社会发布了。很快，400多个名字从天南海北飞来。决策者们认真审定，挑选了其中的 10 个名字，交给这个企业的 50 位高管投票，获得第一名的，是盛月湖。的确，湖虽然不大，但它能盛下月亮，装下星星，收藏整个天宇！这象征着这个园区的胸怀，也象征着这个企业的胸怀！

仙境般的盛月湖

　　我的居所，就在傍湖而立的这栋高楼里，推窗能见湖，举头可望月。每当夜幕落下，天上的星和月，倒映在湖里。天地共星月，岂不是我们小区最奇妙的景观？于是，我就将我的居室，取名为星月居。

　　美哉，我们屋边的盛月湖！妙哉，我的可观星赏月的星月居！

（2023年3月16日发布美篇，载2021年9月24日《湖南日报·新湖南客户端》）

曾在花海过炎夏

　　好几年，我曾在那片百里花海旁，度过炎热的苦夏。也曾经两度于三月底、四月初花海最艳丽、最灿烂、最震撼的时节，踏入那片花的海洋，享受它的美，领略它的艳，感受它的气势。然而，却一直没有提笔写写它。每每想到这，心里就深感内疚，总觉得亏欠了它，对不住它………

　　年岁愈大，身体的调节功能就愈差。每到炎夏，就在有火炉之称的长沙熬不住了，于是就外逃。开初，友人祖长君请我们夫妇和他亲家老罗夫妇到他在云南的一家企业里住了两个热天。人哪，对生活的需求是多方面的！住在云南那里，虽然天凉气爽，但他企业里的员工都忙于工作。我们四个老人，白天就在树林间散散步，晚上则在房子里看看电视，看看手机，看看书。没人和我们一起玩玩，时日一久，就感到枯燥无味了。于是，我向祖长君提出：能不能再给我们弄上三两间房，我多邀几个朋友一起来住。祖长为难了：我这里实在腾不出房子了。不过，在贵州，临近百里杜鹃风景区有几间房子，有兴趣去看看吗？我们当然有兴趣。于是在他的安排下，我和老罗就前往考察了……看过之后，非常满意，我立马邀上二三十位朋友，每人掏上万把块钱，将空置的房子进行修整。为了省钱，我决定自己当"包工头"，采购建材，组织施工。一次一次，不厌其烦地与建材店老板砍价，一分钱掰成两半用。辛苦了三个月，这年夏天，我们就浩浩荡荡住进了百里花海里了。

我们把这里命名为"老友家园"。它离百里杜鹃风景区金坡景区的大门仅2千米。这里位于贵州西北部，属毕节市的黔西市。在这片山地125.8平方千米的范围内，有一条宽约3千米、绵延50余千米的天然原始杜鹃林带，漫山遍野生长着野生的古杜鹃树，且全是乔木大杜鹃树，树冠参天遮日，有马缨、露珠、团花等41个品种，囊括了世界杜鹃花5个亚属的全部。于是，这里理所当然地成了国家森林公园，2013年，被国家有关部门评定为AAAAA级风景区。

住进老友家园的第二年暮春，我们特意来到花海赏花。这里对60岁以上的长者，一律免费。此时正是盛花时节，走进杜鹃林中，是眼睛、鼻子的享受，阵阵花香入鼻，从丛鲜花耀眼。站在高坡，放眼看去，高天之下，前面那高高矮矮的山头上，那大大小小的杜鹃树枝头，全开满了黄的、白的、红的、紫的等碗口大的杜鹃花。置身于这鲜花的海洋，你会感到自己的心在颤抖。其规模之大，其花朵之艳，其花姿之美，太让人震撼了！难怪，人们称它是"世界最大的天然花园"，说它是胜过天上彩虹的飘在地球上的彩带！

这天，天气真好，好大的太阳。景区里游人如织，一个个站在这丛那丛让自己心动的花前，看一只只蜂儿在花丛中飞舞，谁都忍不住掏出手机来拍照。如今这个时代，是十亿人民十亿"摄影家"。人人满脸挂笑，景区里数不清的笑脸闪动，数不清的鲜花摇曳，笑脸、花丛构成一幅世间最美丽、最温馨的图画！

不觉间，我们从一个高坡的赏花亭走下，就上了一条晃动的索桥，索桥横挂在两个山头之间。我站在桥上，朝桥下看去，只见长长的山谷间，全是色彩斑斓的怒放的花朵，仿佛面前流动着鲜花的河流。微风拂过，花香醉人。一抬头，满山惊艳的鲜花映进眼帘，宛如一团团云彩从前面压过来，压过来……此情此景，太绚丽了！太香艳了！

漫步在百里花海里

百里杜鹃风景区太大了，它包含了上十个景区。这一天，我们见到的，只是它的一个小角落——金坡景区里的几个小山头。在一个山头上，万花簇拥之下，有一尊雕像，那是令这一方山里人景仰的奢香夫人。据历史记载，她是一位彝族女性。公元 1358 年，她出生于四川永宁一个彝族部落，父亲亨奢氏是永宁彝族宣慰使，后嫁给贵州宣慰使、彝族土司陇赞·蔼翠为妻。婚后，她常辅佐丈夫处理政事。1381 年，蔼翠病逝，因儿子年幼，年仅 23 岁的奢香担起重任，摄理了贵州宣慰使一职，筑道路，设驿站，沟通了内地与西南边陲的交通，巩固了边疆政治，促进了贵州社会经济文化的发展。38 岁时，奢香因病去世。明皇朱元璋为表彰她的功绩，封其为"顺德夫人"，并派专使前往吊祭，敕建陵园、祠堂。景区里，还有这位杰出彝族女政治家的墓、纪念馆，以及据说是当年她训练将士的练兵场。

这百里花海里，还留存着珍贵的红色记忆。1935 年，红军进行举世闻名的万里长征。贺龙、萧克率领红二、六军团从这里经过，在黄家坝与国民党军队展开了一场激战，不少年轻的红军战士就倒在了这片土地上。人们为了纪念这些为革命牺牲的烈士，在景区内建立了黄家坝阻击战纪念碑，供大家凭吊当年在这里浴血奋战的革命先烈。

杜鹃花，让这片山地变得绚丽；历史人物，让这片山地变得厚重；而革命先烈纪念碑，更使这片山地显得崇高！

我曾在这片花海旁边住过几个炎夏，不仅享受了这里的清凉，而且每天傍着花海而居，闻着花香入眠，这份美好的记忆长留心间！

（2023年4月10日发布美篇，载2021年11月10日《长沙晚报》）

我在兰州看水车

　　来到这座城，如果你登上黄河的游艇顺流而下看两岸的街景，只见左岸上矗立着一架一架高大雄伟的木制水车，在水流的推动下，不急不慢地转动着，装在水车上的一个一个水筒，把水流里的水提升到高处，泻落进架在高处的水槽里，水通过长长的水槽，流向远方……那一架架巨大的水车，旋转在蓝天白云之下，成为这座古城黄河岸边一道亮丽的风景。这道风景给古城保存着一份历史的记忆，洋溢着深沉而古朴的风情……

　　每天，有许多的古城人走进这个水车博览园，既为健身，更为追思先人的智慧和黄河岸边远去的风情；每天，有许多远道而来的外地人走进这里，去领略、品味西北高坡、黄河岸边独特的历史风采。

　　黄河水车，又叫"天车""翻车""灌车""老虎车"，起源于明代，可谓历史悠久。古代，兰州黄河沿岸的劳动人民，充分利用河水的推动力发明出来的提水灌溉农田的工具，体现了我们先人的智慧和创造力，见证了我国农业的发展历程。

　　来到古城的头一天，我们就慕名来到这里。一进园，迎面见到一尊高大的雕像。他昂着头，凝视前方。这位思想者，此刻似乎仍在沉思。他，就是黄河水车的发明者段续。

明嘉靖五年（公元1526年），兰州人段续考中进士，朝廷派他赴云南任道御史，后又任湖广参议，这使他有机会奔走在我国南方的山山水水之间。他酷爱大自然，常常被祖国壮丽的山河陶醉。一次在乡间，他看到一条河边有一架龙骨筒车，在河水的推动下，缓缓地旋转，巨轮似的转盘上挂着一个一个水筒，当水筒转到高处时，盛在筒里的水就自动倾倒出来，泻入架在高处的水槽里，水随着一节一节的竹管流入田垅……开初，他觉得这是一幅极美的乡村图画，细细观察，才领略了它的奇妙用处。这是当地人利用河道水流的力量，把低处河道的水，提升到高处的工具。这一瞬间，故乡农人从黄河艰难地担水浇地的情景涌上心来……于是，他停下脚步，站在这筒车前，认真观察其构造原理，并绘成图样带了回去。他后来卸任，荣归故里，便根据当地的实际，经悉心研究，反复实践，终于在公元1556年研制成功了兰州历史上第一架水车，安置在兰州市广武门外。因为黄河两岸多是高地，段续研制的黄河水车高大雄伟，车轮直径达十五六米，最大的甚至有二十多米，可提水到二三十米的高地，这是南方筒车望尘莫及的。

这一下，黄河两岸人民争相仿制，风行一时。到清代，兰州黄河两岸架设的水车达 300 多架，成为黄河兰州段一道独特的风景。每架水车能浇灌农田 300 亩，300 多架水车，提灌农田约 10 万亩……清道光年间，诗人叶礼赋诗曰："水车旋转自轮回，倒雪翻银九曲隈。始信青莲诗句巧，黄河之水天上来。"

1935 年，甘肃平市官钱局发行了一套兰州风景的钞票。其中一张面值五角的就是以水车为题材，图中三架水车并列为一组，矗立在红黄色的黄河之滨，高大雄伟，极具视觉冲击力。

当年，乘船沿河而下，只见两岸蓝天白云之下，一架架雄伟威严的水车旋转，是一幅幅多么壮美的图画！兰州，被人们理所当然地称为"水车之都"。

时代在前行，科技在发展。到了 20 世纪 50 年代，各种电动工具问世了，电力灌溉逐渐兴起。水车，完成了它的历史使命，渐渐被淘汰了，被冷落了，走进了历史。兰州的数百架水车，或被人为拆除，或自然破烂倒塌，一道往日壮美的风景消失了。唯有下川村，村民们不忍心下手拆除曾为自己服务多年的水车，完好地将它保存了下来。2001 年，这架已有 160 多年历史的水车，被甘肃省人民政府列为省级文物。它，也成了下川村的文化遗产，被村民们珍爱。这架水车，在停转 4 年之后，又旋转起来。如今，它成了村里一道独特的风景和旅游打卡地标……

这一天，风和日丽，秋高气爽。我们兴致勃勃地漫步在这个博览园里。沿着河岸，3千米的地段内，架有6组、12架巨型水车。每架水车，车轮直径达15米。除其中一组是用现代的电力驱动外，其余全是由原始的水力驱动。自然，今日此地的它们，不再肩负提水浇灌农田的使命，提供给人们的，是一种历史记忆，是一种参观学习，让人们从中感受祖先的智慧和我国农业发展的艰难历程。

兰州黄河边的水车博览园

我们忍不住在一架紧靠一棵大树的水车前停下了脚步。仰头看去，蓝天上，白云飘过，白云下，水车旋转。到达上端的水筒，自动地、缓缓地把盛在筒里的水倾倒到下端的水槽中。河风吹来，不时把水筒泻出的水揉碎，化成小水珠，洒向四周。细小的水雾飘落到我的脸上、臂上，引发我产生无尽的思绪……

这个博览园里，除了高大雄伟的大型水车外，还有各种先人使用的用水推动的工具，如磨面的水轮磨面房，小巧，精致，无不使你投去目光，停下脚步，去获取一份美的享受。

黄河岸边看水车，全是满满的历史记忆。

（2023年3月20日发布美篇，载2021年11月17日《长沙晚报》）

夜兰州

　　一级一级用规整的青石铺就的台阶，出现在大家的面前。我们逐级而下，朝河边的码头走去。码头上，停泊着几艘装饰新潮的游艇，等待着从东西南北来到这座西北古城游览的远客登临，白天观赏过阳光下古城的雄姿之后，再去欣赏一番这座古城美丽的夜景。

　　这座城在黄河边。这座城叫兰州。

　　不一会儿，登临游艇的乘客就满满的了。我坐在游艇上层的观景台上，这里朝天敞开，视野开阔。虽然时令早过中秋，本该凉爽了，然而，今年天气怪异，仍然颇为炎热。坐在敞开的看台上，才能感受到秋日夜风的清凉。也许这几日黄河上游下过大雨，河道里浊浪滔天，水流很急，游艇在波峰浪谷间颠簸，颇有几分刺激。夜幕渐渐落下，湛蓝的天空上，星星登台表演了。不过，很短的一会儿，它就失去了夜的主角的地位。那挺立在河岸左左右右的山头，那遍及全城大街小巷高高矮矮的楼宇，在各种色彩的灯光装扮之下，隆重登台了。绚丽亮眼的灯光勾勒出两岸山的雄姿和沿河耸立的楼的靓影。不时有彩色光柱从山的高处扫射过来，整个城市，魔幻得如天堂般美妙。天宇上的星星，在满城的灯光冲击下，变得暗淡起来，在这般美妙无比的灯光面前，它们羞愧地躲进了云彩。这时候，我强烈地感觉到，灯光，是夜城最高超的化妆师，它是古城夜色里满街满巷开放的最绚丽的花朵。

兰州夜景

　　兰州，是我国西北地区的重要城市，始建于公元前86年，至今已有2100多年的历史，是中华大地最古老的城池之一。它是古代中原进入西域的桥头堡，是河西走廊上商贾们的重要驿站。建城之初，它叫金城，相传是因为人们在这里挖到了金子，另一种说法是依据"金城汤池"的典故，喻其坚固。隋开皇三年（公元583年），隋文帝废郡置州，在此设立兰州总管府，兰州之称始见于史册。它是千里黄河上唯一一座河道穿城而过的城市。

1983 年，甘肃省文联和作家协会举办"飞天笔会"，邀请全国各地 30 多位作家与会，有陕西的贾平凹，江苏的黄蓓佳，北京的陆星儿，上海的竹林、程乃珊等。当时，文学正火。甘肃电视台根据我的中篇小说《山道弯弯》改编的同名电视剧正在甘肃热播。那时萧华将军还健在，他是当时全国政协副主席、兰州军区①第一政委。他和时任甘肃省委书记李子奇、省长陈光毅出席作家们的座谈会和接待宴会。就餐时，萧华将军把江苏的女作家黄蓓佳拉到他的左边坐下，又把我喊到他的右边坐下。细心的将军，还把我们这次笔会将要去采访的几个地市的地市委书记也请来了。他风趣而生动地对他们说："这些作家，是省委、省政府请来的客人。到你们那里以后，少招待开水，多招待瓜果，让作家们品尝品尝我们陇上大地的甜蜜！"……一晃 38 年过去了，那情那景，仿佛就在昨天！

　　38 年后再次来到这座古城，当时的印记，已模糊得追寻不到了。城更大了，街更宽了，楼更高了，房更多了，街道更漂亮了。古城变新了，变美了。

　　猛然间，有人惊喜地喊叫起来，快看，快看前面！我从沉思中醒来，举头望去。河道前面，一座大桥上的弧形桥架，在彩色灯光的装扮下，宛如天庭里的彩虹，惊艳极了。白天，我们从那座桥上走过。它是千里黄河上的第一

---

　　① 原中国人民解放军七大军区之一，2016年2月1日，中国人民解放军五大战区正式成立，原七大军区撤销。

座桥——黄河铁桥。它厚重的历史，让前来观赏的游人感叹不已。说起来，建这么一座铁桥，还是我的老乡左宗棠最早提出的设想。当时，他任陕甘总督，60岁高龄，率军西征，去收复新疆。他进军途中栽下的柳树、杨树，今天仍有不少倔强地耸立于陇上大地。今天的人们，把这些树尊称为左公柳，来纪念这位年逾花甲、抬着棺材去收复国土的将军。他在黄河建桥的设想，直到他的后任升允时才得以实现。1906年农历五月初，甘肃洋务总局彭英甲等，与德国泰来洋行喀佑斯就包修兰州黄河铁桥事宜拟定初步的合作合同。喀佑斯请来一位美国工程师进行实地勘测。勘测结果出来后，德方认为"黄河水性，虽然湍急，若如所议章程修铁桥，甘愿保固八十年"。同年10月28日，合同正式签订，黄河铁桥工程筹备工作全面开展。1908年5月9日，铁桥建设正式动工。当时，民间流传着这样的民谣：隔河如隔天，渡河如渡鬼门关。可见渡河之难，又何况在河上建铁桥？工程之艰，可想而知。建桥所用钢材、水泥等物资，全部从德国海运至天津，再从天津用火车、马车运到兰州，创造了我国近代运输史上的奇迹。经过近两年艰苦卓绝的努力，大桥竣工通行，耗资30.66万两白银。桥的两端，各有一个牌厦，雕梁画栋。牌厦前后，挂有四块名人匾额，其中由时任陕甘总督升允题写的"第一桥"匾两块，并在铁桥两侧，立了两块石牌，由升允撰文记述修桥始末。1928年，为纪念孙中山，铁桥由"第一桥"

更名为"中山桥"……铁桥经历了100多年风雨，依然屹立在黄河上。直到前几年，才不通行汽车，只供人员通行。如今，兰州主城区已有13座黄河大桥。而这座已有113岁高龄的铁桥，成了兰州人为之骄傲自豪的纪念碑。

　　游艇在湍急的黄河河道上破浪前行。一幅幅古城夜景的灿烂画卷，扑面而来。一处处被灯光装扮得如梦如幻的桥之景、山之景、街之景、楼之景，不时在眼前映现，美不胜收。

　　兰州，城之夜，夜之城，美极了！

（2023年3月21日发布美篇，载2021年10月13日《长沙晚报》）

故事里的酒城
——行走商洛之一

此生有机会走进商洛这片神奇的土地，看山的雄姿，观水的秀美，亲近秦岭原乡村寨，探寻漫川古镇历史，领略商於古道浓郁风情，倾听秦楚界地过往故事，真是一种享受……

那一天，正是立夏。我们的车，在山谷间的高速公路上奔跑。道路两边的山山岭岭、层层叠叠的树木，如一团团绿色的云彩，涌动在眼前。

车在飞速奔跑。我的目光，不时落在两边的山头上。山间各种各样的树木花草，青春勃发。深沉厚重的老叶上，长出一蓬蓬鲜活嫩绿的新叶。新老枝叶相处和谐，深浅绿色搭配得当。山，有了层次，有了色彩，格外地生动起来。一座一座的山峰，在轻风里，神采飞扬。原来，最美的春色在初夏。只有到了初夏时节，大地的春色才最浓烈，最疯狂。初夏，才是春色的癫狂时节。

这样的季节，雨多。我们到的那天，刚刚下过一场大雨。山腰间，不断冒出浓浓淡淡的白雾水汽，组合成一个个浓浓的雾团，在山间翻滚着向上升腾。山峰，早已隐藏在云海里了。天与地，在这里连接起来了。似乎从这里往上爬，就可以进入美妙的天庭，去拜会嫦娥，会见七仙女了。

这座山，就是神奇的秦岭。它是中华文明的发祥地之一，是黄河水系与长江水系的分水岭，也是我国南方地区与北方地区的界山。当年，秦始皇就是从这里发兵，开创一统天下的伟业的。这座山，是秦的"福山"，秦的统治者就以国名来冠山名。

秦岭山脉南麓，那片广阔的土地，就是商洛。

春色浓烈的山岭下，流动着一条河，那就是丹江。它是汉江的主要支流。这些年来，一句著名的话进入人们的视野：丹江口水库——南水北调的水源地。难怪这次与我们一同来寻访这片土地的京城的朋友们，都动情地对这里的朋友说：我们同饮一江水啊！

一座小城，紧依着一座山，傍着一条江。这座小城，就是丹凤县城。这座山是秦岭的一支，叫凤凰山，而这条江就是丹江。这就是丹凤县县名的来历。它是商洛所辖的六县之一，也是我们这次行走的第一站。

在这座美丽的小城里，有4个酿造葡萄酒的庄园。小城的故事，就藏在这些酒庄里……

丹凤葡萄酒开始工业化生产，已有110多年历史了。它的奠基人华国文本是山西洪洞人，年幼时，连年灾荒，民不聊生，父母便带着他逃难到了河南南阳。他生性聪明，又勤奋好学，深得南阳一家天主教教堂的传教士喜欢，传教士收留他在教堂打杂。这位名叫安森曼的传教士是意大利一个葡萄酒庄园的传人。在南阳传教时，他就在教堂周围种植了许多葡萄树，当葡萄成熟时，便把葡萄酿造成葡萄酒。华国文跟着他，学会了酿造葡萄酒的技艺。传教士还教会了华国文照相摄影的技术，这在当时是非常新潮的。后来，华国文离开教堂返回山西老家时，传教士又送给他一部照相机。他一边靠照相谋生，一边踏上回老家的路。当时，正是辛亥革命爆发时期，他在南阳时，便剪掉了头上的辫子，走到丹凤时，被保守党扣留。他无法继续踏上回家的路，只好留在丹凤。丹凤的百姓，爱种葡萄，尤其是龙驹寨的葡萄，糖分高，香味浓。华国文便利用自己所学的酿造葡萄酒的技艺，与当地人合作，办起了"美利酿酒公司"，向当地农户订购了 1 万余斤葡萄，于当年 10 月，生产出 3 吨多优质葡萄酒，打出了"共和"葡萄酒的品牌。这是丹凤葡萄酒的第一个品牌。不久后，那位意大利传教士也来到丹凤龙驹寨教堂传教，并创办了一家葡萄酒酿造工厂，开创了丹凤葡萄酒工业化生产的历史……

这一年，正是 1911 年，也是我国历史上，一个改朝换代的年份。次年，中华大地结束了几千年的封建帝制，建立了中华民国……

我们踏入这片土地的当夜，热情的主人，邀我们参加由四家葡萄酒庄联合举办的葡萄酒推介会。在浓郁的酒香里，听一家一家酒庄的创业故事……

迈入新时代后，丹凤葡萄酒庄被打造成了集葡萄种植、红酒酿造、文旅康养于一体的现代化企业，拥有1.5万亩酿酒葡萄种植示范基地、1万吨制酒储酒的生产线、千亩葡萄采摘体验博览观光园和一个原生态民宿集群，已成为当地旅游的目的地、网红打卡点。

东凤酒庄的创始人，对葡萄酒极有情怀。他原在丹凤葡萄酒厂工作，后到外地打拼。2001年，在丹凤葡萄酒遭遇困境停止生产时，他立马放弃在外地的事业，杀回家乡，建起了一个具有法国风情的酒庄，决心创造出丹凤葡萄酒新的春天……

在安森曼酒庄的广场上，立着一尊丹凤葡萄酒奠基人安森曼的雕塑。一走到这里，参观者便对这个把现代葡萄酒酿造工艺带到中国的外国传教士充满敬意。

在葡萄酒城里，最神奇、最有看点、最震撼的，是那些隐藏在地下的酒窖。

那是一座一座地下城！只见几十米深的地下，一个连着一个宏大的窖房，数不清的大大小小储酒的橡木桶，像军队的战士一样列队在这里。行家说，地窖，是葡萄酒庄的灵魂所在。葡萄酒在这里吸纳天地精华，再造变身，升华提质！

东凤酒庄的酒窖，更是别具一格。除有存放大型橡木储酒桶的地窖外，还有一个地下长城般的坑道。在长长的坑道壁上，挖出一个一个小洞洞。每个小洞洞，不大不小，正好放进去一瓶酒。主人介绍说，这些洞洞里，无论冬天还是夏天，温度都在 13 摄氏度到 16 摄氏度之间。在这样的温度下储存几年的酒，味道更是上乘。

酒庄里的酒窖多奇妙

凤山下，丹水旁，4 家规模宏大的葡萄酒庄，聚集在这座小城里，组成了丹凤县的一个支柱产业，为全县的经济发展，做出了不菲的贡献！

山下有城，城里有酒，酒里有故事！

（2023年5月17日发布美篇，系2023年第7期《湖南文学》杂志所载《山南故事多——行走商洛》之一）

故事里的山村
——行走商洛之二

汽车开上一个高坡，在一块坪地里停下了。我们跟着领路者走下车来，站到了一个高台上。

这是一个观景台。

先一步站上观景台的，发出了一声声欢叫：啊！太美了！太美了！

停车场的旁边，立着一块高高的木牌，一行赫然醒目的大字标在木牌上："秦岭原乡：中国最美乡村 —— 法官庙村"。

下车的人纷纷走向前面的观景台。观景台安在一道高崖之上，靠外的地方，安装了牢固的护栏。站在这里，朝前远眺，一幅无比壮阔的山水画展现在自己面前。远山，在云雾里时隐时现，仿若仙境。近岭上，一道数十米宽的瀑布，从笔陡的崖壁上落下。阳光下看去，如一道银制的帘子悬挂在山崖上。瀑布下，不是深潭，而是一片开阔的水域。四周山岭耸立，群山环抱着一片田野。田地里的油菜，花期已过，枝头全结籽了。籽瓣开始变色，由淡绿色渐渐变深转黄。一条不很宽的河流，从山那边流来，河道上修筑着一道道小坝。河水从坝上泻下，河水像镜片一样闪动在我们面前……

山、水、淡雾、云朵，如此和谐巧妙地组合在一起，构成一幅气势恢宏的艺术作品。除了大自然外，任何人间艺术家站在这样的艺术品面前，也只能羞愧地低下头来。

秦岭原乡一村景

早就听说，秦岭美，最美在商洛。那么，商洛美，最美是不是在原乡，在法官庙村呢？我没去考究，不敢妄言。

从观景台往上走，就是一处原乡民宿。全是当地村民的老房子，稍做修饰，韵味就出来了。许多旧农具、农家老物件，此时此刻成了展品，摆放在恰当的地方，倒是给外来客一种新奇的视觉冲击，勾起他们心中隐隐的乡愁。

这个法官庙村，是有故事的。村子的一座山上，建有一座庙，香火甚旺，名气极大。那庙就叫法官庙。那是清代朝廷拨出官银所建，而且"法官"二字是道光皇帝亲题的。

说的是，有一年，村里来了一个外地人，在村里开了一家药铺，此人医术精湛，心地善良，为穷苦村民治病从不收费。此人名叫张顺天，湖北随州人。他为人淳朴善良，嫉恶如仇，在家乡为贫苦民众驱病解危，不惧怕恶势力，好打抱不平，因此遭到了恶势力的追杀。他被迫逃离老家，一路北上，来到了这个藏在深山的村庄。看到这里山清水秀，于是定居下来，开药店，治病救人。他医术高超，许多人被他从死亡线上拉了回来。传说有一村妇，即将入殓下葬时，被他起死回生救了过来。他被四乡八里的村民尊为神医和救苦救难的观世音。清同治二年（公元 1863 年），张顺天去世。为表彰他的善德，朝廷拨下专款，修建法官庙。从此，庙前香火不断，每年冬月初一，即张顺天的生日那天，都举行盛大的庙会。春节期间，更是热闹非凡……

张顺天去世了，他留下的扶贫济困、崇善积德的精神，成为这个山村的财富，被村民们传承下来。近些年来，随着国家乡村振兴战略的推进，法官庙村加速美丽乡村建设，发展乡村旅游。这里的山水风光，成了村里的本钱。一家一家的农家客栈，一处一处的特色民宿，遍布在青山绿水之间。他们巧妙地把早年修在山上的一条水渠，转化成瀑布从悬崖落下，又在瀑布旁边建起了一处我叫不出名来的游乐设施。一个一个高高的钢铁架子上，托起一条玻璃水槽，从高空弯曲而下。游人坐着小巧精致的橡皮艇，从水槽里飞速而下。想想看，当你坐着橡皮艇，从高空中的水槽飞速冲下来，会是一种什么样的感觉？你能不心惊肉跳吗？这个娱乐项目，深得年轻游客的青睐。

那一天，我也随着一群游客，走到了这高架水槽下。看到一个一个年轻的游客乘着电梯上去，然后坐橡皮艇从高空水槽飞速冲下。举头望去，只见一艘艘载着游人的橡皮艇从空中飞落……

陪同的朋友问我："敢吗？"

"我想试试。"我答道。

有人劝我："你八十岁了，服老吧。这是年轻人玩的游戏。"

我没有犹豫，就坐上了上山的电梯。来到山顶高台上，认真听了工作人员讲解的注意事项。然后，穿上塑料雨衣雨裤，就准备往放飞的橡皮艇上坐了。每艇坐两个人。从黑龙江来的女作家秋月，是作家阿城的夫人。阿城不敢上来，她上来了。她找到我，要和我坐一个橡皮艇。坐在前面的，似乎更恐怖一些。作为男人，应该胆大一些。我麻起胆子就坐到前面了。

俯看高架下走动的游人，都成了小不点了。真高啊！坦率地说，此刻，我内心真有点害怕。但转念一想，这高架水槽的设计者，一定是全面考虑过、反复试验过的，不会出危险。这么一想，心情就平静了。我坐上橡皮艇，两手牢牢抓住橡皮艇两边的抓手，随着工作人员用力一推，橡皮艇就往水槽滑落。速度越来越快，只听见耳边风呼呼地叫。在高架上的玻璃水槽是弯曲而下的，每到拐弯的地方，橡皮艇撞着玻璃槽壁，迅速弹了过来。这时，我的心跳到了喉咙口，忍不住发出一声声尖叫。真刺激！

最后那一个弯，更急，橡皮艇在玻璃槽壁上的冲击也更大，我坐在橡皮艇上，真是胆战心惊！

几分钟后，我们从山头飞落到了山下。我从橡皮艇上站立起来后，旁边的朋友问我感觉怎么样？

"过瘾！"我爽声答道。

我站在瀑布下，朋友拿出手机，为我留了一个影。此刻，我举目遥看前面的村舍、田野、山岭……每一处都特别地美！难怪这个秦岭原乡的小村，荣获了"中国美丽宜居乡村""中国美丽乡村百佳"等称号！

（2023年5月18日发布美篇，系2023年第7期《湖南文学》杂志所载《山南故事多——行走商洛》之二）

故事里的古镇
——行走商洛之三

古镇，在一座高山下。

大山，在古镇后面，耸立出一堵数百米高的悬崖，这堵笔陡的高崖上，有三个红色的大字：漫川关。山之高，字之大，让人看得目瞪口呆。

我们缓步行走在这条铺满青石板的明清时期所建的老街上，看街道两边一个个古朴的商铺，观脚下街面上一块块被踩踏得光洁平滑的青石板，似乎一股历史的风尘扑面而来。商铺也罢，街面青石板也罢，此刻似乎都在讲述这条街、这个镇厚重的历史。这街道上的每一块历经历史风雨洗涤的，被一代一代进入古镇的过往商贾、往来马帮的脚板打磨得光滑洁亮的青石板里，都藏着故事……

商洛，在中华民族的历史进程里，有过火红的一页。治水的大禹、变法的商鞅、造字的仓颉、造反的闯王，这些在中华历史上留下鲜活印记、推动历史进程的人物，都为这块土地带来过荣光。李白、韩愈、白居易，都在商洛大地六百里商於古道上留下过足迹和不朽的诗篇。

漫川关古镇，就是立在这样一块历史文化厚重的土地上的标石。

它地处我国春秋战国时期的秦国和楚国交界之处，即如今的陕西和湖北相接的地方。有一个成语：朝秦暮楚，就源于此地。

春秋战国时期，这里是秦楚拉锯之地。一会儿，被秦军所占；一会儿，又被楚国统领。这里的先民，在夹缝里求生存，表现出了超人的智慧。每天清晨，开门探看，如街上站着秦军，即穿秦服；如街上走动楚军，即着楚装。秦军来了，讲秦语；楚军来了，说楚话。于是，又一个词语从这里走进汉语词汇：南腔北调……

我们走过这条明清时期所建的老街，来到了一个宽阔的广场。在这里，汇集了湖北、陕西、山西等几个商会会馆，建筑风格，各具特色。骡帮会馆，又称马王庙，建于清光绪十二年，即 1886 年，结构紧密，砖雕、木雕和壁绘都十分精致美丽。

历史上，这里是著名的水陆码头。南上的船，北下的马，都汇集在这里做转口交易。为了保佑旅途一帆风顺，马帮商队中几个在此赚了大钱的商家，共同出资修建了马王庙。因为与骡帮有关，又称骡帮会馆。如今，这个经过历史风雨洗涤，至今仍保存完好的骡帮会馆，成了全国重点文物保护单位。

在骡帮会馆对面，立着两座气派、威武的戏楼。这天，天气晴好，古镇里游客很多。许多着装艳丽的女士站在双戏楼

（又称鸳鸯戏楼）前拍照，留下自己人生旅途中风光的瞬间。

两座戏楼都是清代建筑。一座南式，为湖北人（即楚人）所建；一座北式，为陕西人（即秦人）所建。南楼为重檐，显得灵秀；北楼为单高挑檐，显得大气。两楼中间，用演员休息室巧妙连接。这里商贸兴盛时期，两个戏台上，一个演汉剧，一个唱秦腔，常常同时演出，唱对台戏。南北文化，在这里紧密地交融。

漫步漫川关古镇

在中国革命的历史进程中，漫川关古镇上，也有过精彩的华章。1932年，一场红军生死攸关的战役——漫川关战役，就发生在这里。

1932年11月11日黄昏，红四方面军为突破国民党部队的围追堵截，在古镇以东的崇山峻岭中，与国民党胡宗南的部队进行了一场血战，两天两夜，打垮了国民党部队无数次的进攻。为掩护大部队突围，红三十四团一营、二营，1000多人，战斗到只剩下不到200人，终于粉碎了胡宗南想把漫川关作为"红四方面军的坟墓"的阴险企图，有效地保全了红军主力。时隔50多年后，红四方面军总指挥徐向前元帅回忆当年的战斗情景时，无限感慨地说：漫川关突围真是危险啊！多亏三十四团在北山垭口顶住了敌人！

历史翻开了新的篇章。进入新时期后，古镇焕发了青春，一批新的建筑出现在古镇四周了。就在离老街不远的地方，有一片白墙青瓦马头墙的徽派风格的建筑，成为古镇上一个亮丽的新景区。那是古镇近几年引进一位安徽企业家建设的"漫川人家"。景区由徽派私家园林、徽派艺术博物馆、徽派盆景博览园、根雕佛国、弘石山房五部分组成，这是一个艺术王国。看过之后，令人叹为观止的是，那些化腐朽为神奇的木雕、竹雕。

根雕佛国的大门口，远远看去，竖立着几根粗大的枯木。走近一看，你不得不惊叹：右边，四根枯木顶部，是四个人物，脸部神态生动逼真，似乎都在沉思。那是商洛历史上，也是中国历史上的四位重要人物：大禹、商鞅、仓颉、闯王。而左边的三根枯木，雕刻的则是李白、韩愈、白居易，人物表情深沉，神态安详。

走进这个根雕馆，真是让人目不暇接。竹雕、木雕上的人物、动物，千姿百态，样样逼真，令人感叹。原本，都是些在深山里不见天日，将腐烂化为泥土的树蔸、竹根，在一群艺术家的手里华丽转身，鲜活靓丽地站在人们面前，组成了这个人见人叹、人见人惊、人见人喜的艺术王国。

这就是先后荣获中国美丽宜居小镇、中国美丽休闲乡村、中国特色小镇等八项国家级荣誉的漫川关古镇，一个故事多多的古镇。

古镇在故事里。

故事在古镇里。

2023 年 5 月 15 日于莽山

（2023年5月19日发布美篇，系2023年第7期《湖南文学》杂志所载《山南故事多——行走商洛》之三）

带着故乡走四方

今天我掌厨

好久没有进厨房炒菜了。明天老伴要发面做老面馒头，于是我对她说，明天我来掌厨烧几个菜。

烧几个什么菜呢？我最爱吃的，也最会弄的，是青椒炒肉、白辣椒炖泥鳅。以往，如果家里来了贵客或者好友，我进厨房弄菜，一般就是这两样。但现在只有我和老伴两人吃饭，简单烧两个菜就行了。我心里琢磨，前些天村支书送来的莴笋还没吃完，就炒一个莴笋丝。烧菜，人们不是讲色、香、味、形吗？我们不讲这么多，不管黑猫白猫，捉到老鼠就是好猫。什么形不形的，好吃就"行"！但是，这次我既然对老伴讲了我来掌厨，还是要讲究点，得搞出点名堂。莴笋丝，是绿颜色的，如果能配上白萝卜丝、胡萝卜丝，岂不是青、白、黄三色组合了吗？看上去就亮眼了。于是，我就到村里的小农贸市场，买了这两样萝卜，外加一块水豆腐。

上午11点多，我就进了厨房。这时，老伴已和好了面，用棉布单子包着面盆，放在太阳底下晒，等待面发起来，自己则在看她喜欢的电视剧。我动手切了胡萝卜丝，又切了莴笋丝，眼看就要切白萝卜丝了。我想明天的美篇就写

《今天我掌厨》，把自己臭美一下，这就需要配几张自己切菜、炒菜的照片，而这些照片，无法自拍。为此，我叫老伴出来为我拍一下。连叫几声，她都没应，专心专意在看电视。我只好放下菜刀，走近去喊她，她才走出门来。

我掌厨，就三样

我准备今天烧三个菜。除了炒"三丝"外，再来一个蒸"三样"，腊肉、腊鱼和猪血粑三样合蒸。这三样都是从老家带过来的，有着浓浓的故乡味道。外加一个麻婆豆腐。

我切好"三丝"后，就把蒸"三样"弄好摆放到盘子里，上面放了剁辣椒和姜丝子，然后放进蒸锅，端上灶去开火蒸。接着，把水豆腐切成方块，撒上盐，过一会儿等盐入味了，再上锅烧。先爆炒"三丝"。

　　人，在生命旅程上，是要不断地适应环境，提高自己的生存能力的。有语道：穷人的孩子早当家。家里穷，我15岁不到便辍学了，走向社会，自谋生路。到公路上锤过铺路的石子，到"大跃进"时办起来的炼钢厂当过学徒。那个时候（1959年）正是国家三年困难时期，15岁的伢子正是吃"长饭"的时候，每天食堂里定量给的那点饭吃不饱啊！为此，我自己弄了一个砂罐子，把萝卜切成米一样碎，加上一小点米，放到火上熬成粥充饥；到山上挖来土茯苓，放到火上煨熟，就放口里嚼着咽……好几次便秘，拉不出屎，我只好蹲在厕所里用手去抠……在部队上，拦海围田搞大生产时，我们木工班住在工地，负责制作水沟上的水闸门。没有炊事员，班长要我负责做饭，我就上。有时，炒菜的锅子放到火上了，我跳入旁边的水沟，三五几下，就抓上来一碗小鱼小虾，往锅里一倒……虽然制作不讲究，但原料新鲜，味道鲜美极了！

　　……这些，这些，就是说一个人为了生存，要不断地适应环境，提高自己的生存能力。有一次，我和莫应丰——那个写《将军吟》获茅盾文学奖的作家，住在灰汤一家疗养院学习。一天晚上，他从兜里取出两个罐头，想和大家喝酒，一时却找不到开罐头的器具。正无奈之时，他出门了，到屋外什么地方找来了一块尖尖的石头，三五几下，把罐头弄开了。他当时说的两句话，我至今还记得：一个人要想在任何环境里能生存下去，就要提高自己的生存能力。生存能力就是动手能力。

实践出真知。做任何事情，只要敢动手，敢实践，外加善思考，就一定能学会。炒几个菜，对一个大男人来说，又算什么呢！

20多分钟后，我掌勺炒的"三丝"，烧的豆腐，蒸的"三样"，就端到了摆在青梅树下的室外餐桌上了。沐浴着暖暖的阳光，开始我们的午餐了。我忙喊老伴来吃饭，并为我拍下一张我吃饭的照片……

（2023年2月14日发布美篇）

我家的老面馒头

今天，老伴准备做老面馒头。她先将面粉倒入一个铝盆，放入适量的水，然后把一坨老面拌入，搅拌均匀，拍实，在铝盆上盖上盖，又用棉布单子包裹好，便将它摆到太阳底下晒，几个小时后，铝盆里的面团就慢慢膨胀起来……

本来，大米饭、辣椒，是湖南人的最爱。从什么时候起，我们家开始做老面馒头了呢？

退休以来的这些年，炎夏和严冬，我们都出外旅居，寻找世间的清凉和温暖。为了让平淡的生活起些波澜，多些色彩，有些改变，一日三餐不能老是大米饭呀！也是机缘巧合，和我们一同出外旅居的罗君夫妇会做老面馒头。罗君本也是湖南人，他又怎么学会了这一手呢？他原是一家大型国营煤矿的矿长，他的前任是一个北方人。前任在把职务交给他的同时，也把北方人做馒头的技艺传授给了他。旅居期间，他把这门技艺传授给了我老伴。在长沙，冬天气温低，面粉无法自然发起来。罗君特意购买了一个用于冬天发面的电器给我老伴。于是我老伴便用心地向罗君学习做老面馒头了。

世间任何事，只要你用心去学，功到自然成。开初几次，面发得不理想，有时，是碱放得不准；有时，是面揉得不到位。有语道，失败是成功之母。几番实践之后，老伴做老面馒头悟到一些道道了。她感悟到，凡是将面揉搓得久些，蒸出的馒头质量就好些。渐渐地，她体会到，每次揉面要揉搓 500 次至 600 次，蒸出的馒头就靠得住了。在实践中不断去悟，在悟道中不断改进，她的馒头便越做越好了。有一次，她自己感到满意了，便特意拿了几个给她的师父罗君送去。接过老伴送来的馒头，罗君诙谐地说："你现在的水平超过师父了。"老伴听了心里蜜一样地甜。这是不是叫成功后的喜悦呢？

老伴的老面馒头越做越好了

这次来大理旅居，当然会带上老面。所谓老面，就是每次做馒头时，留下一小坨，作为下次做馒头的"娘"。阴差阳错，临到走时，竟把老面忘了。老伴后悔极了。我说，要不叫在家的儿子给你快递过来？她又不肯，说那太麻烦了，算了。

也是天不灭曹。省里要召开一个重要会议，单位喊我回去参加，并为我购好了往返大理的机票，虽然会议安排在宾馆住宿，我还是特意回家把老伴忘了的老面取上带来。有了老面，我们马上到超市购了面粉。哪知临到做时，又出事了。厨房里原来一个袋子里还有些粉没有用完，老伴没细看，以为是上次在这里住时剩下的。这次应该先用它，倒完这些粉后，不够，又倒入新购的粉。揉面时，老揉不拢。发现情况不对，老伴再来看装老粉的袋子，坏了，是糯米粉，不是面粉……千里迢迢带来的老面就这样作废了。

说是天不灭曹，最终还是灭曹了。

我们又只好到路边的喜洲粑粑摊子上买喜洲粑粑做早餐了。前天，在买喜洲粑粑时，忽然心里一动，这喜洲粑粑不也是发面做的吗？于是我们和摊主沟通，买一个没烤的喜洲粑粑给我们回去当做馒头的老面。摊主欣然同意了。

于是，我们家的老面馒头，还是接续上了。

下午五点，搅拌好的面团，在太阳底下晒了六七个小时了。发起来了没有呢？如果还没发到位，就要将它放到电暖桌上烤一烤了。大理，冬天的太阳特别厉害。拌妥的面团，放到太阳底下晒上六七个小时，面就自然发起来了。如果某一天阳光不那么厉害，就把面团放到小汽车的车厢里三两个小时。封闭的车厢在阳光下晒着，温度比外面高多了。这是我们旅居大理逐渐摸索到的发面的经验。

老伴掀开铝盆里包裹面团的棉布单子，看到盆里的面团膨胀起来了，可以取出加碱去揉搓了……

大理是高原，海拔高，气压与低海拔的长沙不一样，蒸馒头的时间要比故乡湖南多五六分钟才行。这些，也是在实践中悟到的。

半个多小时后，一锅白白的、松软的老面馒头便出锅了……

最后，还是那句话：天不灭曹啊！

（2023年2月15日发布美篇）

我的小饭锅，我的杂粮饭

刚刚吃罢午饭，我就找出我的小饭锅，准备做晚饭了。

我的晚饭是用杂粮做的。什么红米、黑米、糙米、西米、薏米、荞麦米；什么红豆、黑豆、绿豆……十几种杂粮掺和一起。而这个饭锅，是瓷制的，本是用来炖汤、熬粥的，上热慢，用它煮饭，至少要三个半小时到四个小时。所以，吃了午饭就要煮晚饭了。

杂粮饭，和精米细面的饭食相比，口感实在太差了。开始的时候，一口都难以咽下。那为何放着好吃的精细米饭不吃，而要自讨苦吃吃杂粮？没办法，那是被逼的。谁逼的？病呀！糖尿病呀！

说起来，是快十年前的事了。一次，老伴在家突然晕眩倒地，好几分钟不省人事。清醒了爬起来后，却又一切正常了，好像刚才什么事都没有发生一样。老伴的身体一向很好，几十年来，没有进医院住过院。这一次突然晕眩倒地，让我总感到不放心，我督促她住进医院好好查一查，看看到底身体哪里出了问题。老伴不干，不愿住院去检查。"那这样，我陪你住到医院去，我们都住进医院全面检查一下身体。"就这样，我们俩便一起住进了一家省级大医院。

连续七天，每天检查一两项，把身体的各个部位都查了一下。老伴没有查出问题，最后医生说，可能是脑部毛细血管有轻微的堵塞。正式进院检查的人没事，而我这个陪她进院检查的人，却查出来一个糖尿病。一连几次测空腹、餐后的血糖都超标，最后，正式给我戴上了糖尿病患者的"帽子"……

我就这样戴着糖尿病患者的"帽子"出院了。出院的时候，医生给我开了一种叫"格列齐特缓释片"的药片，嘱咐我每天早餐前服一片。既然疾病上身了，我得积极应对。而治疗糖尿病，是一个综合工程，除了服药，还要调整饮食，加强运动，多管齐下才行。

也巧，我的好友罗君，过去我们同在一家煤矿单位共事，是工友；如今，我们都到了省城，成为邻居。我们年龄也差不多，可以说是同年。他的糖尿病资格比我老，现在可说是同病相怜了。早早晚晚我们一起散步的时候，我向他请教，他也向我介绍经验。其中之一，就是坚持每天吃一两顿杂粮饭。

开始，老伴每天要为我煮一次杂粮饭，用的是能煮几个人饭的电饭煲。一天，我猛然想起，自己有一个很小的只供一人熬粥、炖汤的瓷锅。那是有一次逛超市，看到这锅小巧玲珑，挺漂亮的，出于好奇，把它购下了。购回来，用它炖过几回排骨和鸡肉。先天晚上睡觉前，放几坨鸡肉或排骨到锅内，放上水，插上电，熬上七八个小时。次日早晨，泡面时，将炖好的鸡肉或排骨，和着汤一起倒到面上做臊子，面的味道便好吃多了……后来，没有坚持下来，放到什么地方好几年没有用了。

这次想起来，一找，还真把它找出来了。从此，我不要老伴给我煮杂粮饭了，自己动手，用这个小瓷锅，用杂粮煮一顿晚饭。

杂粮饭不好吃，但管用

世间做任何事情，从不会到会，从会到精致，是摸索出来的。开初，不是水放不准，就是火不到位，煮出的饭，质量总是不理想。实践出真知呀，渐渐地，每次放多少杂粮，多少水，煮多久的时间，都非常精准了。开初，七八上十种杂粮，一小包一小包的，摆满了整个桌面。后来，我把上十种杂粮掺和到一起，装入一个塑料瓶。每次，用小玻璃杯挖出一杯倒入瓷锅。杂粮饭的口感差，能不能改进一点？有一次，我放了一块红薯伴煮，杂粮饭便有一丝丝甜味，相对来说，好吃一点了。

　　改变口感，关键还是理念。之所以吃杂粮饭，目的是降低自己的血糖，是治病的需要。它是饭，也是药。把饭当药吃，良药苦口呀！这么一想，我就坦然接受这种口感了。现在吃起来，也觉得它很香了。

　　多年来，我每次外出旅居，也不忘带上我这个小瓷锅。前年，好友罗君夫妇也和我们一起，在大理这个农家小院住了些日子。他看到我这个小瓷锅，很是羡慕。一次，我们到古镇喜洲逛超市，竟意外地发现了这种小瓷锅。罗君一下就买了两个。"为何买两个？"我一时不解，罗君说放一个到长沙的家里，带一个到出来旅居的地方。我佩服罗君这种超前的思维，于是我也学他，再买了一个。

　　对付糖尿病，有一句话，说得很到位：管住嘴，迈开腿。这就是说，糖尿病人不仅要控制饮食，还要坚持锻炼。多年来，我坚持每天早晚两次散步，一天一万步，可说是雷打不动，一年三百六十五天，一天没落下。有时，到外参加会议或与朋友聚会，司机送我回家，哪怕很晚了，在离家还有两千米的地方，我就要司机停车，自己步行回家。这一来为司机节约了时间，二来也为自己节约了时间。不然到家，我还要出来走四十分钟到一个小时的路。

这一套综合措施，终于把糖尿病这魔鬼阻挡在外，让它止步原地了。十年来，我每天仍然只需服一片药，就能让血糖控制在正常范围之内……

下午四点多，我瓷锅里的杂粮饭就熟了。拔掉电插头，到五点多一点来吃饭，锅里的饭温度正好。

闲来无事，写下这点文字，为自己点一下赞！

（2023年2月17日发布美篇）

自己动手理个发

天气真好，好暖和的太阳。

窗外，青梅树上花开得热烈，白灿灿的一片。我坐到青梅树下，享受这暖暖的冬阳。取来在网店购买的电动推剪，准备自己动手把头发理一下。

这时候，自己年轻时候在部队上的往事，不禁涌上心来。我们团的步兵连里，都配有一个理发员。而我所在的特务连，却没有理发员，只有一套理发工具。头发长了，战友们互相动手理。理发虽不是什么高深技术，但也要有一个熟练的过程。新手常常会把别人的头发搞砸，甚至会弄出血来。我几次摸起推子，招呼战友们来理发，谁也不愿来。我气得不行，就想写一篇小说，来发泄一下自己的情绪。正在这时，看到军区的《战士报》上，登了军旅诗人韩笑的一首关于理发的诗。前面两句，我至今还记得：连长在哪？大树底下理发。写的是一位连长，利用假日为连队的战士们理发。看了这首诗，我突然有了灵感。诗人写军官帮士兵理发，我何不来写一个军官忍受痛苦，让士兵到自己头上来练习理发，学习理发技术，让部队的这种优良传统传承下去的小说呢？

找到小说的切入口了，推进构思就顺畅了。开初，我安排一位团长让新战士在自己的头上学习理发。后一想，这个"长"应该还要大一点，才更有说服力，更有典型意义。于是，我将这个"长"连升几级，升到军长，小说的题目就叫《向军长学理发》。小说在《羊城晚报》与《解放军文艺》先后发表后，好多战友就主动让我在他们头上学理发了。很快，我就学会了理发这门手艺。

1968 年，我从部队复员回到煤矿。那时，"文化大革命"正在进行，许多工作停摆了。当劳资科的同志问我你有什么特长，自己有什么要求时，我脱口就说：我会理发，分我到理发店工作吧。劳资科的人苦笑笑，摇了摇头：理发店不归矿上管啊！

……往事如烟。退休以后，我常到四处旅居，理发极不方便。这时候，我就想，何不买套工具，自己动手？

我是一个急性子的人，想到，就立即动手。四天前，我用手机在网店一搜，各种各样的理发工具就跳到了自己面前。我最终敲定动力强劲、不卡发的一款专业理发器，下了单。昨天下午，快递小哥就把这套理发工具送到了我手里。

家伙到手了，我马上就想试试自己给自己理发了。我虽然在部队上学会了这门手艺，但那都是给别人理。自己给自己理，还真没尝试过。于是，我动员老伴为我理。我老伴胆子小，不敢轻易去干自己从没有干过的事。我对她说：又不是去给新郎化妆，理坏了没有关系。不要求理得好看，只求把头发剪短了就行。

她还是不敢。

天气这么好，青梅花开得这么灿烂，我实在坐不住了。老伴不敢，就自己动手。我搬来一把椅子，摆放到青梅树下，旁边又放了一张桌子。把昨天充满了电的电动推子拿到手上，正好对面不远处，是厨房的玻璃推拉门。从玻璃推拉门里能看到自己的影像。我举起推子，看着玻璃推拉门上映出的自己的影像，打开开关，手上的电动推子就嗞嗞嗞地转动起来。我忙把它往自己头上送去。在电动推子嗞嗞嗞的响声中，我头上一把一把灰白色的头发，就掉落下来……

自己动手理个发

站在一旁的老伴，看我真的自己动手理起来，她得到了鼓舞，似乎信心足些了。她看我将前面的头发推掉了，又准备摸索着去推后面的头发，于是从我手里夺过电动推子，帮我收拾后面的头发。几分钟后，我头上就焕然一新了。

"理发，好像不那么难呀。"老伴看着我，喃喃地说。

"世间许多事，难就难在自己不敢。敢了，就不难了。"

"快去洗个澡吧！"老伴催促道。

不大一会儿，我洗澡出来，忍不住自己给自己照了一个相，纪念一下这次自己给自己理的发……

（2023年2月4日发布美篇）

治眼记

　　我家门前栽了四棵树，有金桂、银桂、枣树和柚子树。这是我暮年里最亲密的伙伴。

　　每次一推开门，四棵绿茵茵的树便闯入我的眼帘，给我的生命注入蓬勃生机。得闲时，我总爱坐到树下，养神、遐想。

我常坐在桂花树下瞎想

　　今年的天气怪异，过了国庆仍然酷热。忽一日，气温断崖似的下降，一下降了二十摄氏度，从三十六七摄氏度降到十六七摄氏度。又因多日不下雨，本该八月桂花香，今年变成了九月桂花香。

这一日，我又坐到了那棵金桂树下，晒着暖暖的阳光，闻着浓郁的桂花香，忍不住遐想起来。

年纪一年一年大了，眼看八十岁就到了眼前。身体这台机器，使用了七八十年，许多部件磨损得厉害了。前两年刚把牙齿"武装"了一下，种植了四五颗牙，使自己又能吃炒蚕豆、啃骨头了，找回了年轻时的感觉。体检时，大夫又提醒我，眼睛里的白内障该处理了，于是我又打算去整治眼睛。几个月前，我正和几个老友玩扑克，接到一位正在医院老年病科住院的邻居的电话："你不是想把糖尿病调理一下吗？我这间病房今天正好有人出院，我和医生讲好了，你快来。""我正在外面和朋友玩牌，什么都没带。""身份证在身上吗？有身份证就行。"就这样，我和邻居变成了同室病友。

调理好糖尿病后，本想把眼睛里的白内障也做了。主治大夫给我推荐了眼科的大夫，并亲自帮我用手机挂了这位大夫的号，我也去眼科找这位大夫看了，并确定了转科做进一步检查的时间。这时候，来了一位男大夫，做好我的主治大夫的工作，要我换另一位大夫做白内障……我纳闷了，心里对这位主治大夫的信任感突然消失了。我决定出院，改日再来做白内障。

前几天，我找到在这家医院任党委办主任的朋友。她帮我联系上这家医院的眼科主任贾教授，一个做白内障手术的权威。这一天，朋友陪我找到了贾教授。挂上号，看病前要测视力、眼压。候诊大厅里，人山人海，每一处都要排长队。

贾教授看过后，开出单子，又要做几个检查。折腾了整整一个上午，还差一项没有检查完，号子排到下午，是第14号。医院下午2点半才上班，而这一天，贾教授只看上午的门诊。热心的朋友与贾教授联系后告诉我，要么到两天后的星期五再找他看，要么下午让童教授看。我决定还是等到星期五再来。正要回家，又接到朋友的电话，说她已与贾教授讲好了，要我下午4点35分左右，到12楼的住院部找贾教授，他那时会在那里。于是我在下午便来到12楼。终于等到4点35分，贾教授还没有来。又过了十多分钟，听到有人在问：谭谈呢？谭谈来了没有？贾教授终于来了。我连忙走过去，跟随贾教授来到一间诊室。教授说："看到你快80岁了，真不忍心要你再来一次。"他看过后，立即吩咐他的助手为我办理住院手续。

手术的那天，看到医院的操作非常人性化，是按病人年龄大小安排顺序的。我的前面，有92岁的、88岁的、81岁的，我是第四位。手术前，贾教授向我介绍各种晶片的价位，少则几百元，最高的是24000元。此前，做过白内障手术的朋友告诉我，晶片要用好一点的。"你呢？用的是什么价位的？""我用的是11000元的。"我当时就在心里决定，也用11000元的。教授问我："还写东西吗？还开车吗？"我答："写写小东西，开开短途车。"教授说："24000元的晶片，近、中、远，都看得清，不用戴眼镜。如用11000元的，看近的，还要戴眼镜。"我犹豫一会儿，说："那就用最贵的。""上24000元的？""行！"

手术很顺利，上午11点就完成了。在病房休息了半个多小时，没有异常情况，医生看了看后，就让我回家了，次日去办出院手续。预付了31000元，我心里想，只要效果好，花30000多元钱买一只眼睛，也值！

次日，女婿陪我到医院办出院手续，账单上显示个人支付费用仅为66元。当时我不信。到下午，我的手机上收到两条短信，前天付出的31000元，退回了30934元。个人真的只付了66元。复查时，我将此事告诉教授，教授瞪大眼睛望着我："是吗？你是什么级别？只有省级干部才能全免。"我说闹不清。便想，是不是因为那一年自己被评为湖南省首批优秀专家，当时，全省各系统各专业共推出20人评为首批优秀专家。抑或是因为20世纪90年代初，自己获得了国务院政府特殊津贴。抑或是因为我曾经担任过中国作家协会副主席，退休是按院士的标准，过了70岁才让我办退休手续？……总之，闹不清。

坐在树下，晒着太阳，闻着花香，在手机上写下这篇《治眼记》，感恩我们这个伟大的时代！

（2023年4月11日发布美篇，载2021年11月12日《湖南日报》）

我的旅居生活

说起这十年，我最惬意的，是我的旅居生活。

退休后，肩上的工作担子卸下了。到了这个年岁，儿女们也都成家立业，家庭负担也没有了。作为作家，退休后，也没有硬性的创作任务了。有了感觉，有话想说，写起来是一种快乐，是一种享受，就写写。写是为了玩，玩着写，写着玩。这个时候，我的人生进入了一种自由境界，完全可以按照自己的意愿来安排自己的生活。工作了几十年，也有了一点小积蓄，经济上也比较宽裕了。于是，我打算后面的日子，哪里舒服到哪里过，怎么快乐怎么来。冬天，我躲到海南避过寒；夏天，我住到贵州躲过热……自己的旅居生活，就这样开始了。

那年盛夏，长沙极热。友人邀请我和我的邻居——他的亲家，到他在云南富源县的一个企业里去小住一段。那里，天气凉爽，很是舒服。但在那里住的时日一长，就感到有点枯燥了。每天，我们两对老伴，四个老人，就是三看（看电视、看书、看手机微信）、两散（早晚散步）。"能不能再给我们找两间房子，我们多喊几个朋友过来一起住？"一天，这位友人来看我们，我向他提出。他为难了："这里实在腾不出房子了，但在贵州有好多的房子。那个地方也特别凉快，我带你们去看看？"

我们去看了，特别满意。那里紧挨着百里杜鹃风景区，只是房屋破败，已是危房。有栋四层楼的办公楼却完好无损，但办公楼除了公共卫生间外，一间间办公室里是没有卫生间的，用来住家还是不方便。我们搞创作的人，多是理想主义者，我一时想入非非。"能无偿给我们用吗？"我问友人。"只要你们满意，当然！"说定以后，我在微信朋友圈里发了一条信息，征集乐意来此避暑的朋友。每人出资一两万元，对这栋办公楼来一番改造，在各个办公室里加上卫生间和小厨房，供住家之用。微信发出后，响应热烈。很快征集了三十多人，筹集了四十余万元资金。通过近四个月的努力，改造了三十六间房子。我兴奋地写下四个大字：老友家园。接着用大理石雕刻出来，立在这栋办公楼楼顶……

第一年，入住者踊跃。我们一起游花海，一起玩小牌，一起游玩附近的景点，去过乌江源百里画廊，游过溶洞奇观——织金洞，走过马岭河峡谷，玩过乌蒙大草原。有一次，我心血来潮，要每家做上两个菜，在四楼的会议室里，把一张张桌子并拢来，搞了一次长桌宴。欢快的笑声，不时从这里爆发出来……

这里，四周大大小小的山头上，布满了一株株高大的古乔木杜鹃。开花的时候，树上满是火红的、粉红的、白的、黄的碗口大的花朵，一山接一山，一岭连一岭，延绵百余里。每到清明前后，满山满岭，一片灿烂，宛如天上的彩霞落入人间！这样绝美的景色，原本千百年来就有，为什么近些年才走到世人的面前？答案其实很简单：那些年月，人们肚子都吃不饱，谁有心思来看不能当饭吃的花？这些年，国家的经济发展了，人民富裕了，对生活品质的要求自然就高了，肚子饱了后，就希望能让眼睛"富有"！于是，近些年来，当地政府适时地把这处风水宝地开发出来，让这片千百年来无人问津的山野，华丽转身为大花园，变成AAAAA级风景区，接待南南北北赶来的赏花者……

在这里过了两个夏天之后，渐渐地褪去了新鲜感，于是又挪地方，我们来到了云南大理。贵州虽然凉爽，但地势不平坦，出门就爬山，不适宜老人散步健身。而大理，依苍山，傍洱海。我们租住的那个农家小院，坐落在一个白族村寨里。这个民族极讲卫生，村里的大街小巷，见不到垃圾尘土。一栋栋民居，门楼气派，壁画养目。一条小河，从海拔四千多米高的苍山深处，收纳清冽洁净的山泉，奔涌而来，傍村而过。尽管村里家家户户早就通了自来水，但村民们煮饭、烧菜、泡茶，还是到溪里取水，甚至住在城区的人，也开车到这条溪来打水。而我的小院，离这条溪只有两百多步……这些年，我们国家正加速推进新农村建设。这个村，也可说是一年一个样。每次离村几个月后再回来，总能见到又有新屋耸立，或者离村时刚竖起屋架的房子，回来时它已盛装着身，墙壁上一幅幅注入传统文化的壁画，醒目养眼。为了提高村民们的生活品质，前两年，当地有关部门又把从苍山到洱海的一块数平方千米傍溪的地段，建成了一个湿地公园……一条条游步道像血管般布满公园。每天早早晚晚，富裕了的村民，也像城里人一样，散步健身，优哉游哉。和他们走在一起，我看得出，感受得到，他们是多么惬意！

退休后走南闯北，这里是哪里呀？

走出了自己固有的生活圈，到满意的地方旅居，看到的、听到的、感受到的，是我们这个国家日新月异的变化！于是，便有了感觉，心里就有话想说。一篇篇千字短文，就从心里流到了手机的屏幕上，进入了自己的朋友圈……这些年来，我写有上百篇短稿，发表在北京、天津、长沙等地的报刊上。有些，被长江文艺出版社、漓江出版社、人民日报出版社选入他们编辑的年度散文精选；有些，获得了这样那样的征文奖。去年发在《长沙晚报》上的《春走老山界》（后被《光明日报》转发），竟然被福建、山西等省选为他们省的中考试题，用来考查报考高中的学子对这篇小文的体会与理解。

一个从大山深处走出来的苦孩子，到了晚年，遇上了这么好的时代，自己的晚年生活如此充实而精彩，足矣！

（2023年5月31日发布美篇，载2022年4月8日《长沙晚报》）

乐把终点当起点

　　连续两次接到单位的电话，喊我回去参加省里的文学艺术奖的颁奖大会。我旅居在云南大理，离湖南长沙三千多里。第一次来电话，我请了假。第二次来电话，硬要我回去一下。说这次新增了"终身成就奖"的奖项，获奖者一共才四人，且是中华人民共和国成立以来湖南第一次给文艺家颁这样的奖。四人中，作家仅我一人。其他三位分别是画家、书法家和摄影家。我虽已年近八旬，但在这四人中，我还是最年轻的。其余三位，都是八十好几，九十开外了。没法推辞了，只好丢下七十多岁的老伴一人住在这个外乡小院，我赶回长沙参加省里的颁奖大会来了。

　　飞机升入高空，我的思绪也在记忆的海洋里翱翔。1961 年，我 17 岁，就参军入伍，驻守到了海防前线。因为自己爱好看书，常到连队的阅览室翻看书报，被指导员注意到了。于是，指导员把我推荐为连队的墙报委员，负责编写连队的墙报、黑板报。当时，正是国家三年困难时期，为了减轻国家的负担，部队组织大生产，拦海围田，种植稻谷。每天天没亮，我们就奔向离驻地十多里远的海滩，筑堤围田，把海滩开垦为良田。部队里没有牛，就让

252

人当牛，四人在前面拉犁，一人在后面掌犁。海滩上干贝壳极多，一脚踩下去，脚板常常被干贝壳划破，到处冒血。一天下来，脚板上不知划出多少条口子。但海水含盐量高，划破的伤口并不感染溃烂。当上墙报委员，每个星期安排一天编写墙报，不去上工。我很乐意地接受了这个安排，认真负责地编写黑板报。有一次，我在黑板报上写了一篇反映一位武汉籍战友利用假日捡拾牛粪、为连队大生产积肥的事迹的文章，题目叫《假日里的忙人》。一天傍晚，下工回来，连队文书拿着一张报纸跑来，边跑边喊："谭达成，你的名字上报了！你的名字上报了！"我莫名其妙，啥上报了呀？接过报纸一看，是驻地的《汕头日报》，二版上方的一个角上，登着一篇豆腐块大小的文章：《克勤克俭的小王》。标题下印着我当时的名字：谭达成。文章就是我写在黑板报上的那篇《假日里的忙人》。但我没有投稿，怎么登上去的呢？后来才知道，是我的黑板报出了不久，团里的宣传股长下连队检查工作，看到我这篇小文章还不错，于是抄录下来推荐给了《汕头日报》……

就这样，这篇小文章，把我带上了新闻写作、文学创作的道路。1965年2月号的《解放军文艺》发表了我的小说处女作《听到故事之前》。同年6月号的《解放军文艺》发表了一篇评论我这篇小说的文章，称我成功地塑造了一个师政委的形象。从此，我从军队到地方，从业余到专业，在这条舞文弄墨的路上奔跑了60多年。在人生旅途上，当年的 17 岁的小伙子，竟走到了 80 岁的大门前……

坐在回长沙的飞机上，心潮澎湃。不经意间一转头，看到机舱外，一朵朵白云如海浪般奔涌在高天，那气势，令人震撼！于是，我忙取出手机，拍下了这幅高天云海之景。

60 多年来，自己写下了 600 多万字的各类习作，出版了数十部拙著，获得过不少这样那样的奖励。1999 年和 2006 年，作家出版社和湖南文艺出版社分别为我出版了 8 卷本、12 卷本的文集。2002 年，湖南省政府决定表彰一批优秀专家，从全省各行各业的专家中挑出 20 位。作为获表彰的湖南省首批优秀专家，我也在其中。这一次，又授予我"终身成就奖"。既欣慰、温暖，又略带伤感。欣慰、温暖，是感到组织和人民对我一生奋斗的认可！伤感，是感到自己前面的生命旅程不远了。这一次，文联、作协推荐我获得这个奖的同时，又组织团队为我录制影视专题片。一旦你人不在了，好让你的"音容笑貌"留下来。我曾诙谐地对人说：这是为我们办"后事"了。

大自然的规律，谁也无法抗拒。最终，每一个人都会走向泥土，归入大地。当下，自己应该勇敢地面对现实，乐观地过好每一天。近些年来，我利用自己退休后的自由时光，奔跑于乡村原野，饱览祖国的名山胜水，感受党的乡村振兴战略带来的村村寨寨翻天覆地的变化。我在手机上记录着这些所闻所见，所思所感，写成短文，发到朋友圈。没想到自己的这些微信日记，被报刊的编辑朋友相中，让它们登上大雅之堂，又获得这样那样的奖。河南大象出版社和湖南文艺出版社，分别出版了我的《山水相依》《晚晴居散笔》《奔跑的山寨》等拙著。这就是我近年间写在手机上的微信短文的结集。

和两位老友上台领个奖

这一天，我们4人中，3人走上台去（一人因年事太高，出门困难而缺席），从省委领导手里，接过证书和奖杯，有朋友用手机为我们捕捉了这个瞬间，把照片发给我，说我们的笑容很灿烂。录制影视专题片的朋友问我获得这个奖的感受，我想了想回答道："获得这个奖，说明党和人民对我这一生奋斗的肯定，我非常激动也很感激。但是，我也很忐忑，我的创作成就多是40多岁以前创造的。40多岁后，就转身做文学艺术的组织工作了。当过10年省作家协会的常务副主席和党组书记，做过12年的省文联主席。所以，创作上，成就不高，感到愧对这个称号。叫终身，说明生命快到终点了。但是，我决心把终点变为起点，在最后的这段生命旅程上，再来一个冲刺，创造新的成绩，把自己生命的余热全部献给社会，献给人民！"

要把终点化作起点，站到新的起跑线上，再来一次冲刺！生命不息，奋斗不止！这就是我此刻的心声。

（2023年2月10日发布美篇，载2023年2月17日《湖南日报》）

玩个小牌进八十

　　小时候，抬头朝前看，总觉得日子怎么过得这么慢！真希望自己快快长大。人老了，回头往后看，惊叹日子怎么过得这么快！一眨眼，人生之剧就到了尾声。

　　我是1944年农历四月十九出生的，今天，就是79周岁了。按照我们湖南的民间习俗，男做上，女做满。今年，我该做80岁的生日了。所以这些天，总有亲友来电话，问我在哪里做，他们要讨杯酒喝。我一辈子没有做过酒，自己过生如此，满十如此，儿子结婚如此，女儿出嫁也如此。家里大大小小的喜事，都如此。

　　60岁那年，许多亲友硬要我做一次酒，请一次客。我被逼得没法，就应付说："等到我80岁吧。如果我能活到80岁，我一定请一次客，请大家喝一杯酒。"

　　当时我想，离80岁还有20年啊，长着呢！没有想到，一眨眼，20年就过去了。

　　这些天，不断有老家的亲戚来电话，询问我过大生的事，也有一些文友发来微信，关切这事。盲人作家曾令超，更是发来2188元，硬要我收下。见我没有收，又连续两次来微信催我收下。我回复他：君子之交淡如水，让我们保持一份纯真的友情吧！

总得交代一下呀！

那么怎么"交代"呢？

正好这几天，我和一群作家老友在湘西采风。晚上就和老友们玩玩小牌，《芙蓉》杂志的原主编、老友颜家文，还把我玩牌时的种种表情，用手机偷拍下来，发到群里。我顿生灵感：那天何不邀几个老友，玩玩小牌？玩牌，是令人最快乐的事。不是说，生日快乐，生日快乐，过生日就是要快乐啊！

我们的"老干活动日"

于是，就在从湘西返回长沙的路上，我给平日组织我们玩牌的老丁去了一个电话，请他邀上我们那几位老牌友，6月6日（即农历四月十九）到我们玩牌的老地方"活动"。同时，我又给单位里昔日的同事、一位能干的女士谢群去了电话，请她为我到酒店订一桌饭，并邀请单位里与我同年出生的几位老朋友，一起吃个饭。并嘱咐谢群，千万不要说这一天是我过生。

人生苦短，活到80不容易。要说我完全没把自己的80岁当回事，也不真实。从今年年初，我就开始整理自己的照片，准备印一本家庭影集。影集由四个部分组成：亲情，挑选父母以及妻子儿女、兄弟姐妹等亲人的相关照片；友情，人生路上与自己做过伴的战友、工友、文友的相关照片；家国情，一生中，自己参加的政治活动、出国访问等活动的相关照片；山水情，自己与家人游历祖国名山胜水的相关照片。我想从这本影集里，看到自己青年、壮年和老年——各个人生阶段的生命状态，看到自己是怎样一天天变老的。

这本影集，就叫《生命瞬间 人生风采——晚晴居家庭影集》，并请老友、书法家鄢福初题了字，我自己也写了一个后记，而且把后记做成美篇，发在美篇平台上，反响颇为热烈，几天内，就有一万六七千人阅读。

今年元月，我因一篇短文在微信上发不出，一位微友建议：你做成美篇发发看？于是近八十岁学吹鼓手。我一个年近八十的老翁追求时髦，开始学做美篇。从今年1月26日开始，每天发一篇美篇，到今天已发了135篇，每篇都是2000字左右的短文。135篇中，有56篇是新写的，其余是从自己的旧作中选取的。在美篇平台推出后，平均阅读量达 12000 多。内容多是赞颂祖国山河壮美，抒发人民豪迈情怀。也许是文章短小、紧贴生活、文字鲜活吧，引起许多人评论。更有细心且热心的美友，为我指出文中的错别字和不妥的词句。于是，我突发奇想：何不从中挑选 80 篇美篇，编成一本书，在自己 80 岁的时候印出来呢？书名就叫《江山壮丽 人民豪迈——八旬老汉美篇短文选》。

如今，自己已淡出文坛，不像当年了。那时候，自己还在酝酿的创作计划，一曝出消息，就会被出版社的编辑盯住，纷纷登门约稿、签合同。而现在，没有编辑主动上门约稿、索稿了。不过，省文联、省作家协会，乃至中国作家协会，每年都有资助创作的项目。只要选题好，内容正，就会给予资助。我想，一个老翁，紧追时代脚步，学习新知识，学做美篇，记录时代步伐，赞美祖国山河，反映乡村振兴，从选题、书稿内容的角度看，阳光、向上。说不定会被某家出版社相中，也可能会得到文联、作协的资助。

快 80 岁了，在人生旅途上已跋涉了 79 个春夏秋冬。当过兵，做过工，干过记者和作家。每一个人生阶段，都有人向我伸出过援手。你想想，一个没有上过几年学的人，要学习写作，困难可想而知。这一路走来，得到过多少人的帮助，有多少人搀扶过我呀！记得为我一篇稿子的修改，《儿童文学》杂志的编辑苏醒前前后后给我写过 8 封信。她书信的文字，超过了我这篇万把字的作品。《收获》杂志，顾名思义，是已经有"收获"了的老作家发表作品的园地。而我这个毛头小子，刚刚学习写作，不知天高地厚，竟然把自己的习作往那里投。然而，这家刊物的编辑钱士权，不仅认真处理我这个当时才二十啷当岁的小战士的稿子，还关注我在其他报刊上发表的作品。有一次，《羊城晚报》发表了我的一篇短篇小说《向军长学理发》。他看到后，立即给我来信，说他们刊物，不一定都是发上万字的作品，几千字的小短篇也欢迎，例如你最近在《羊城晚报》上发的《向军长学理发》就很好。今年是抗战胜利20周年，欢迎你写写这方面的作品。1965年，我在《解放军文艺》连发了两篇短篇小说。当时，刊物正在开展"四好连队、五好战士"的征文活动，规定每个军要完成两篇的任务。而我这两篇都是作为"征文"发的。我一个人完成了我们军的任务，一时沾沾自喜，骄傲自满起来。《解放军文艺》的编辑从我给他们的信中，嗅到了我的这种不健康的情绪，立即给我来信，语重心长地对我说，军旅作品，真正的作者，是那些甘于奉献、默默无闻的指战员。写作品的人，只不过是做了记录而已……这使我摆正了自己与群众的关系。1979年，湖南人民出版社准备编辑出版一套名为"朝晖"的文学丛书。小说编辑室编辑王正湘，因一个偶然的机会，看过我在"文革"前发表的作品，他便向社里建议把我的作品也列入这套丛书之中。当时被选进这套丛书的，都是周立波、康濯、柯蓝、蒋牧良这样的老作家的作品集。在他的积极争取下，我的作品集《采石场上》也进入了这套丛书。当时，我才35岁，且在煤矿单位工作，是一个基层的业余作者，也是这套丛书中最年轻的作者。这是我的第一本书，王正湘是我第一本书的责任编辑。

长江后浪推前浪。前人扶持过我，我也扶持过后人。我为一位盲人作家的作品集的出版，组织募捐，奔走呼号过。我是被杨沫的《青春之歌》、曲波的《林海雪原》这样的长篇小说吸引爱上文学的，是读着马烽的《我的第一个上级》、谢璞的《姊妹情》等短篇小说集以及众多前辈作家的作品走进文坛的。也有后辈作家是读着我的作品走上创作道路的。这次到湘西采风，就有吉首大学的教授胡建文来找我，说他在读初中的时候，在一个同学家里看到一本破旧的《芙蓉》杂志。他在这本杂志里，读到我的中篇小说《小路遥遥》，从此迷上文学。小说中的主人公毕小龙，至今还活跃在他心中……望城区的文联主席谭鸿亮，就是在读小学时，从家中糊墙的一张旧报纸上，看到我的散文《山乡渔火》，而迷上文学的……

就是众多影响过我、帮助过我和众多受我影响和帮助的人，铺垫在我的人生路上，使我的人生之路如此充实和丰富。如果到明年的今天，自己真正跨过80岁的时候，拿出这样两本书，兑现一下自己的诺言，也未尝不可。到时候找一个地方（如毛泽东文学院），邀上80位我人生路上那些帮过我的编辑、评论家、工友、战友和被我帮过的晚辈文友，搞一个茶叙会，送上我的这两本书。借此庆贺一下自己的 80 岁，岂不妙哉！

　　9 点 30 分，几位老友都准时来到了鸿飞大厦我的工作室——我们玩玩小牌的老地方。欢声笑语里，我们的"活动"就要开始了。

　　打个小牌进八十，喜哉乐哉！

2023 年 6 月 6 日晚于晚晴居

（2023年6月7日发布美篇）

生命瞬间，人生风采
——晚晴居家庭影集前言

　　收集在这本集子里的照片，是我和我的亲友生命旅程中的一个一个凝固的瞬间。

　　如果说，生命是一条河，那么这些瞬间，就是河面上跃动的浪花；如果说，生命是一片灿烂的星空，那么这些瞬间，就是星空中最耀目的星光……光阴似箭，岁月如梭。回头一看，八十个春和秋，就要在我的脚下溜走了。我将豪迈地步入"80后"……人生苦短啊！

这么神采飞扬，那是什么时候在什么地方讲什么话呀？

那一年，在湘中那个小小的山村里，父母把我接到这个世界。从此，由父母引路，与弟妹同行，和妻子结伴，开始这段人生旅程。渐渐地，由父母的孩子，变成了孩子的父亲，而后，成了孩子的爷爷……孩子、兄长、丈夫、父亲、爷爷……我出演了人生中的一个一个角色。

　　那一年，从湘中这个山村出发，矿山、军营、文坛……有缘交结了多少可爱可亲的工友、战友、文友……多少个难忘的瞬间里，我们交谈，我们欢笑，我们相拥，感谢无言的相机（而后是手机）将那一个个瞬间凝固。这些凝固的瞬间里，承载着深深的友谊，满满的亲情！今天，我把这一个一个瞬间汇集在一起，这是一个友情的大湖，这是一条亲情的长河！

　　这本影集，取名"晚晴居家庭影集"，源自我现在居所的名字。我居住的小院，是退休后所建，同居于此的几位老友，是抱团欢度晚年的。于是我给它取名"晚晴居"。

　　影集分为四个部分：亲情，汇集父母长辈、兄弟姐妹、妻儿孙辈的照片；友情，收录工友、战友、文友的留影；家国情，自己这一生中参加的一些重要的公务活动，主持兴建的或大或小的文化场所等；山水情，自己和家人游历祖国观过的名山胜水、行走天下赏过的异国风情……

　　八十度春和秋，与亲人、与友人，结伴同行；八十年风和雨，与国家、与山水，亲密相拥。有多少个美丽而难忘的瞬间，永远地存留在自己心灵的深处！

生命瞬间，人生风采。献给亲人，献给朋友，献给亲爱的祖国和壮丽的山河！

（2023年2月21日发布美篇）

写在《旅伴》前面的几句话

这是一本玩着写的书。

这是一本拍着玩的书。

这是一本四个老人走天下、看世界的书。

差不多的时日，我从湘中那个山村，他从湘东那个山村，来到这个世界。从此，两个山里娃，开始了他们平凡的人生。

20世纪60年代末70年代初，我从部队复员，他从学校毕业，在涟邵煤田金竹山煤矿会合。来到这个煤矿单位时，我与他，都是大小伙子了。于是，我们都在这个煤矿单位找到了自己的另一半，成家立业，结婚生子。从此，两对夫妻，四个人，结伴同行，闯荡天下。我们两家先后从矿山走进都市。我和妻子到新闻单位、文化团体谋职，他和妻子到一家职业学院工作、主事……多年以后，我们一起进入了人生的暮年，便一同在这座职业学院旁边置地建了一个养老之所，取名"晚晴居"。昔日的工友，便成了今日的邻居。

从工作岗位上退下来后，我们开始了自由自在的生活。哪里舒服哪里过，怎么自由怎么来。于是，四个人结伴同行，走天下，看世界。在海南过过冬，在大理度过夏。在黔西百里杜鹃风景区逛过山，在大理洱海苍山边散过步，最近又在天下凉都——盘州置房建窝……这些年来，游历了祖国的名山胜水，饱赏了中华大地的秀丽风光。

好地方，四个老人忍不住在此合张影

感谢我们所处的这个时代，给予我们这么丰富多彩的晚年生活。我追随时代的脚步，学习新知识，接受新事物，在手机上写短文，发微信，做美篇。心随时代走，心就不会老。而他们三位，也拿起手机拍摄身边的美景，记录时代的脉搏。我们用情、用文、用图来颂扬祖国山河壮丽，来抒发人民情感豪迈。

于是，就有了这本图文集:《旅伴 —— 四个老人走天下》。

我们是游山玩水的玩伴。

我们是人生旅途的侣伴。

时代伟大，山河壮丽，人民豪迈!

2023 年 5 月 2 日中午于涟源白马湖

（2023年5月3日发布美篇）

留张笑脸给时代

2021 年 12 月 17 日，中国作家协会第十次全国代表大会（简称作代会）将要闭幕的时候，我收到一条微信，那是中国作协党组书记——中共湖南省委原常委、宣传部原部长张宏森发过来的：你笑起来真好看。在这个作家的笑脸群里，竟有我的笑脸。

把幸福的笑脸留给幸福的时代

笑，是每一个人心灵愉悦的由衷流露。我留在作代会上的笑，是激动，是感动。这是因党中央和总书记对中国文艺事业高度重视，对中国文艺家无比关怀而激动，而感动；是听了总书记站在时代高位对我国文艺事业做出的英明指导，对文艺家发出的伟大号召，使自己奋斗的方向更明了而激动，而感动；是在会内会外感受到了文艺大家庭的无比温馨而激动，而感动；是见到了许多的老朋友，新交了不少的新朋友而激动，而感动！

20 世纪 80 年代初，我参加了第四次作代会，此后我连续参加了七次作代会、多次文代会，是一个"老代表"了。每一次作代会、文代会上，我们都能听到党中央的声音，使自己的创作方向更明确。每一次作代会、文代会上，都能与全国各地作家、艺术家代表交流体会，相互鼓励，享受文艺大家庭的和谐和温馨。每一次作代会、文代会，都是思想上充电、创作上加油的盛会。

习近平总书记在这次文代会、作代会上的重要讲话中说："生活就是人民，人民就是生活。"对文艺与人民，创作与生活的关系，作了最精辟的概括，为文艺家们指明了方向。文艺家们，只有到人民中去，到生活中去，时刻把人民装在心里，才能写出受人民欢迎的作品。

我是一个年近八旬的老汉了。这些年来，我常在云南、贵州和我们湖南的村村寨寨里行走，看到一个个村寨有了翻天覆地的变化。一条条进村入寨的路，不是水泥硬化，就是油砂铺就。一栋栋新农舍，式样新颖，装修漂亮。村村寨寨都有气派新潮的文化活动中心。在每一个村寨里，我见到的村民们露出了一张张灿烂的笑脸……我们党和国家脱贫攻坚、乡村振兴的伟大战略，正在广大乡村落地。感动之中，我忍不住写下自己的所见所感。短短两三年里，就在各报刊上发表了 100 余篇纪实小散文。这是一个老文艺家对当今这个伟大时代由衷的赞颂！

今天，我们中华民族正在大踏步地朝着民族复兴的伟大目标奋进。新时代，新奋进，呼唤新文学。我们一定要按照习近平总书记的指示，投身到时代洪流中去，为人民造像，为时代放歌，做无愧于我们这个伟大时代的文艺家！

（2023年5月4日发布美篇，载2021年12月24日《湖南日报》）

追着时代的脚步奔跑

　　每每参加作代会，我的心中总有激情涌动。从 20 世纪 80 年代的第四次作代会开始，每一次作代会我都没有缺席，算得上是一个"老代表"了。

　　每一次作代会，我们都能听到党中央的声音，作家们心中就有了更明确的方向。大家一道总结过往，规划未来，交流经验，享受文学大家庭聚会的温馨。每一次，都收获满满。

全国第十次作代会上，一群好友站一排合张影

今天，我们中华民族正处在一个民族复兴的伟大时代，文艺家的心随着时代的脉搏跳动，文艺家的脚步追寻着时代的步伐奔跑。自20世纪90年代起，中国共产党就调动一切力量，帮助、支持、组织、带领广大贫困地区的乡亲脱贫致富。记得在1997年，中共湖南省委就把贫困程度较深的湘西定为全省脱贫攻坚的主战场，派出16000多名干部走进全省4000多个特困村。有一天，时任湖南省委主要负责同志把我找去，对我说："这是又一次重大的社会变革，是我们党带领广大贫困农民第二次翻身。你们作家应该投身到这场时代洪流中去。"于是我和水运宪、蔡测海结伴，历时3个月，行程2万里，前后走访了全省21个贫困县、108个特困村。就是在这一次，我们认识了被人们誉为"扶贫司令"的湘西军分区司令员彭楚政，记录了他多年奔走山乡、带领乡亲脱贫致富的感人事迹，写出了长篇报告文学《大山的倾诉》。我们的心灵也在这次采访中受到了洗礼。

有一天，在湘西的一个村寨，我看到一个青年在看一本没了封面、卷了角的旧杂志，禁不住问他："这么破的书，你还在看？"他回答说："没有书呀！这本书还是我们村一个在长沙打工的人前年带回来的。"我为此受到启示，呼吁全国作家朋友援手，汇集了数万册图书，在涟源一个贫困山村建起了"作家爱心书屋"。党的十八大以后，习近平总书记提出了"精准扶贫"理念，使得脱贫攻坚的方向更明确，力度也更大了，脱贫的步伐便更快了。多年的坚持，多年的奋战，我们国家消灭了绝对贫困，全国所有的贫困县、贫困村全部摘帽。

在这样激动人心的时候，我们三个当年采访过贫困村寨的作家一起商议，重访当年走过的湘西的贫困村寨，看看那里的变化。后来终于有了合适的机会，湖南省最偏远的龙山县是作家蔡测海的故乡，那里有一个火岩大峡谷，湘西最后一个土匪就是在这个峡谷的山洞里被抓到的。这块土地因作家水运宪的电视连续剧《乌龙山剿匪记》的热播而声名大震，引来了远远近近的游客。在县里开发全域旅游的热潮中，当地决定将火岩大峡谷更名为乌龙山大峡谷，峡谷中的火岩村更名为乌龙山村。县里决定举行一个更名仪式，并聘请水运宪担任乌龙山村名誉村主任，邀请我们三人和其他一些作家参加仪式，并重访这个现已脱贫致富的村寨。

我们兴奋地踏上了这次重访之路。这一路所见所闻让我们惊叹。入寨进村的路如此之好，不是水泥硬化，就是油砂铺就。一栋栋崭新的村舍农屋耸立在坡坡岭岭，几乎每个村都建有漂亮气派的文化中心、文化广场。过去从州府吉首到龙山县，汽车在砂石山道上要颠簸一整天，如今一条高速公路直达县城，从吉首到这里只需要一个多小时的路程。过去从长沙来这里要在中途住一宿，现在乘高铁来龙山只要两个多小时。

几天里，我们重访了当年采访过的水沙、惹巴拉、比耳等几个村寨，变化真可以说是翻天覆地。比耳以其特色产业脐橙著称，全村1258人，人均年收入达3.7万元；水沙的大棚蔬菜远销重庆、广州；惹巴拉成了这方山地极具民族特色的游客的打卡地。最后，我们走进已经更名的乌龙山大峡谷，看见了走进这个大峡谷的男男女女的游客。在乌龙山村更名仪式上，我忍不住动情地说："如果说，今天乌龙山村是一位英俊的新郎的话，那么，我们的朋友水运宪，就是一位美丽的新娘。我们作为新娘的娘家人，是送新娘来完婚的！"

看到自己朋友的作品，在客观上能如此助力乡村振兴，真为朋友感到荣幸。这次重走当年采访过的贫困村，让我强烈地感受到，我们这个国家在中国共产党的领导下不断向前奔跑，千千万万个山寨都在奔跑。回来以后，我写了篇短文《奔跑的山寨》，抒发了自己此次重访的感受。近两三年间，我追寻着时代的步伐，奔走在祖国的山山岭岭间、村村寨寨里，记录着这个伟大时代的步伐，写下了100篇记述乡村山寨新貌的短小纪实散文。我追着时代奔跑，我为祖国放歌，我为自己生活在这个时代、生活在这个国家而自豪！

（2023年5月2日发布美篇，载2021年12月13日《文艺报》）

说说喝茶

对于喝茶，我是稀里糊涂的，没有什么讲究，也没有什么要求，黑白红绿，碰到什么就喝什么。

人老了，总爱回想小时候的事，童年的记忆是最温馨的。小时候，家里来了贵客，妈妈总爱奉上一杯茶。放入杯里的茶叶，是春上时节上山采摘的茶树上的嫩芽，揉制后，用枫毛球细火烘干，乡里人称为细茶。滚开的水冲下去，顿时有一股特别的枫毛球熏制的茶香飘散出来。自家人喝的茶，则是用的俗称"老巴叶"的茶。那是秋天，从茶树上"眉毛胡子一把抓"采下来的老叶子，也不揉制，放到太阳底下晒干即可。夏天，每天一早，妈妈就用大铁锅烧开一大锅水，抓一把"老巴叶"放入。家里人下地劳作或者上山砍柴，就带上一大竹筒老巴叶茶，用以劳作时解渴……这就是我们湖南乡下人最原始、最朴素的饮茶方式。

后来长大了，开始闯荡世界。我跑过许多的茶乡，到过产君山银针的君山岛，到过杭州西湖龙井茶的原乡茶园，到过福建铁观音产地武夷山……近年间，也走过湘西保靖县吕洞山看号称"一两黄金一两茶"的黄金茶，去的最多的则是安化制作黑茶的工厂。

有一回，湖南省茶叶研究所研制了一种新茶，一位老乡喊我去看看。这种茶叫轻轻茶，是一包一包的粉末。研究所负责人是湖南农大毕业的，他说在农大读书时听过我的讲座。那是他们校长、油菜专家官春云院士喊我去的。这位研究所负责人向我们介绍说，这种轻轻茶是从安化黑茶中提炼出的黑茶的精华，对降三高有颇好的效果，且便于旅行时携带。接着，他拿出一瓶矿泉水，扭开瓶盖，将茶叶粉末倒入矿泉水瓶中，一摇动，茶叶粉末就溶化在水中，且茶色非常清亮好看。这是旅行必备的上等茶品。我们在研究所的制作工坊里细细地观察了一遍，那工坊里茶香的滋味，仿佛至今还存留在心间……

多年前，我率中国作家采风团到云南采风。采风的地区，就是普洱茶的产地普洱、临沧等地。途中，我的痛风病犯了。陪同我们的云南朋友告诉我："坚持喝我们的普洱茶吧，它能降尿酸，治痛风。"我将信将疑，喝了几天，没有坚持。

年岁大了后，身体的毛病越来越多，尿酸高了，血糖也高了，体型也胖了。这时候，总有好心的朋友告诉我，你喝安化黑茶，它能减肥，降血脂、血糖、血压。这世上哪有这样的好事呀？我还是不信。

前年，我与几位朋友来到红军长征经过的舜皇山老山界，这里有几万亩野茶林。这些没有受外界污染的原始茶林，在当今时代真可谓是"山珍"啊！然而，这里的山民却怀抱"山珍"受穷，依然没有摆脱贫困。这时，一位从这座大山里走出去的企业家返回家乡来了。他是一位有胆识、有担当的汉子。尽管他在外面事业有成，已担任美国湖南商会的负责人，但为了帮助乡亲们脱贫致富，他毅然从美国回到自己的家乡，带领乡亲们把"山珍"从大山里"背"出来，推向全国市场。如今，他们的"帝子灵芽"等野茶产品做得风生水起……这里的乡亲们也已从贫困中走出，生活越来越好了。

老山界上观野茶

有一次，省军区原副司令员黄明开将军请我和他的其他几位朋友到家里去做客。他退休以后，在长沙南边的郊区租了一片地，种了许多的树木花草。为助力国家的乡村振兴战略,特制了一种黑茶品牌:将军茯。他就是用这种茶招待我们,并和我们讲他自己喝这种茶的体会。他原来尿酸高,痛风很厉害,喝了一年这种茶,尿酸不高了,痛风病也没有了。听说我也痛风,回来的时候,他送了我好多将军茯,嘱咐我回去坚持喝黑茶,并说喝黑茶不光能治痛风,还能减肥,降"三高"……听他这么一讲他的亲身经历,我有点动心了。

接着不久,我又被友人喊到安化,走访了好几家黑茶厂。在这里,我对黑茶的了解,就更全面了。我知道,当年从安化出发的茶马古道,主要是运送黑茶到西藏、青海等地,供应牧区的牧民饮用。因为牧区没有蔬菜,牧民们每天以食牛羊肉为主,这样一来,身体里累积的油脂就多了,引起"三高",不利身体健康,需要喝黑茶,才能刮去体内多余的"油",所以说黑茶是"边茶",是促进边疆稳定的茶。就是在国家经济体制由计划经济转为市场经济后,国家仍然每年下达黑茶的生产指标,以保障边疆牧民生活的需要。

就是那次从安化回来之后,我开始喝黑茶了。坦率地说,黑茶的口感并不好。就口感而言,我更喜欢喝绿茶、白茶。它们有青草的清香,土地的芬芳。对于黑茶,我首先是把它当成一种药来喝。坚持了个把月,习惯了,倒觉得它有一种特别的味道了。我停下了每天吃一片的降尿酸的药,两个月后,我做了一次检查,尿酸降到三百多,在正常范围以内了。又过了两个月，再一次检查，尿酸稳定在三百多。从此，我把治痛风的药彻底地停了。

我的邻居罗君，也痛风。我们同病相怜，每天晚餐后相约一起散步。我把自己喝黑茶的体会告诉了他，他也就坚持喝黑茶了。几个月后，他也停掉了吃降尿酸的药。至今两年多了，我和罗君坚持喝黑茶，尿酸都稳定在正常范围之内了。

前些日子，又有友人邀我去安化采风，又到了一家制作黑茶的厂子。厂子在我当年躲到这里写作长篇小说《桥》的廖家坪水库的边上。老板是一位回乡创业的女士，她摆好书案，取出纸笔，要我为她的工厂题写一句话。我想了想，挥笔写下：茶能治病何须药，水可生香不用花。罢了，又在旁边加了一行小字：一个痛风病患者的体会。

现在，我每天坚持喝2000毫升黑茶水，为了变变口感，早餐后，我加喝一杯我喜欢的绿茶。许多茶叶专家告诉我，凡茶都能降"三高"，黑茶最优，而绿茶、白茶能醒脑明目，红茶则能暖胃。总之，这茶那茶，对促进人的身体健康，各有千秋。

如今，喝茶成了我日常生活中一项不可缺少的内容，一种别样的人生滋味！

（2023年4月14日发布美篇，载2023年5月3日《湖南日报》）

我的"桥头河小菜园"

　　那天,从盘州打来一个电话,告诉我,盘州盛世小区辟了1万平方米的原生态有机菜园,无偿提供给小区里的住户。管理处准备3月17日举行一个开园仪式,希望我能去参加。我原打算3月20日从大理返回长沙时到盘州停一下,接到电话,我回长沙的计划只好提前,随即订购了3月16日到盘州的高铁票。

　　贵州盘州有"中国凉都"之称。夏天住在那里,天凉气爽,不用空调,舒服极了。这对于生活在有"火炉"之称的长沙的我们来说,是何等向往!三年前,当我得知那位从金竹山煤矿打拼出来的企业家朋友刘祖长,在盘州开发这个小区时,我立即定购了一套小房子。去年夏天,房子装修好后,即试住了一段日子,感觉挺好。小区的自然环境自不待言,开发者还独具匠心地在小区里建了一个泉水湖。有了这个小湖,整个小区便平添了不少灵秀之气。人哪,生活的要求是多方面的,不仅要求自然环境优美,更要求人文环境温馨。住进这个小区的人,好多是来自娄底、邵阳、长沙的,每天听到的声音,是亲切的乡音,交流的话题,是温暖的乡情。生活在这里,虽是外乡,犹在故乡，能不温馨吗！

电话里，朋友问我："给你分了40平方米的菜地，希望你给自己的菜地取一个名字。你看，是用你本人的名字，还是你某一部作品或者作品中某一个人物的名字，比如说《山道弯弯》中的二猛？我们要做个漂亮的牌子，钉在你的菜地上。开园那天，董事长还将和你一起揭牌。"我回复说，让我想想。

给我这块小菜地取一个什么名字好呢？晚饭后到村旁的溪边散步，突然想起自己早两天做的一个美篇，标题就叫《带着故乡走四方》。我的故乡涟源桥头河，是省内很有名的蔬菜小镇。社会上流传很广的一句话：桥头河的萝卜不用油，筷子夹起两头流，就十分生动、形象地说明了这萝卜的品质。我老家的村子，离桥头河镇尚有十来千米。每年一到春节，村上的人明明自己的菜园里有萝卜，但家家户户都要到镇上去担"过年萝卜"回来。在萝卜前面，加了"过年"两字，与杀"过年猪"、打"过年豆腐"并列，你想想这萝卜的质量与分量。大年三十，用铁锅煮上一大锅从桥头河担回来的萝卜，一直要吃到元宵节。每天热一次，锅里的萝卜像红烧肉般地越来越红亮，味道也越来越美妙！如果是伴鱼一起煮，那叫鱼腥萝卜，味道就更好了！近些年，桥头河镇发挥自己的传统优势，主打蔬菜产业：桥头河萝卜、桥头河辣椒、桥头河……一个一个菜蔬品种，都成了享誉四方的品牌！这个镇子上，有一位胆识过人、智慧超群的女企业家，名叫邬文明，看准了家乡蔬菜的品质，下决心要把家乡的蔬菜推向更广阔的市场。她兴办了一个蔬菜加工企业，安排800多名乡亲到企业上班，让他们每月能挣5000多元工资，还能就近照顾老人和孩子。几年后，不少乡亲致了富，起了新屋。接着，她又将企业升级为全方位为家乡三农服务的科技发展公司。事业发展更快了，产业也做得更大了。她不仅为家乡推"菜"，还推"人"。近日，她慷慨捐款400万元给涟源市关心下一代基金会，为故乡年轻一代的成长助力。他们生产出的产品，有一个响当当的名号："邬辣妈"这，"邬辣妈"那……如今，桥头河蔬菜和"邬辣妈"产品，在中华大地的广阔市场上比翼齐飞！

每次出外旅居，我准备的行头里，忘不了带上家乡的土菜：酸辣萝卜、富田桥豆腐干子、白马湖小干鱼、老家腌制的坛子菜等，当然，其中一定少不了"邬辣妈"的产品……那是浓浓的家乡的味道啊！

一想到这，我立即告诉小区管理处的朋友：我的那个小菜园，名字就叫"桥头河小菜园"。接着，取出纸笔，挥毫写下这六个墨笔字，拍照发给了那位朋友。

那年炎夏，我躲到黔西百里杜鹃风景区旁边的一个煤矿避暑。那里也就是开发盘州盛世小区的朋友的一个因故停产的煤矿。在那里我也开了一块小菜地。为了种好这块菜地，我花了上百元购工具，又花了20元到农贸市场买了一盘用营养盘培育的辣椒苗。那时，当地农贸市场上的新鲜辣椒只要一元钱一斤。旁人调侃我：你种的辣椒，能收回种苗钱吗？也许，我从菜地摘回的辣椒确实收不回我花去的购工具和种苗的钱。然而，我却收获了另一种能慰藉心灵的更珍贵的东西……

菜园很小，开园仪式很隆重

自从将辣椒苗栽到土里后，我每天早早晚晚，要么来到菜地里拔几棵草，要么为菜苗浇一点水，上一点肥。看着自己栽下的菜苗，一天一天长高，开枝散叶，打苞开花，看到那辣椒秧、茄子树上的小果果，一天一天长大、成熟……个中乐趣、享受，不知有多么美妙！对旅居外乡的人来说，是慰了乡思，也解了乡愁啊！

我爱我的故乡桥头河，我也爱我外乡的"桥头河小菜园"！

（2023年3月17日发布美篇，载2023年3月28日《娄底日报》）

散步有了新路线

　　每天散步，出了小院，要么走上村旁的小溪，沿溪前行，要么拐上村中的小巷，在巷中游走。走在小溪边，侧耳听溪水放歌，举头观白云飘动。行在小巷里，看一座接一座的农家院落，看院落墙上亮丽的壁画，看院落前面气派的门楼，倒也感到十分惬意。然而，时日一久，就不满足了，觉得散步路线有点"千篇一律"了。

　　那天，被鄢君喊到他准备租居的那座农家三层小楼去参观，回来的路上，老伴突然冒出一句："不知从我们的小院到他这座小楼要走多少步？明天我们往这里散散步如何？"

　　老伴的这个提议，正合我意。这一天，吃过早饭，看了一会儿电视，太阳光就射进我们的卧室来了。每天这个时候，我们就走出小院散步健身去了。

　　鄢君已决定租居的小楼在我们邻村，那里叫南庄村。我们沿着村中心的街道朝洱海方向径直走过去，一会儿就到了大丽公路。我们村的公路与大丽公路的连接处，耸立着一座气势恢宏的极具白族建筑风格的牌楼。牌楼上，三个鎏金大字——天碧坊，赫然醒目。这就是我们村的村门。

庄严、气派的白族村寨村门

　　横过大丽公路，一条正对着我们村门的水泥公路往洱海边伸展过去，那条路就是南庄村的进村公路。公路两边，是一片平坦开阔的田野。放眼看去，绿油油一片，望不到尽头，种的全是莴笋。农业，也讲究规模效益。无疑，这里是大理市的蔬菜基地。眼下正是莴笋成熟上市的时候，一辆载重量达十数吨的大卡车正停在路旁，田野上，几十位村妇正在忙着收割莴笋。她们有人在弯腰砍莴笋；有人在将砍下的莴笋剥去下面的残叶，整整齐齐地捆成一捆一捆的，便于搬运；有人背着竹篓，将捆扎好的莴笋背往卡车边来装车……那望不到边的菜地，那村妇们忙碌的身影，构成一幅壮美的丰收图画，呈现在我们面前！

　　南庄村和我们村一样，进村的公路紧连着村里的中心街道。街道，也是由一个接着一个的农家院落、一栋接着一栋的农家小楼组成。进街走过一段路之后，只见前面烟雾缭绕。那里有一座庙宇，这就是南庄村的本主庙。这一天，是农历二月初二，龙抬头的日子。村街上，不断有一队一队的手捧红香黄纸的村妇朝本主庙走来，她们都是些虔诚的信众，是前往本主庙烧香拜佛的。本主庙前的几座焚香炉，里面一把一把的红香正在燃烧，吐出浓浓的烟雾……每个民族有每个民族的信仰和民俗风情。大理的村村寨寨，都建有保护自己村寨的本主庙。这就是白族的信仰。

我散步健身的生活习惯，已经融入我的生活近30年了。1997年，我到我们省扶贫攻坚的主战场——湘西土家族苗族自治州采访，采访对象是被人们称为"扶贫司令"的湘西自治州军分区司令员彭楚政。采访快要结束的时候，我在一个山村里摔了一跤，摔成腰椎间盘突出。凡是弯腰、低头、行走，都十分痛苦，于是住进了一家疗养院。按摩、牵引、醋疗、埋羊肠线、贴黑膏药……各种各样的治疗手段都用尽了，没有明显效果。这时，我省著名的骨科专家孙教授给我提了两点建议：一、洗矿泉浴；二、坚持退着走路。当时，我正开始创作反映"扶贫司令彭楚政"的长篇报告文学《大山的倾诉》。出版社便安排我到一家温泉疗养院去写作，一边泡温泉，即矿泉浴，一边写作。同时，每天早晚，我在疗养院内的活动场地退着走路。一个月后，

《大山的倾诉》写完了，腰椎间盘突出的毛病仍然没有断根。这时，省委安排我到娄底地委兼职深入生活，兼任地委副书记，住在军分区。我每天早晚，在军分区院子内退着走路，其中有一段路是上台阶的坡道，我咬着牙，坚持退着上台阶。大约半年后，这顽固不化的魔鬼终于被我征服了。从此，我改退着走为朝前走。每天走路的习惯，就一直坚持至今。此后，无论走到哪里，在都市，在乡下，在异国他乡，开会也罢，出差也罢，出访也罢，一到住所住下，我就立即侦察，选定一条适合散步的路线，风雨无阻，每天坚持走10000步，过年也没有停下。现在，我年近八十，许多的老年病还没有找上我，也许是和我几十年来的这种坚持有关吧！

一路优哉游哉，不觉间便来到了南庄村的中心地段，本来不太宽的村街在这里突然开阔起来。一边是一个篮球场，一边是一块地坪，这大概是供村民跳广场舞用的。广场一旁的一栋三层楼房上面，有几个鎏金大字：南庄活动中心。一株古榕树，一块照壁，是此处的两处景观。古树上，挂有一块由有关部门颁发的保护古树的牌子，上面标示，此树树龄300年以上。阳光斜射过来，把一丛树荫投射到了那块巨大的照壁上，使得照壁一半光亮一半阴暗，呈现出一种别样的情趣。

从这里走过去不远，就是老友鄢君即将租居的那个小院、那栋小楼了。此刻，院门紧闭，老的主人离去了，新的主人还没有来啊!

这时,我站立在小楼门前,看了看手腕上计步的电子表:4600步。一个来回,就是9200步。鄢君住进来后,我们来这里相聚,一个来回,不就完成了一天散步健身的目标!

妙哉!散步健身的路线,又有新的选择了。

(2023年2月24日发布美篇)

路边小店过生日

告别西昌，返回大理，小车在高速公路上飞驰。很快，就到了我们出门时在那里泡温泉的热河村了。

那天，在热河村的路边小店，那顿野山药炖排骨的味道，留给我们的印象太深刻了。看看时间，已是上午 11 点半，是午饭时刻了。何不到那个小店，再来一顿野山药炖土鸡呢！

开初，我的这个提议，女婿女儿不同意。因为这一天，是我老伴 74 岁的生日。他们觉得，到路边小店过，太随便了，太不隆重了。

"随便的，有特色，没准记忆深刻。隆重的，没特色，则很难让人记住。"

我这么一说，大家都同意了。于是我们从这里下了高速，直奔那家叫热河朝阳野山药饭店的路边小店。

我们是第二次光顾这个小店了。小店老板，那个精明的农家汉子认得我们了。"今天是吃排骨炖山药，还是土鸡炖山药呀？我们这里就只搞这么一锅菜。"

女婿答："上次是排骨，这次来只土鸡。"

"行！"接着，他就领着我女婿来到他的鸡笼前。笼子里关着上十只乌鸡。老板说："你自己挑。"

挑好鸡，一过秤，三斤六两。鸡要临时宰杀，比炖排骨的时间要长些。想起上次在这里吃排骨炖野山药时，老板要我们先去温泉泡个脚或者去洗个温泉澡，免得难等，一切免费。上次因为我们刚刚泡过澡，就没去。这一次，应该去体验一下这里的免费泡脚了。

从小店屋边一个台阶很高又很陡的地方走下去，底下有一排小棚，安有水龙头，打开就是温泉水。而泡脚，则只能在平日清洗衣服或者拖把的水泥小池中进行。

于是，我们把那一天到晚长放水的一根管子移过来，又用放在一旁的一块毛巾，堵住池子的出水口，不大一会儿，池里就有半池水了。池子旁边备有小凳，女婿先脱鞋袜，把脚放进池子中去。我们跟着也脱掉鞋袜，将脚放入池中……这样泡脚，似乎太原始了，但却有一种别样的情趣。

刚下水，觉得水温热了些。泡了一会儿以后，感觉越来越美妙。温泉中含矿物质多，水感滑滑的，还有一股硫黄味。懂行的人说，这才是上等的温泉。

我们泡过脚上来，老板说，你们的菜还要十来分钟才能炖好。我便从这个小店走出来，四处去看看。只见这一条公路边，好多家小店排成了一条长街。每个小店旁边，都建有一个停车大棚。棚前棚后，三角梅和一些我叫不上名来的树，开着红艳艳、黄灿灿的花朵。车棚里的车子，各式各样，有粤字头的、沪字头的、川字头的、渝字头的、浙字头的，甚至还有京字头的、鲁字头的。天南海北的人，相聚在这个小小的山村里。自然，他们都是一些自驾游者。这是一道风景，一道新时代中华民族富裕兴旺的风景。如果包里没有"底"，能这样惬意地开着车，四处去饱览祖国的山河胜景？

抬头望望这个山谷，一些气派的建筑前，茂密的芭蕉林里，红火的三角梅花丛中，隐藏着供人游泳的温泉大泳池和不计其数的专供一家人泡温泉的暖包包……温泉，是大自然的馈赠，千百年来就在这里流淌。过去，却没有给这里带来富裕。只有到了当今时代，在党的政策的支持下，温泉才变成了产业。这个千百年的穷村今天肯定是变富了……

一大盆野山药炖土鸡端上了桌。我们一家四口，围坐在桌边，这个路边店的生日宴席开始了。我们举起碗来，以鸡汤当酒，祝贺老伴生日快乐！

路边小店，女儿、女婿举杯祝妈妈生日快乐

把没有吃完的野山药炖土鸡打上包，我们登车返程了。这里离自己租住的小院不远了，一个多小时就到。坐在车上，一股暖流在心中涌动。自己命好，到了我们这个年纪，遇上了这么好的时代！国家富强了，民族强大了，人民富有了。自己也不为钱发愁了，说走就走，饱览祖国的名山胜水，过上了这样惬意、温馨、丰富的晚年生活，真是令人满足啊！猛然间，心中涌出总书记说过的那句话来：江山壮丽，人民豪迈！

（2023年2月1日发布美篇）

外乡村寨故乡味

我正在看书，突然手机响了。我按下接听键，传来一个熟悉的声音："谭老师，你在家吗？"是我旅居的白族村寨的村支书老杨的电话。我忙答："在，在。""你开开门，我在你院门口。"

打开院门，只见老杨抱着一大把莴笋立在门口。他说："我老婆刚从地里采回的莴笋，要我给你家送一点来。"说完，他把莴笋交给我，屋也没进，转身就走了。

这是一位40多岁的白族汉子。年轻时在部队当过几年兵，现在是村里的党支部书记。也许是我年轻的时候也当过兵，我们同有军旅生活的缘故，交往时，自然有一种亲近感。有一次他家里办喜事，把我也请去了，我要奉上一份礼金，他死活不收。他说他们这里的风俗，请客不收客人的礼。客人能来，就是给足了主人的面子，主人就高兴。后来了解到，村寨里办喜事的确如此。这就是这个白族村寨的乡风民俗。

真记不清是第多少次接受村里的乡亲送的菜了。

我们刚刚住进这个村的那一年，有一次散步回来，在路上碰到一位从地里摘菜回家的大娘。她一把拦住我，硬要从她背上的背篓里取一把她刚摘回来的青菜给我。"你们自己没种菜,拿着。"

这村寨里的村民太淳朴了,我一时还不适应。此后,这样的事情经常发生。有一次,也是春节过后不久,清晨,就听到有人敲门,开门一看,是70多岁的房东大娘站在门口。她背上背着一个空背篓,比画着手势对我们说着。因为乡音太重,半天我们才弄明白。那一年村里种的菜销不出去,一位老乡一丘田的青菜都砍在地里不要了,她要我们去拿一些回来做干菜。

我老伴便跟着她出门了。一会儿,房东大娘背回满满的一背篓青菜,我老伴也抱回一大抱。我们以为房东大娘背篓里的菜是要背回自己家去的。哪知,她是给我们背来的……

这一下,我们小院的地坪里,堆起一大堆青菜了。两个老人怎么吃得完啊!房东大娘嘱咐说:"做成干菜,以后慢慢吃啊!"

我和老伴,都是从农村里出来的。老伴很小的时候,就跟着奶奶学做盐干菜,以及各种各样的坛子菜。搬到城里居住以后,每年老伴还没有放弃这一手。于是,一连两天,老伴都忙着处理这一大堆青菜。先洗净一批,放到一个大盆里,然后用大锅烧开一锅水,将青菜烫泡起来,两三天后,烫泡的青菜就由青变黄了,吃起来又酸又脆。那是童年的味道,农家的味道啊!

接着，老伴又动手把没烫泡的青菜洗净晾晒，等青菜上的水分散去些后，再把它们取下放到一个竹盘子里，撒上盐，用手使劲揉搓。渐渐地，竹盘子里的青菜便像用开水烫过的一样。这时候，她取来一根竹竿，将揉搓过的青菜，晾到竹竿上，放在太阳底下暴晒……

　　经老伴这么一处理，一大堆青菜便华丽转身了，成了盐干菜、酸泡菜了。最后，还剩下一批菜秆。老伴又把这些菜秆的皮削掉，切成片片，撒上盐和辣椒粉，放入坛子里。吃早餐时，夹出一碟来，是吃馒头喝粥的绝配！

　　一个人，离开故乡，走南闯北。有两样故乡给你打上的烙印，是顽固地依附终身的，是很难改造的：一是口音，一是口味。我17岁就参军离开故乡，到了外省的海防前线，然后又长居都市。但你只要一开口，人家就知道你是哪个地方的人。正如我在外地听一堆人说话，就知道哪一位是自己的老乡。有一年，我随中国作家代表团出访欧洲一个国家。行李里，就带了一瓶剁辣椒，一瓶霉豆腐（腐乳）。外国的饭菜，实在不合口味，每次用餐，我离不开这两样。在这个国家的首都访问了两天后，要去到另外一个地方访问一两天。接待方告诉我们，回来还住这个酒店，房间不退，不带的行李就放房间里。我想，时间短，剁辣椒和霉豆腐就不带了。哪知，从那里回来后，这两样宝贝不见了。一寻问，是酒店的服务员以为是变质的罐头，便把它们当垃圾丢掉了。此后十来天，这日子就可想而知了。半个月里，我整整瘦了6斤！在回国的飞机上，代表团团长对我们说："回国后，我在家里请几位吃个饭。谭谈，你最想吃什么？""辣椒，大米饭！"我毫不犹豫地告诉团长。

……趁着好天气，大太阳。老伴又把这次杨支书送的莴笋切成片，摊放在竹盘里，放在太阳下暴晒。顿时，农家小院里飘逸出了浓浓的农家味来。这是伴随自己一生的故乡味啊！

挑担泉水进院来

想起来，这个白族村寨淳朴的乡风乡情，又何尝不是一种可亲可爱的农家味呢！

（2023年2月6日发布美篇）

带着饭去玩洱海

"今天的中饭，我们带饭到洱海边吃去。"我对老伴说。

她在看电视，正沉迷于她在看的这部电视剧中，加上耳背，她没有听到我说的话。我便独自推门而出，往厨房里走来了。这时，才9点40分。平日里，我们是11点钟才进厨房做午饭的。今天的午饭，我准备从小院搬到洱海边去吃。从小院到洱海，有四五千米路，走路要一个小时多一点的时间，所以要提前动手。

来厨房时，我就在心里默神好了，做三个菜。一是腊味合蒸，我取出一个猪血粑，切成六块（每人三块）；一块腊肉，切成六块；两块腊鱼，切成四坨，将它们摆放在一个盘子里，然后放上剁辣椒、姜丝子，配制好后，放到火上去蒸，这三样，都是从故乡带来的"家乡味"。接着，取了几个在菜市场买的青辣椒，切碎，放到碗里，然后打了两个鸭蛋，放上盐，便用筷子搅拌。我正要往锅里倒时，老伴进厨房来了，见状，忙批评道："要先把辣椒炒熟，再放蛋。"我不服气，道："一个师公子一道符。你有你的做法，我有我的搞法。"第三样菜，是炒包菜，由老伴掌勺。一切妥当之后，我们就出门了。

"只有你，老是搞花样！在屋里吃饭好好的，又要把饭带到洱海边去吃，这么远，不难走呀！洱海，又不是没去看过！""这次来了个把月，还没去看过呀！你过细看，每次都会有新发现。"接着，她又埋怨出门时没有带上草帽。大理的太阳厉害，每次来这里住一段，都会把脸晒得黑黑的。我告诉她，晒晒太阳，对身体有好处，补钙。我们这个年纪了，黑呀，白呀，不重要，最重要的是身体健康！

出了小院，我们就上了鸡鸣江岸边的游步道。活活泼泼的溪水，跳跳蹦蹦地在前面为我们引路，真像一个天真烂漫的孩子。我对老伴说，我们一边散步，一边观景，不累。这是健身与游玩相结合。

老了，退休了，社会似乎离自己渐行渐远了。这时候，我们要自己给自己找乐子，把平淡的生活过出一点味来，所以这些年来，我总是换地方住住。在海南过过冬天，在贵州度过夏天。近几年，改到了云南大理。每到一处新地方，就有新鲜感，就能获得一种刺激。生命需要刺激，刺激才有活力，生活才会充实，才觉得有味。我们单位一位同事，是部队上一位团长转业来的，年轻时威武帅气。退休以后，没有爱好，不会安排生活，每天的日子过得千篇一律。最近，听说他老年痴呆症的情况很严重了。活动活动，人活着就要动啊！

渐渐地，洱海就在我们面前了，天蓝水碧，令人心神振奋。去年三月，我们也来亲密接触过它。那一次，洱海旁边的田野上的油菜花，开得正热烈。碧玉般的洱海，在金灿灿的油菜花的衬托、装扮之下，犹如一块巨大的宝石和一条巨大的金链子相拥相抱在一起。这一次，苍山洱海之间的田野，改种作物了，多是莴笋、蚕豆、大青菜。这块由苍山流下的溪河冲积出来的小盆地，土地肥沃，加上白族同胞管得当，种什么都长得很好。去年的油菜，长得惹人爱。你看，今年的莴笋、蚕豆，也是长得这般地招人喜爱……

高天之下，碧蓝的水，青绿的地，大自然将它们组合得如此美妙。看来最高超的画师，是大自然啊！

来到洱海边后，我对老伴说，先找一个地方，把饭吃了，免得老是提着，难提。去年，我们是往南边游玩的。老伴在海边的一个水沟边，还发现了许多螺蛳，便下水用手去捞，她捞了一会儿后，我猛然想到，一天到邻村散步时，看到一墙体上有消灭钉螺的宣传语。想必这洱海也和其他湖泊一样，水中有钉螺，一旦感染了，是会患血吸虫病的，我忙上前制止老伴下水摸螺蛳。但这时，她已摸到了不少的螺蛳，于是我们把它们带回家，煮熟后，挑出螺蛳肉，炒着美美地吃了一顿。今年我们该改改方向，去找找新鲜点了。很快，我们在一块水边草地上，看到摆有供游人休息的长条凳。于是我们就在这里，取出带来的饭菜，开始"野餐"了。

吃罢午餐，坐在长条凳上晒着太阳。放眼看去，远处的苍山，如巨龙横卧在天地之间。山顶上，白白的一片。那是积雪啊！而洱海边的草地上，温暖得有如初夏。大自然就是这么奇妙！

洱海小景

我们坐在长条凳上晒了一会儿太阳，便起身朝洱海北岸走去。前方，总有新的发现，使我忍不住用手机拍摄下这些新的刺激点……

洱海，梦一般、谜一般的洱海啊！真是让人百看不厌。我们这些退休老人，要把平淡的日子过得不平淡，就要不断到生活中捕捉新鲜点，追求新刺激。只有这样，日子过得才有滋有味。

（2023年2月5日发布美篇，系2023年第4期《湘江文艺》杂志所载《苍山观云》之三）

买个喜洲粑粑做早餐

在故乡，一碗肉丝米粉是我早餐的首选。旅居到洱海边、苍山下的这个白族村寨后，一个喜洲粑粑做早餐，是我的最爱。

清晨，朝霞映红了小院，我就出门了。迎着漫天红霞，沿着鸡鸣江岸，朝前走去，前方，就是大丽公路。渐渐地，立在公路边的一块大牌子，就出现在面前了。牌上，两个粗壮的箭头，分指南北两向。南边：湾桥；北面：喜洲。四个醒目的大字标示着一南一北。我旅居的上阳溪村，属湾桥镇，紧邻喜洲镇的朝阳村。

来到大丽公路，往北去不远，路边上就有两个烤制喜洲粑粑的摊子。常来这里买粑粑，熟门熟路了。我就径直朝那两个摊子走去。

喜洲粑粑，顾名思义，它是古镇喜洲的一种特色小吃。如今，它是喜洲这座古镇的一张名片，是一种"非遗小吃"了。

我旅居的这个村，离这座古镇只有 3 千米路。有事没事，我都爱到这座古镇上去溜达。一踏上古镇小街上那些被历史风雨洗涤过的青石板，就仿佛走进了一段远去了的历史。它，比大理古城资格还老。早在南诏国从巍山古城走出来，往洱海周围的平坝发展之前，这里就是白族先民"河蛮"的聚居地。相传，隋文帝时期，一个叫史万岁的将军率兵驻扎在这里，所以这里又称为史城。它是南诏时期的军事重镇，相当一段时期，还是云南商贸中心之一。

喜洲古镇，可说是白族民居的一个博物馆，各种规模、各种样式的白族民居都集中于此。白墙、青瓦、门楼、照壁、壁画，把古镇装扮得古香古色。镇中心的四方街，用花岗岩砌着一个高大威严的牌坊，这是古镇的题名坊，历史上的光荣榜。科举考试时期，古镇上凡是考取了功名的人，都可以把名字刻在牌坊上。那些岁月里，古镇上是出过好几位进士的。就在题名坊旁边，有一个严家大院，有民间皇宫之称。进入大院如细看，得几天，遛一圈也得一两个小时，可见它的规模之大。严家大院的主人，是当时云南的首富。

这座历史名镇，如今成了旅游者的打卡地。小镇上的特色小吃，也受到了旅游者的追捧。离烤制粑粑的摊子还有蛮远，诱人的香气，就飘入鼻子里了。我走到摊前，只见一位中年汉子正端坐在烤制粑粑的火炉边。一个圆圆的铁盘上，木炭火燃得正旺。"刚出来一锅，你要几个？""火上还在烤吗？我想看看。"他听我这么一说，便将上面的火盘提开，下面也是一个铁盘，那是摊放粑粑坯子的。盘子涂了油，光亮亮的，空空如也，上面没有粑粑。

刚刚烤好的粑粑出锅了，难怪这么远就闻到了香气……

　　喜洲粑粑与北方烤饼一样，主料都是用的小麦粉，而味道却大大优于北方烤饼。我站在烤制粑粑的炭火前，细心地观察，想探其究竟，我发现它的烤制方法特别。北方烤饼，一般都是底层用火，不断翻动。而这喜洲粑粑，则是上下双层用火。上层炭火为猛火，下层炭火为文火。这时，女主人把刚做好的粑粑面坯端来，摊到了烤盘上。然后，端来一小罐油，先前已在铁盘上刷了一层油，这时便往粑粑面坯上刷油。"这是什么油？""猪油。"女主人回答我。

又一锅喜洲粑粑快出锅了

喜洲粑粑，有咸、甜两种。在烤制过程中，反复刷几次油脂。烤香烤酥，大约十来分钟就成了。粑粑外皮香酥而内在绵软，层次分明。咸的夹有肉泥葱花，甜的夹有红糖芝麻等配料。它很有历史了，白族先民不断地探索、改进工艺，才达到如今的效果。相传，起初是一位杨姓家族的民间艺人开始制作这种粑粑作干粮。到清光绪年间，杨复兴在前人工艺的基础上，首创用炉底炉盖双层烤制粑粑的技术。用这种工艺烤制出的粑粑，口感独特，于是声名大震，成为烤饼中的一绝。

我如愿以偿地购买了刚刚出锅的喷香喷香的喜洲粑粑，也观看了制作喜洲粑粑的全过程，一种满足感在心中弥漫开来。于是，一边细细地品尝着粑粑的滋味，一边漫步返回村来。

喜洲粑粑，古镇的非遗美食，舌尖上的风花雪月。

（2023年2月2日发布美篇）

带着故乡走四方

　　我们的小院在苍山下。

　　四年前，这里是村里一个废弃的农家院落。主人建了新居，这个老院子就空置在这里了。我们租过来，进行整修。就在整修工程将要完成的时候，女婿向我提出："就差一点文化装饰了，这任务就交给你了。"

　　人们常说，文化是一个国家、一个地域的软实力。那么，是不是也是一个居住小院的软实力呢？或者说，是一个院落居住者的脸面呢？

　　为此，我动开了脑筋。首先，要给小院取一个名。院名和人名一样，是一个符号。这名字，要叫起来好听，记起来好记，写起来容易，想起来要有意义、有韵味。想来想去，我决定将故乡带过来，与新驻地融为一体。于是便将小院定名"云湖居"。云，即云南，湖，即湖南。常听人说，一个人出了省，同一个省的人就是故乡人。一个人出了国，同一个国的人就是同胞。院名定下以后，我又想了两句话：避暑热躲冬寒温馨小院，观苍山赏洱海淡泊人生。并用木板雕刻出来，挂在院门两侧。

　　取了院名，刻了院门两侧的对联，那么，院落正房大厅的两个木柱子上，应该有一副重量级的对联挂上，为小院增色。于是，我请同乡好友，中国书法家协会副主席、著名书法家鄢福初援手，请他根据大理苍山洱海的地理环境作一副联，他欣然应允，并很快就寄来了。这就是现在悬挂在院落正厅柱子上的对联：苍山松涛贯耳六根澄澈，洱海闲云荡胸此心悠然。然后，我在厅堂的一面墙上，布置了一个书架，陈列在书架上的书，全是从故乡带来的湖南人写的书和写湖南人的书，题名"恋湘书吧"。

我那外乡小院里的卧室

我的卧室，是自己每天活动时间最长的地方。我写了一幅字，挂在墙上，时刻提醒自己：人走天涯，心系故土。并在一旁书有一行小字：不要忘记自己从哪里来。厅堂外面，摆了一张从旧货市场淘来的农家木桌，是准备自己心血来潮时写写毛笔字的。于是这面墙上，我也写了一幅字挂上：彩云之南，湘人新家。

小院整修完不久，就是2020年春节了。全家人都来到了这个小院。我取出从故乡带来的大红宣纸，在恋湘书吧两侧，写了一副对联：朝品湘茶晚饮湘酒家的味道，背靠苍山面对洱海滇地风光。横批：外乡亦故乡。接着，又在餐厅的门柱上，写了这样一副对联：湖南云南都是华夏大地，白族汉族同为炎黄子孙。横批：白汉一家亲。然后，又写了几个福字，分别张贴在几个玻璃门上。这样一布置，整个小院就喜气洋洋，有浓浓的年味了。

更有意思的是，我把从故乡带来的三只鸡，分别以故乡的三个名镇的名字命名：蓝田、杨家滩、桥头河。并用纸写上，粘贴在三只鸡的身上。当时我都拍了照片，但现在手机里只存有一张了。

人的故乡情结，是从孩童时代思念妈妈时开始的。谁做小孩子的时候，离得开妈妈，离得开家？记得自己上初中时，就要离开家到学校寄宿。因为中学都在离家几十里远的县城里。每到星期六，就心慌了。最后一节课一下课，就打起飞脚往家跑……长大以后，走南闯北，父母双亲也相继离世，自己成了父亲，成了爷爷。这时候，故乡就是妈妈！我在好多篇作品中都写道，无论自己走得多远，飞得多高，总觉得有一根线一直牵着自己。这根线，就是故乡！每当看到城里有这样那样的老干部活动中心，我心里就想，老家那些面朝黄土背朝天的老农、自己童年的伙伴们，劳累了一辈子，晚年时也应该有一个休闲、健身、娱乐、阅读的场所啊！于是，三年前，自己卖掉了城里的一套住房，又借用社会力量，耗资数百万元，在养育我的山村里，建起了一个老农活动中心。这个中心里有供老农们健身的晚晴广场，有供老农们阅读的晚晴书屋，还有棋牌活动室，并且将一口池塘改建为晚晴诗湖。在池塘四周的护栏上，用麻石雕刻了二十四首歌颂故乡风景名胜和历史人物的诗歌……在落成仪式上，我动情地说：父母住在什么地方，家就在什么地方。祖宗埋在什么地方，根就在什么地方。我父母生前一直住在这里，死了也埋在这里。我的先祖们也都埋在这里。这里就是我的家，这里就是我的根！

有一年，我们躲到海南去过冬，住在一个老人旅居中心，并交付了两个月的费用。但离两个月期限还有一个星期的时候，我就购机票回故乡了。别人说，钱都交了，何不住完再回？我说，想家了。其实，当时"家"都和我一起到海南来了，就是想故乡那块土地了。为了排解心中的思乡之情，我还写了一篇短文：《故土难离》……

退休以后，人生有了更多的自由。我常和老伴旅居在外，游走四方。无论自己走到哪里，故乡一直在自己心里。

我带着故乡走四方。

（2023年3月4日发布美篇）

老矿工回矿

这一天，阳光炽热，心情也炽热。我们几位七老八十的老矿工要回矿去看看。

湘中山地的那座煤矿，是我们几位人生旅程中的重要驿站。

从涟源下了高速，汽车在平坦的柏油路上跑了十来分钟，就到了一个十字路口。于是，往左一拐，往冷水江方向奔去。

不一会儿，就到了一个小镇。这个镇子的特色土菜——牛全席很出名。所谓牛全席，即牛身上所有的部位都入席上桌。每到假日，远远近近的人都跑到这里来吃牛全席。

进镇后不久，就有一条路往左边的山峦伸出。老罗立即对驾车的小刘说，往左，往左！

小汽车穿过一片田垅，就进入一座青山之中。山坡上，几栋老旧的红砖小楼耸立在树林里面。老罗和他的夫人朱女士，心情难免有几分激动。老罗不停地向旁人介绍："当年，我就住在这栋屋里，我就在这栋楼里上班……"是啊！那一年，他从大学毕业，被分配到这座远近闻名的煤矿时，就被分派到这个工区。这是他踏入社会的第一站。他们夫妇分别在这里度过了最宝贵的八年、十年青春岁月，也在这里收获了甜美的爱情。那时，老罗是机电工程师，朱女士是矿区广播站广播员。两人在这里组成家庭，生子立业……

当年，这是一座年产21万吨优质煤炭的矿井。红火过好多年啊！如今，由于资源枯竭，作为一座矿井，已走进历史的烟尘里了。

矿井停产几年了。

而对于老罗夫妇，这里，是他们永远的人生记忆。这里的种种生活场景，一直鲜活地存留在他们心里。他们站在那栋老旧的矿区办公楼前，取出手机，与这栋在他们心中永不消失的旧楼，来了一张合影……

这里，是金竹山煤矿的托山矿井。

离开托山矿井，往西南几千米，就是金竹山煤矿的土朱矿井。我和我的老伴，我的家门小弟校祥，都曾是这里的矿工。那年，我从部队复员，就被分配到这座矿井，在机电队做电焊工。而我的老伴，那时则是一个井口压风机房的压风机司机。我们同住在一栋单身宿舍楼里，且两人的宿舍相邻……近水楼台啊，于是不久我们就携手同行了。也和老罗、朱女士与托山矿井一样，土朱矿井是我和老伴相识、相恋、相伴的"圣地"……

校祥，小我们好几岁，也晚到矿山多年。他参加工作，就进到这座矿井，一直做到这座矿井的主事者。后来，他又从这座矿井，走进金竹山矿部大楼，接替老罗，担任这个统领三座矿井、六千多矿工的国营大矿的矿长。后来，他又成了数万矿工的涟邵矿务局局长……此后不久，省里进行煤矿体制调整，取消矿务局建制，组建湘煤集团。于是，校祥成了称雄三湘大地数十年的涟邵矿务局的最后一任局长。

来到这些留存有自己青春岁月的旧地，我们的心情自然激动，历历往事，扑面而来。我们一边在矿区熟悉的山道上迈步，一边回忆当年的种种或苦涩或甜蜜的往事。一个个都开心起来，似乎又回到了当年，回到了自己的青春岁月。二十几岁在这里打拼人生，七老八十再回到这里，回望自己过去走过的路，每个人的心里，会有一些什么样的滋味呢？

从土朱矿井，穿过几个村庄，翻过一座山——木丝坳，就是一座比托山、比土朱产量更大、资格更老的矿井——一平硐。当年统领三座矿井的金竹山煤矿的矿部，也设在这里。那时候，在我们的眼里，这就是一座大城了。每到晚上，站在对面的山头往这边看，只见整个一面山，灯火灿烂，令人震撼！一到周六，矿工俱乐部前的大坪，挂上了放映电影的银幕，下班后的矿工和周围村寨的村民，全都涌到这大坪来看电影。硕大一个坪里，人山人海，好不热闹……

如今，这里也冷落了。金竹山矿与冷水江矿合并以后，组建了金竹山矿业公司。公司总部也搬到了冷水江市区。

迈步在矿区的山道上，两边是一栋一栋依山而建的上了年纪的老旧房子，引起我们无限的感叹！我们不时指着这个窗口，那扇房门，向旁人说，当年，谁谁谁，住在这里；谁谁谁，住在那里……这个房子，那个房子，曾经发生过什么故事，有过什么趣闻……那情那景那感，难以言表！

这对老友50多年没见面了。猛一相逢，多高兴！

这些矿区的老旧房子里，曾发生过多少人生故事啊！

许多与自己结伴前行的朋友，多数都已离开这里了，走向了自己人生的辉煌。如今，这里的一切都成为过去了，然而，仍然有一些老友，一直坚守在这里。老罗、校祥和我，都想见见这些老友啊！

已近八旬的老罗，前些日子摔了一跤，伤了骨头。走路不方便了。难为他拄着拐杖，艰难地攀爬着楼梯，一家一户地去看望老友。有些居住在四楼，他硬是吃力地拖着伤腿爬上楼去……

　　我在土朱的工友朱学习91岁了，行动已不方便，住在二楼。他曾是老罗的副手，老罗任这个矿的矿长时，朱任副矿长，两人配合默契。老罗坚持爬上楼去看他。我从部队复员回矿时，朱是土朱矿井的工程师，还是技术员，英俊潇洒，长得一表人才。每天傍晚，我们在一起遛马路，他留给我的印象十分深刻。我们50多年没见面了。这一次，当我走进他那狭窄的客厅，看到他坐在桌子边吃早餐，一蓬衰发，目光也似乎有些呆滞了。当年如此精明、那般英俊的一个人，被光阴雕刻成这样了，实在无法与他年轻时的形象对上号。岁月啊，你怎么这样无情地摧残人啊！

　　金竹山，是我们的人生驿站，也是我的文学故乡。中篇小说《山道弯弯》的人物原型在这里，我给主人公就取名金竹。长篇小说《风雨山中路》的故事也发生在这里，土朱矿井旁边的望龙山，我就原封不动地搬进了小说里……

　　这座为国家经济建设做出了重大贡献的矿山，现今除托山井因资源枯竭而停产外，土朱、一平硐每年仍然出产优质煤炭数十万吨，继续在为国家的经济建设做着贡献！

　　来到冷水江市区，走进金竹山矿业公司总部大楼，"娘家人"热情地张开双臂，欢迎我们这些老矿工回家来。在一间小会议室里，一批当年一起奋战在矿山的白头老友聚拢在一起，愉快地说着自己的"当年"……场面热烈而温馨！

老矿工回矿，情满满，意切切。看了旧地，见了老友，圆了心愿！

愿我们的矿山安好，愿我们的工友安康！

（2023年7月3日发布美篇，载2023年第8期《老年人》杂志）

贵州山里看煤矿

大山里走出的娃子爱山。

矿山里拱出的汉子恋矿。

我和老罗，年轻的时候就献身煤矿。在湘中那座著名的煤矿里，留下了自己的青春岁月。这次，炎炎夏日里，我们结伴来到湾田盘州盛世小区旅居。一日，老罗对我说，去年老刘又收购了一座新矿，我们到那里去看看如何？

老刘，是老罗的亲家、我的朋友，同时也是一个"老煤矿"。当年，我们三人都在湘中那个煤矿共事。我们旅居的这个小区，就是老刘开发的。他是我国市场经济最早的追逐者之一。20世纪90年代，他就下海经商，先是在湖南搞煤炭贸易，然后进军贵州开煤矿。最早拿下的，是盘县的湾田煤矿。原本，在他接触湾田煤矿之前，已有一位湖南企业家与这个矿的主人谈妥，价格为550万元。后来，矿主要涨到600万元才肯易手，于是拖了下来。这位企业家想拖拖，拖回到550万元再接手。就在这时，老刘在别人的介绍下，来到了湾田。尽管，老刘是一个"老煤矿"，他从秦皇岛煤校毕业后，就到湘中那座国营大矿工作，然而，他学的是财会，到矿上干的也是财会，对开矿、采矿是外行呀！但老刘是一个既稳重又智慧超群的人，从不鲁莽行事。他请来那座湘中大矿的总工程师为他把关。这位对煤矿地质、采煤都精通的矿山通，认真看过这个矿的地质资料，又深入井下实地查看，最后拍板说："干得！"但是，这时又有一个难题摆在老刘面前：600万元，自己没有这么多钱。他连忙邀上6个伙伴，凑足资金，将这个矿拿下了。

世上的事从来不会一帆风顺。开初二三年，煤矿前景不妙，几个伙伴纷纷打退堂鼓了。这时候，就考验人的胆识、魄力和担当了，老刘咬牙硬顶了下来。2008年，全国煤价从每吨600元涨到每吨1800元，一下涨了两倍……他事业上的火红时代来了。

从此，他以湾田煤矿为母体，积累资金，扩大事业。如今，他在贵州、云南拥有近10家煤矿，去年产煤达400多万吨。现在，他的集团公司更是多业并进。矿业，只是他公司经营的多业中的一业了。

就这样，一个财富神话，被这位矿山汉子创造出来了！

这天晚饭后，我照常到小区里的盛月湖边散步。每天这时候，都能见到老罗。他和我年龄相仿，但他去年不顺，先是摔一跤，伤了腿，腿伤将要好时，又感染新病，由于年事颇高，又有基础病，险些丧命。但他很坚强，每天拖着伤腿，拄着拐杖散步。令人佩服！

远远地就看到，他在前面和几个人说话，其中就有老刘。见我从后面走来了，他又指了指我，因隔得远，听不清他们在说什么。

　　当我走近了，老刘对我说："那我安排一下，请你们几位到周边的几家煤矿看看去。"

　　原来，刚才他和他的亲家是在谈这个事啊！

　　湖南人说贵州，总会在后面加上两个字：山里。于是，这一天，我和他，还有在此旅居的湖南省人事厅的原厅长易厅长、新化商会的刘会长，在老刘的陪同下，来了一次贵州山里看煤矿……

　　盘州，号称"中国凉都"。即便在酷暑八月，天气也很凉快。贵州，最出彩的是山，而盘州，最突出的是煤，它是我国著名的煤城。当年，我国根据当时的国际形势，把沿海发达地区的一些工厂，往内地一些大山里搬迁，开展起轰轰烈烈的"大三线"建设。这样，全国便拱出来四座因三线建设涌现的新城——四川的攀枝花、湖北的十堰、湖南的怀化和贵州的六盘水。

　　六盘水，是由三家煤矿矿务局，即六枝、水城、盘县矿务局组成的一座煤城。如今，盘县改名为盘州了。

　　两天里，汽车在大山中转来转去，老刘带着我们先后看了他在盘州的三座煤矿：湘桥、旧屋基、兴田。尽管我和老罗是"老煤矿"，且当年都是在国营大矿工作。但这两天，我和老罗被这些藏在贵州大山里的民营煤矿征服了！

在 20 世纪 80 年代当了多年国营大矿矿长的老罗，连连感叹：开眼界了，开眼界了！

今天这个民营煤矿，井口就建有洗煤厂。难怪使一个几十年前的国营大矿的矿长，连呼：大开眼界！

三座煤矿，有两座在井口就建有洗煤厂，年设计洗煤能力为 150 万吨，而实际洗煤能力可达 180 万吨，且洗煤工艺是世界领先的。我们在煤矿单位工作时，湖南有一个株洲洗煤厂，是当年苏联援建我国的 156 个项目之一，年洗煤能力 180 万吨，那在当年是不得了的高度。我们在国营煤矿工作时，多数还是放炮开采，用溜子、矿车运输。而此时出现在我们面前的民营煤矿，全部实现机械化综合开采。从采煤掌子面到原煤仓，从原煤仓到精煤仓，是全封闭的皮带运输长廊。一句话，煤，从地层深处到精煤出厂，全部实现自动化……啧啧啧，你看看，你看看！这又何尝不使当年的老矿长连连惊呼：开眼界了，开眼界了！

老刘的煤业公司紧跟时代的脚步，在企业管理上，把智能化、机械化种种全新的手段，全部运用到位。尤其是在安全监测上，哪个矿井哪个采煤面瓦斯超标了，警报声就响到北京的值班室里去了……就是这样严格、高端的智能化管理，最大限度地避免了事故的发生，强有力地保证了生产的安全，也大大地减少了人力。这个年产原煤四百多万吨的煤炭企业，只有七八千名员工。当年，我们涟邵矿务局，产煤三百万吨，有三四万名矿工！这就是时代的进步，这就是机械化、智能化的威力！

老矿长贵州山里看新矿，越看越兴奋！

这是时代在奔跑，这是祖国在腾飞！

让我们跟着祖国、跟着时代飞奔吧！

（2023年8月26日发布美篇，载2023年8月25日《湖南日报·新湖南客户端》）

为生命放歌

为生命放歌

——再说"刘大娘"

　　年轻时，在南海边的军营里，某一天晚上，师部电影放映队下连队放电影。在电影银幕上，我看到了故乡的花鼓戏《补锅》《打铜锣》。《补锅》中那位诙谐、幽默、开朗的刘大娘的形象，从此深深地留在了我的心里。

花鼓戏《补锅》剧照。钟宜淳扮演刘大娘，李谷一扮演刘大娘女儿

　　万万没有想到，好多年以后，在涟源白马湖省文艺家创作之家，我竟与这位"刘大娘"——钟宜淳大姐和她的

324

夫君、画家聂南溪教授，一起相处了多日。生活里的"刘大娘"，也和银幕上、舞台上的"刘大娘"一样，幽默、诙谐、开朗。一天到晚，给别人送来快乐，也使自己快乐，这更是给我留下了温暖的记忆。

前些年，我们又一次相遇，是在姜坤的画展上。姜坤和他的夫人郑小娟，当年都是钟宜淳的夫君聂南溪教授的学生。那次，年逾八旬、名满天下的大画家搞自己的画展，把他们的师娘请来了。

画展上，这位年逾九十的花鼓戏艺术家，当场来了一段花鼓戏清唱，使大家在姜坤的画展中获得美的享受的同时，又得到了一种特别的快乐。郑小娟感动地走上前去，深深地向师娘鞠了一躬。年逾八旬、满头白发的学生，向年逾九十的师娘鞠躬的镜头，一直温暖地留在我的心头……

就是在那次姜坤的画展上，她对我说，她又要出一本书，还是要我在她的书前面写些话。说"还是"，是因为十多年前，她出版了一本自己的艺术自传《一路笑着走来》，我为她写过一篇短序：《播洒笑声在人间》。当时，我以为她是随便说说的，没有在意。

前天晚上，手机上突然跳出一个"颗颗香"的微友，要求加我的微信。因手机上经常有自己不相识的人要求加微信，我没有接受。不一会儿，"颗颗香"又发过来了好友申请，并注明：我是钟宜淳。这位向百岁冲刺的大姐，竟取了一个如此时髦的微信名，真是老来俏啊！我不敢怠慢，马上就接受了。

接着，她就发过来两份材料，是她的新书《打油诗日记》的前言与后记，并再次要我为她的这本书写几句话。面对这位向百岁高龄冲刺的老姐姐，我能拒绝吗？

她的艺龄，与新中国同龄。1949年，在中华人民共和国成立的欢庆声中，刚刚20岁的她走进了邵阳花鼓戏剧团，成了新中国的第一代文艺战士。几十年来，才华横溢的她，演过大大小小各种角色，也写过长长短短的各类题材的剧本。她把快乐带给了千千万万观众，把笑声播洒在了人间。

她热爱生活，热爱生命。每天，她都坚持记日记。日记里，她真实地留下当时对生活的感受，对世事的态度，对社会的认知。日记里，生活里的柴米油盐酱醋茶都有。有人曾说，她的日记，是省花鼓剧院的百科全书，是艺术舞台的万花筒。日记中，留有她有感而发、自己称之为打油诗的不少短诗，可以说是新中国湖南花鼓戏的一部史记。这一次，她把自己日记中的200多首短诗整理出来，结集出版。可喜可贺！

如果有人问：钟大姐长寿的奥秘是什么？我从她的这本打油诗日记中找到了答案。那就是：热爱生活，热爱生命，每天为生命放歌，送给别人快乐，也给自己带来快乐！

让我们为这位天天为生命放歌的"刘大娘"点赞！

（2023年6月12日发布美篇，载2022年4月28日《长沙晚报》）

让生命绽放另一种光彩
——说说黄永林

　　他是学财务会计专业的，是一位高级会计师，曾经担任过两家国有大型企业的总会计师。他生命旅程的高光异彩，闪烁在企业经营领域……

　　而今摆放在我面前的这本诗文集，却是他生命绽放的另一种光彩！

　　我与他相识，是在湘中大地上的那座煤矿。

　　屈指算算，已是半个多世纪以前了。1968年夏天，我从部队复员来到那座煤矿，被安排在红岩矿井政工组工作。不久，从大学里分来四个毕业生。矿区革委会（即矿区革命委员会，那年月的矿区领导机构）负责人交代我，把他们的工作安排一下。那个时代，并没有按他们所学的专业安排，而是按他们的家庭出身分配。四个人中，地主家庭出身的被分配到工作最苦的采煤队，中农家庭出身的到机电队，贫农家庭出身的且本人已是中共预备党员的那位，就留到矿区机关。他的家庭成分是小土地出租，就被安排到掘进队。

　　我和他，就这样相识了。他个子矮小，身材单瘦，而脸庞却很好看。因为我们当时都是单身，单位安排我们住在同一间宿舍里。从此，两个快乐的单身汉，就这样朝夕相处在一起了。每当傍晚，我们这间宿舍里，就会响起悠扬的竹笛声。那是他在吹奏。一有空，他就会情不自禁地摸出竹笛，站到窗边，十分专注地吹着笛子。那悠扬动听的笛声，给矿区送来一丝丝勃勃生机。他毕业被分配到煤矿，还随身带来一支竹笛，一定是一个很有文艺细胞、很有生活情趣的人。从此，这个小个子的形象，就深深地留在我的心里了。

我当年在煤矿的毛泽东思想宣传队

　　不久，矿区组织毛泽东思想文艺宣传队，这个工作落到了我的肩上。在确定人选时，我自然想到了他——我的同室。他成了我首定的人选，很快，宣传队就组织起来了。矿区的一批活泼开朗的小伙子和姑娘，都汇集到这支队伍里了。与他朝夕相处，我发现他多才多艺，不仅笛子吹得好，还会作词谱曲，还会编剧。他编了一幕小歌剧，演出效果特棒，真可谓才华横溢。这样的小伙，自然招惹姑娘爱啊！不久后，宣传队里就传出，他和小肖姑娘恋爱了。那年月，姑娘们择偶的第一标准，是对方的家庭出身和政治面貌。小肖家世代贫农，而他的家庭成分是小土地出租，虽是团结对象，却又常常使人觉得应该与之保持距离。消息传到小肖的母亲那里，遭到强烈的反对。

春节期间，矿区领导带领我们上门给军属拜年。当时，小肖的哥哥是部队里的现役军人。我们到她家去拜年，我借机做她母亲的工作。她父亲是矿建筑连（队）的党支部书记，瘦长高个，人称肖支书。她母亲没工作，是家属，姓谭，是我的本家。我一个劲儿地与她套近乎，一个劲儿地夸小肖有眼光，找的这位朋友，如何有才干，如何人品好，如何……这一下，就在她家待了好久的时间。当我回到宿舍的时候，推开房门，满房烟雾，方知惹祸了。当时，因是雨天，我穿的布鞋踩湿了，就用一个电炉子，放在床底下烤布鞋，引发火灾了，我的铺盖衣服全被烧光了。

此前不久，我妹妹出嫁，我把复员时部队给我的300多元复员费，全部给妹妹置办嫁妆了。自己来矿区报到时，还预支了半个月工资用作生活费。这下可好，盖的被子都没有了，以后日子怎么过？这时，有人开着玩笑为我支招：你不正在恋爱吗？结婚吧，结了婚，两个人就只要一床被子了。我就是这样尴尬地结婚的……那是一段多么清苦，却又多么甜蜜的矿山生活！它刻骨铭心地留在我生命的印记里。

有情人终成眷属。经过一些时日的了解，小肖的母亲，终于接受了他这位有品位、有才华的女婿。

不久，我离开了这座煤矿，到了北京、长沙的报社，到了省里的作家协会，到了这里那里……他呢，也由矿井，到了矿部，回归了他所学的专业，做了矿财务科科长，做了这座国营大矿的总会计师。就在这时候，他们财务科，分配来了一位新人。这位新人姓刘，成了他的同事，他的下属……

多年以后，我到广州参加一个活动。一天，坐在主办方安排的小车上穿行于大街。猛然，看到前面一个矮个子骑着一辆单车迎面而来，面极熟。我不由得脱口喊出："黄永林！"小车呼啸而过，司机不由得向我投来奇怪的目光。事后打听，他真的调到广州工作了，是被一家大型房产企业挖过来的，出任这家大企业的总会计师。

再一次见到他时，又是多年以后了，是在贵州一座煤矿里。这时，他在广州那家大企业退休了。而他当年在煤矿财务科的同事兼下属，也在市场经济的大潮中下海多年了，这时已是贵州湾田煤业集团的董事长，就把他当年的直接领导请来，做他今天的下属，担任主管财务的集团副总经理。

这一段时间，永林目睹着这个民营企业艰苦奋斗、不断发展壮大的历程，诗情大发。他虽然是专攻财会专业的，但一直爱好着文艺。尤其对旧体诗，挺有修养。他怀一腔激情，写下了许多赞颂这个企业艰苦创业的诗文。几年前，我接到他寄给我的一本书。这是一本独特无比的书，是他用宣纸手书的自己赞颂这家民企的旧体诗词，装帧精美，古色古香，我喜欢极了。这时候，我专门购了一间写字楼，用于收藏文友们送给我的签名著作，名曰"百友书屋"。我也把这本独特的手写书，和臧克家、廖沫沙、王蒙等大家签名送我的著作一道，珍藏在我的百友书屋里……

在永林岁达八旬的时候，他当年的下属，如今的湾田集团董事长刘祖长，鼓励他将这些年写下的诗文结集出版，并嘱我在前面写一些话，我欣然应允。

我衷心地祝贺我的老友！这是你生命绽放的另一种光彩！

（2023年6月23日发布美篇，载2022年2月14日红网）

浓墨重彩绘春秋

——站在辉楚的画前说几句

时光流逝，岁月如梭。转眼之间，他和我，就站到了80岁的门槛前……

我和辉楚，是同年生人，都是湘中那片土地上长出来的。我出生在涟源，他则出生在与涟源毗邻的新邵。八十岁人生路，八十年风和雨，八十度春和秋。世间的冷与暖，生活的酸与苦，晚景的甜与美……在这一刻，都往心头涌来，都往面前呈现。此际，你想感叹点什么？你想倾诉点什么？千头万绪，如何表达自己这时的心境？画家自有画家的完美表达：挥动画笔，浓墨重彩绘春秋颂山河，让自己那颗不老的心跳动在一幅幅精美的图画之中！

我与他，有几十年的友情了。许多年前，他被湘西壮美的山河所陶醉，挥动画笔，绘成一幅百米长卷:《古苗河》。我立即当他的啦啦队队员，为他鼓掌喝彩。如今，这幅表现湘西奇峰妙水的大画原稿，被湘西博物馆永久收藏。不久之后，画家又把一幅更长更美的大画 ——《八百里南岳》，展现在人们面前，更是让我惊叹不已！我忍不住又一次写下短文，为他这种时代气度、这种艺术高度点赞！

在翻看这本数寸厚的画册时，我与他闲聊：衡山南岳，是湖南山的符号；洞庭天下水，则是湖南水的代表。绘了八百里南岳，何不再来一幅八百里洞庭？而此时，辉楚已过花甲，要完成这样的大工程，没有狠决心大气力，是不行的。万万没有想到，几年之后，一幅更为精美的，展开来百米长、摞起来尺余厚的《八百里洞庭》，就摆到了我的面前……画家的这种行动力，能不让人惊叹吗？于是，在画册出版时，我在画册前面，又写了一篇为老友喝彩的短文……

两个同龄人，一路走来，相互欣赏，相互支持。我在涟源乡间建作家爱心书屋，建湖南省文艺家创作之家，辉楚都用他的画笔积极参与，都做出了他的贡献。

老友邓辉楚的画展开幕了

如今，在他 80 岁来临的时候，他的 31 个学生，也各自拿出两幅满意的作品，祝贺恩师的大寿，和辉楚自己创作的 40 多幅作品一道，组成这次 80 人生的画展。这是一次师生的艺术大合唱！想想，就挺美啊！

我对辉楚说，也对自己说，让我们昂首挺胸成为幸福的"80 后"，走进美好的新时代，尽情地享受新时代的甜美生活吧！

（2023年6月8日发布美篇，载2023年6月2日《湖南日报》）

艺事小议（五则）

两条腿都过硬
——在鄢福初学术新著《解密中兴颂》首发式上的讲话

我和福初，都是从娄底那块土地上拱出来的。他专攻书法，我痴迷文学。他从新化，到娄底，到长沙。我从金竹山煤矿，到涟邵矿务局，到长沙。几十年来，我们结伴同行，相互支持，相互鼓励。他的重要的创作活动，我都参加了，为他站台，为他鼓劲。比如他早年进京搞个展，我就去了，为他鼓掌、喝彩去了。我搞个什么事，他也都积极援手，从不缺席。比如前几年我在老家建了一个老农活动中心，他当时在省文化厅任副厅长，就率领我们省里的一批知名演员，到那个小山村搞演出，送欢乐，使我们村里的老百姓大开眼界，一个个笑蒙了！

前天，美术出版社给我快递来一本书。这是福初的书法学术新著《解密中兴颂》，是对我省祁阳浯溪碑林中的摩崖石刻"中兴颂"的深入研究和解读的一本书法学术新著。这是福初第四本或第五本书法学术方面的专著了。看到老友这一新成果，我非常高兴！这不，我又来了，来为他站台来了，来为他鼓掌来了！

我衷心地祝贺老友这本新书的出版！

如果把书法艺术比作一辆车的话，那么，书法创作和书法理论就是这辆车上的两个轮子。只有两个轮子都过硬，这辆车才能驶向更远的远方！

我与王鲁湘在鄢福初的书法展览上

如果把书法艺术比作一个人的话，那么，书法创作和书法理论就是这个人的两条腿。只有两条腿都有劲，才能攀登更高的高峰！

福初的这两个轮子都是过硬的，这两条腿都是有劲的。他是一个在书法界不多见的创作和理论双过硬的书法家。我衷心祝愿他转动他两个过硬的轮子，驶向书法艺术更远的远方！也衷心祝愿他迈开两条有劲的大腿，去攀登书法艺术更高的高峰！

2023 年 7 月 15 日

写在碑石后面的话

雕刻在这里的碑石，记录着我人生的足迹。

1997年，我与全国广大作家朋友牵手在涟源田心坪村创建了作家爱心书屋。当时健在的文坛泰斗巴金与臧克家，分别挥毫题写了"作家爱心书屋"的牌匾。

两年后，我们又把这次捐书扶贫的活动中，一批名震中外的作家、艺术家、科学家写给山乡青年的题词、赠语，雕刻了300多块碑石，在白马湖畔建成了爱心碑廊。为此，时任中国书法家协会主席的沈鹏和时任湖南省书法家协会主席的颜家龙分别题写了"爱心碑廊"。

2005年，我购置了一套房子，专门陈列多年来作家朋友赠送我的签名著作。我给这个书房，取名为"百友书屋"，先后有126位朋友为这座书屋题了名。这里选择时任中国文联主席、音乐家周巍峙和现任中国作家协会主席铁凝两位的题名，刊刻于此。

这间书屋落成后，我写下了一篇小文《我的百友书屋》，文友何立伟也写了佳文《百友书屋记》，先后刊发于报端。后来，书法家何满宗和谭秉炎分别将这两篇短文缮写出来……这，就是雕刻在此的这两幅书法作品的由来。

2019年9月29日

艺术归乡
——为曹明求的未明书屋写几句话

一个人，祖宗埋在哪里，根就在哪里。父母住在哪里，家就在哪里。

他的祖宗，就埋在这片山地上；他的父母，曾住在这栋土屋里。这里，是他的根，是他的家。年少时，他从这里出发，去闯荡天下，去打拼人生。岁暮时，他带着闯荡天下中自己创造的那个艺术世界，自己结交的恩师挚友，回到了这个小山村，回到了这栋小土屋。于是，这栋普普通通的乡间民居，有了华丽的转身，得到了极大的升华！未明书屋在此诞生。书屋里，装下了他倾其一生创造的那个"花的世界"（此地乡人总把画画叫作画花，何况他经过毕生的努力，成为中国画坛中屈指可数的画牡丹花的高手）！他在人生路上结交的师友们，也伸出援手，带一批精品力作，相聚于这栋山地民居，把这里装扮成一个独特的艺术世界，一个精神文明的高地！

艺术归乡。艺术家用这样一种方式，来回报养育他的这片土地，来感恩帮助他成长的父老乡亲，来为党的乡村振兴伟大战略贡献自己的力量！

我为他在艺术领域创造的骄人成绩点赞，更为他成功后不忘来时的路，用这种独特的方式回报父老乡亲的崇高精神喝彩!

2021 年 11 月 17 日

为中华文化大河添一点水

人们常说,黄河、长江是我们中华民族的母亲河,哺育着一代一代中华儿女。

博大精深的中华文化,是中华儿女精神世界里的黄河、长江。这条中华儿女的精神领域的黄河、长江,也是由千百条姓氏文化的小河小溪壮大起来的。世世代代繁衍生息在中华大地上的姓氏,都有本姓氏的文化。这些姓氏文化的小河,汇集成了中华文化的大河。而每一个姓氏里,都有一些有心人,研究本姓氏的文化,为自己姓氏的文化之河补水,为中华文化大河的壮大贡献自己的力量。

我们谭姓里,有一个谭选政,数十年不遗余力地研究本姓氏的文化,为本姓氏寻根补水,其精神可嘉可赞可敬!

我对本家姓氏缺乏了解,更缺乏研究。印象里,我们谭姓,是一个中小姓氏,在百家姓里,排名是靠后的。就是我们这样的中小姓氏里,历史上诞生过许多为中华民族的发展,为国家的繁荣,为时代文明的进步,做出了突出贡献的人物。远的不说,就说中华人民共和国成立前后这短短的一段历史里,就涌现过不少杰出的谭姓人士。他们为新中国的诞生，做出了重要的贡献。新中国开国将帅群里，就有多位谭姓！谭政大将，就诞生在我故乡的土地上。新中国政坛名宿谭震林副总理的故乡离我的老家也很近……

他们是新中国的骄傲，更是我们广大谭姓子孙们的骄傲！

最近，谭选政又有一部谭姓研究著作将出版，我为他喝彩，为他鼓掌！

2023 年 5 月 6 日匆匆写于旅途

也算贺词

从家乡传来消息，涟源的作家朋友们要开代表会议了。作为从涟源这块土地上拱出来的文学界的一个老汉，闻讯后非常高兴。特借助微信这种"高科技"，从数千里以外的云南大理，向故乡的作家朋友道个喜，祝贺代表会议的胜利召开！

我是一个岁逼八十的老翁了。我老了，但文学不会老，自有后来人。这次代表会议的召开，就是最好的证明。每一次作代会，都是文学征途上的一个驿站，一个新的起跑线，也是一个新的加油站。说是驿站，就是要对过往几年取得的成绩进行总结，增强自信；说是新的起跑线，就是要对往后的创作进行规划，明确新的目标；说是加油站，就是有了明确的目标后，要加足油，铆足劲，朝这个目标去奋斗！

我们今天所处的时代，是一个中华民族复兴的伟大时代。我们涟源也和全国各地一样，经济社会正在发生深刻的变化，各行各业都取得了显著的成就。我们文学人，要用自己手中的笔，把这种变化，把这种成就，记录下来，描绘出来，交给历史。这是时代赋予我们的职责，也是历史交给我们的任务！

伙计们，加油呀！

2020 年 8 月 24 日于云南大理

（2023年7月11日发布美篇）

不留遗憾在人间

大瑶山拥抱你

——怀念叶蔚林

那一年，我的一个心愿未了，你却悄悄地远行了。

老叶，你还记得吗？那年五月，人民文学出版社的刘炜从北京来，我们请她到大蓉和酒家吃饭。电话里，刘炜问起你的情况，我告诉她你在长沙置了一套房子，有时候住在这边。"那能不能联系一下，看他现在在不在长沙？"放下话筒，我就找出你长沙的住宅电话。真巧，一拨通，接电话的正是你。我告诉你，北京的刘炜来了，我们今晚在大蓉和聚餐，希望你能参加。你高兴地应允了。我请组联处的同志开车去接你，你早早地就站在马路边等了。

那天晚餐，周健明、水运宪、我、你和刘炜及她的先生围桌而坐，边吃边谈，大家十分开心。我告诉你，我们在涟源和新邵交界的白马湖，建了一个创作之家。那里风光特别美，12000亩水面的大水库，簇拥着一座海拔1500多米高的大山。我邀请你到那里去住一些日子，并且说："我会把李元洛、张步真、杨振文等老作家及他们的夫人一起请去，为老朋友见面创造点条件。"你十分高兴地接受邀请。你对我说，过几天将去一趟桂林，儿子在桂林工作。

从桂林回长沙后，就打电话给我。

我一直等着这个电话，这个电话却一直没有来。眼看着我与其他老朋友约定的时间就要到了，你的电话还没有来。我只好往你在长沙的住处打电话，好几次，都无人接听。有一次，一个人接了。他告诉我，你在海南，没有过来。我问："什么时候才会过来呢？"对方说："不知道。"

不久，我们湖南文坛的一批老朋友相聚在白马湖整整7天，大家过得十分开心。闲谈中，朋友们都念到你，可是你却没有来。万万没有想到，我、我们这批老朋友，却永远见不到你了。你匆匆地去了天国。

我们相识在1973年。那一年，毛泽东同志过八十诞辰，省里组织一批作家到韶山采访，准备创作一批作品，来歌颂这位伟人。你，曾在20世纪60年代就创作出了唱红整个中华大地的歌曲《挑担茶叶上北京》。这一次，自然又被省里选中。我们在韶山冲里住了好几天，采访了好多人。闲下来的时候，你就给我们讲笑话，常常逗得我们开怀大笑。有一个小段子，至今还深深地嵌在我的心里。一个山村大娘头一次坐火车，下车的时候，慌乱中忘了把行李带下车来。只见火车呼呼地开走了，她急得直哭。车站的服务员得知情况后，安慰她说："你不要急，我打个电话到下一个站，请他们帮你拿下来。"大娘忙问："是电话快还是火车快？""当然是电话快。""那，快让我坐电话，快让我坐电话！"……

你这些机智的笑话，丰富了我们的采访生活。采访结束回长沙后，我们一起住进岳麓山上的省第八招待所，赶写各自的作品。晚餐后，我们常常结伴到湘江边散步。好几次，我们坐在刚刚建起来的湘江大桥边的石墩上，或说说各自的见闻，或交流交流写作体会。你总是掏钱买一包炒花生米或松子糖什么的供我们吃。那时候，我每月只有40来元工资，买零食，那是很奢侈的。你的工资比我们高，每次都是你"出血"。这些情景，直到今天，仍温暖在心。

闲谈中，你总是怀着深情讲述你下放到江华瑶乡的一些生活情景。那年月，你和当地的农民兄弟，同上山，同下地。谁家盖新房，你赶去帮工；谁家死了人，你帮着抬葬（抬棺材），吃主家的"白豆腐"；谁家嫁女，娶媳妇，你总在场。闹新房，有你；听壁脚，也有你。你是一个深爱生活的人。这期间，你写下了那篇反映瑶乡生活的著名散文《过山瑶》。

不久，"四人帮"倒台了，作家们的思想获得了解放。这些生活积累，化作了一股创作的激流。《蓝蓝的木兰溪》《在没有航标的河流上》等一篇篇使人耳目一新的作品，冲击着中国文坛。于是，你连连走上中国文坛最高的领奖台。

也是那时候，我也因为中篇小说《山道弯弯》获奖，也有了一点小名气。于是，在那个文学火热的年代，我们经常被外省一些刊物邀请去参加一个一个的笔会。记不起是1982年还是1983年，你、我、老莫（应丰）和孙健忠，被江苏的《钟山》杂志邀请去参加"太湖笔会"。这样，我第一次到了上海，第一次住进了锦江饭店，第一次走进了上海第一百货大楼。在成衣柜前，你们鼓动我买一件新衣。于是，一件南美总统款式的上衣，就穿到了我的身上……

40年前，与叶蔚林参加《钟山》笔会，漫步在太湖畔

从江苏回来不久，我们又一同被《花城》杂志邀请到广东参加笔会。那次，我们湖南去的人很多。除你、我、老莫外，还有少功、运宪等多人。先行到达的杨沫大姐，还亲自到车站来接我们，使我们很感动。大姐说："来接接老乡，应该的，应该的。"接着，王蒙也从西沙群岛赶到了。我们一起到深圳参观、采访。当时的深圳市委书记梁湘，在迎宾馆会见我们，极其热情地鼓励我们："你们短期来，欢迎；你们如果长期来，我们更欢迎！"你是惠阳人，故乡离深圳很近，当时你似乎动心了，而最终，你还是没

有去深圳。

中华大地的改革，不断地推向深入，海南成了新的经济特区。这是一个新的生活磁场啊！这对热爱生活的作家们来说，是极具吸引力的。你南下了，成了海南岛上的一位新"岛民"。接着，韩少功、蒋子丹、张新奇等也"登岛"了。这样，刚刚建成的海南省的省作家协会里，湖南作家占了大多数。少功开玩笑地对我说："我们是湖南作家协会海南分会。"一批朋友上了岛，我登岛探亲的机会也多了。很短一段时间里，我三次上岛。每次，都住在海南文联的招待所里。而你当时的家，就安在招待所端头的一套房子里。我经常在你家里吃饭，好像这里就是自己的家一样。

万万没有想到，那个倒霉的早晨，突然接到一个倒霉的电话，说是你已到天国去了。霎时，像有团铅堵到了我的胸口。这怎么可能，这怎么可能啊！几个月前，我们还约定，结伴到白马湖创作之家去住些日子，去扯扯淡，去叙叙旧，去听你讲讲"坐电话"类的笑话。

然而，现实是如此地无情，你真的离开我们远行了。

不久，春风细雨里，我驱车到了白马湖创作之家。一走进院子，就看到一株前两年栽下的小梨树上，叶子还没有长，就满枝满枝地开出了雪白雪白的花朵。一举头，看到对面的山头上，满山深绿的老叶之中，冒出一簇簇鹅黄的新叶，一树一树白灿灿的梨花，一枝一枝红艳艳的桃花，开得正热烈。啊！老叶，这花是献给你的啊，献给你这个应该到这里来，却最终没有来成的客人的！你看看，这花开得多么灿烂；你闻闻，这花香有多浓烈啊！

收下这灿烂的花吧，老叶。我在这个世界为你祈祷，愿你在天国永远生活于花海之中。

一晃，六七年过去了。你没有走远，一直活在我的心里。每每老友相聚，都会念到你。尤其是去年，我因事到江华，碰到的无论是文学界的朋友，还是政界的领导，都会不约而同地说到你，好像你刚和他们相聚，刚刚离开他们一样。可见，那里的土地，那里的人民，是多么深情地爱着你。你和你的作品，一直活在他们的心里。老叶，你用你的心血和才情，写出了让一个地域增彩，让一个民族自豪的作品，得到了他们至高无上的认可。作为你的老友，我为你感到骄傲！

今年，又一个消息传来，令我感奋不已！中共江华县委、江华县人民政府在实施"神州瑶都"的品牌战略时，决定将你作为"神州瑶都"的文化名片来打造，出版你的作品全集，建造你的文学馆，以你的名字命名一条街，塑一个你的铜像，成立一个你的文学研究会。让你永远和他们生活在一起，永远和大瑶山站在一起！这是一个作家何等崇高的荣誉啊！

一直以来，我为你没有与老友一起相聚白马湖而觉得心愿未了。而今，江华县委、县政府，却为我们文学界了了一个大心愿。我要为江华县委、县政府这个极具政治智慧的举措叫好！

老叶，你深爱着大瑶山，大瑶山也深爱着你！你拥抱着大瑶山，大瑶山也拥抱着你！

2012 年 8 月 30 日于长沙

（2023年8月3日发布美篇，系湖南人民出版社2012年出版的《叶蔚林作品全集》序言）

不留遗憾在人间

那年盛暑，在有"火炉"之称的长沙，实在熬不下去了，于是逃了出来，在友人的帮助下，我住到了天凉气爽的云南的一个山村里。

有一天，接到一个电话。来电话的人，是我家乡的一位业余作者，他叫吴中心。电话里，他告诉我，近些年他在《人民文学》《北京文学》《芙蓉》《清明》等权威刊物上，发表了十数部中短篇小说，其中的多篇作品，还被《中篇小说选刊》《作品与争鸣》等刊物选载。听了，我真为故乡的这位文学同行取得的成绩高兴。末了，他怯怯地问我，可否推荐他加入中国作家协会。我关注他已有好多年了，根据他的创作业绩，应该走进我们这个队伍里了。于是欣然应允，但一想，又为难了。当时，我在偏远的云南，怎么在他的入会申请表上写推荐意见呢？停了片刻，他问可不可以写个短信，用手机拍下，发给他。就这样，这个大山里走出来的农家汉子，昂首挺胸地走进了我们这支作家队伍的行列里……

吴中心这个名字，最早是通过一篇作品走进我的心里的。那是 20 世纪 80 年代初，在一本杂志上，看到一篇写湘中小煤窑生活的短篇小说，一下引起了我的注意。作者就是吴中心。我曾是一个煤矿工人，也许是这"煤"的情愫，使我牢牢地记住了这个名字。从此，便留意他的"动向"，关注他在各报刊上发表的作品。1988年，在一次全国农业题材创作征文的评奖中，他的短篇小说《土地》获得一等奖，得到了这次征文评委会很高的评价。著名作家从维熙还专门著文给予推介。

在他这些光环的后面，是一条艰辛的路。1961年，他出生在湘中涟源一个贫穷的山村里。高中毕业后，当兵入伍，成了一名解放军战士。复员后，先在乡政府做秘书，继而到乡文化站、县文化馆工作。他把所有的时间，都用在看书写作上。在乡镇时，连写作用的稿纸都没有，他把心中那火热的情感，倾注在一张张旧报纸、一个个废信封上。等日后寻到印有格子的稿纸时，再工工整整地抄写下来，投寄到他心仪的一家家大都市的报刊去。

有耕耘，必有收获。经过他数年、十数年的刻苦磨炼，这个大山里走出来的汉子，终于闯进了自己向往的文学王国。吴中心的名字，频频在一些大报大刊上亮相。早些年，他结集出版过中短篇小说集，并有两部长篇小说问世。近几年，他迎来了自己的第二个丰收期。听人说，他正着手整理这些散发在各刊物的中短篇小说，打算结集出版第二个集子……这些消息传来，我总是为故乡的这位文友取得的成绩感到高兴。

那年从云南回到湖南后，他托多位朋友邀请我，想喊我与几位朋友聚一次餐。不是这不就势，就是那不方便，一直未能如愿。我还在心里等着与他聚餐的机会来临。猛一下，传来消息：他远行了。他家里人说，他太迷文学了，他是为创作而累死的。这年，他才58岁，正是盛年啊！

涟源的作家朋友为已远行的文友吴中心举办作品赏析会

他走了，他着手编辑的第二本中短篇小说集没有出版，这成了他的遗愿。应该让他不留遗憾在人间，我和他的朋友们一起呼吁，终于得到了湖南省文艺扶助基金会和长江文艺出版社的大力支持。很快，汇集他近年间散发在各报刊的这批作品，将集中亮相在读者面前。我想，远在天国的中心看到自己的这本新书，一定会非常欣慰！

（2023年5月26日发布美篇，载2023年3月28日《中国艺术报》）

常在心头想起他
——我的第一本书的责任编辑王正湘

　　不觉间，在人生旅程上跋涉了79个春夏秋冬。前天，我和几位老友玩了一场小牌，便跨入人生的第80个春夏秋冬了。

　　人入老境，总爱回想往事。这一生中，有许多事令我难忘；有许多人让我记忆终生。

　　令我终生难忘的事，是我的第一本书的出版。

　　令我记忆终生的人，是我的第一本书的责任编辑王正湘。

我第一本书（1979年）的责任编辑王正湘

20 世纪 70 年代初，我故乡的涟源钢铁厂，成了湖南省著名的"工业学大庆"的典型。省里有关部门从全省各地调集一批作家来到这个厂，创作反映这个厂的先进事迹的报告文学集《风呼火啸》。我也被抽调到了这个创作组。湖南人民出版社派来编辑王正湘，现场看稿、审稿，与作者面对面地交流。

我和他，就在这样的时候，这样的地方，相识相交了。

一次晚餐后散步，他像突然想起了什么，停下脚步问我："1966 年之前，我好像在《收获》杂志上看到一个叫谭谈的人写的小说。是不是你呀？"

"正是，正是。"我答道。

于是，他穷追不舍地进一步问我："1966 年前，你都在哪些报刊发表过什么样的作品？"

我就向他敞开心扉，一五一十地与他谈起自己之前在《解放军文艺》《儿童文学》《人民日报》《羊城晚报》等报刊上发表了什么什么作品。也向他说了，当时的人民文学出版社上海分社，正在编辑一套"萌芽"丛书。这套丛书的编辑给我来信：他们注意到了我在报刊上发表的作品，要我将已发表的作品剪报寄给他们，如数量、质量够了，就给我编入这套书，如数量不够，待我发表新作得以补充后再出。1966 年，一场大运动轰轰烈烈地开展起来了。出版社就停止出书了。刊物也停了。报纸也只印新华社电讯稿了。我被《人民文学》等刊物通知留用的稿件，便再也没有发表出来……

"那你能不能把你已经发表的作品给我看看呢？"他极有兴趣地望着我。

我马上回家，搬来一本我自做的、厚厚的剪贴本，送到他手里。那是用厚厚的硬纸板做的封面，封面上还有战友为我画的毛主席油画像，里面粘贴着我发表在报刊上的所有作品。

他如获至宝地把我这个剪贴本接了过去。从此，他在审阅《风呼火啸》的作品的同时，挤时间翻看我的这本剪报。当时，涟钢招待所房间里的灯光不亮，都是那种玻璃泡泡的灯泡，且吊得又高。从报刊上剪下的纸面上的字很小，他又是一个高度近视眼。没办法，他只好把桌子移到灯下，又搬一条凳子摆放到桌子上，坐在灯光下，紧凑着灯光来看稿子。

一个多月后，我们完成了这本报告文学的写作，都陆续返回单位了。他也回长沙了。我当时想，他翻翻我的作品剪报，只是想了解一下我过去的创作情况吧，我便没有很在意。

没有想到，3年以后的1978年，他突然给我来信，要我带上我的剪报本和这些年新发表的作品，到他们出版社去一趟。

到长沙后，我才知道，湖南人民出版社正在策划出版一套文学丛书："朝晖"文学丛书。这是1976年之后，湖南出版的第一套文学丛书，进入这套文学丛书的，多是周立波、康濯、柯蓝、蒋牧良这些卓有成就的老作家，以及当时颇火的谢璞、叶蔚林、古华等实力派中青年作家。我是煤矿上的基层作者，作品怎么能进入这套书？我当时真是不敢想。

由于王正湘的积极推荐、文艺编辑室主任黄起衰（那时，湖南只有一家出版社，文艺、美术、教育、少儿等还只是出版社里的一个编辑室）和出版社领导对基层业余作者的重视，1979年，我的作品集《采石场上》，终于进入这套丛书出版了。我是这套书中最年轻的作者。

从文几十年来，我先后出版了厚厚薄薄数十本书。作家出版社和湖南文艺出版社还分别于1999年和2006年为我出版了8卷本的和12卷本的《谭谈文集》。唯有这第一本书，深深地印在我心灵深处。

几十年创作生涯里，有多少编辑向我伸出过援手，有多少朋友给过我帮助！难忘《收获》杂志的编辑钱士权（当时不知道他名字，写信问他也不告诉我，说是编辑部有规定，后来我到上海文艺出版社改稿，才打听到他的名字），热心对待我这个当时才20来岁的小战士的作品。一年里，连续在《收获》上编发我两个作品，并给我来信说："你一年中，在我们刊物发了两篇作品，值得祝贺！"

难忘《儿童文学》杂志编辑苏醒，她为我一篇作品的修改，前后给我写了8封信。她写给我信的文字，比我作品的字还多。我也忘不了《解放军文艺》那位我至今都不知道名字的编辑，当他从我的信中发现我有骄傲自满情绪的时候，立即致信我，语重心长地对我说，军旅作品，真正的作者，是那些甘于奉献、默默无闻的指战员。写作品的人，只不过是做了记录而已。帮我摆正了自己与群众的关系。还有我第一部长篇小说《风雨山中路》的责任编辑高彬，为这部作品的修改，到我工作的单位——涟邵矿务局来为我请创作假，雨天路滑，在火车站摔了一跤，把腿摔断了。那天，当我赶到长沙的医院去看他时，心中是多么内疚啊！

……这个他、那个她，一个一个的他，如一尊一尊的塑像，永远立在我的心头。而这些塑像中，王正湘，自然是最高大的！

他走了 11 个年头了。

那天得到消息，他远行了。我连忙赶到他家里。当时，他已退休，他供职的湖南文艺出版社，这时已搬到河东高桥的新址去了。一些退休的老职工，都还住在河西的望月湖。他的灵堂，就设在他家那个小小的客厅里。他的夫人晏老师，已经流尽了眼泪。我进门后，她只是默默地拉住我的手，一句话也没有说。人在这样的时候，常常说不出话来。我也只是默默地握住晏老师的手……一切全在不言中。

和许多编辑一样，王正湘也是一个有创作才华、有创作成就的作家，为了国家文学事业的繁荣，甘为他人作嫁衣。他的散文、小说都写得非常漂亮，出版过多部散文集、小说集、古典诗词随笔集。从 1950 年发表处女作起，几十年间，他发表和出版了 300 多万字的作品。散文《君山竹奇》收入过国内多种选本，有相当大的影响。这样的编辑，是令作家记忆一生的！

　　老王啊，到今年，你离开我们 11 年了。然而，不管你离开我们多久，我常在心中想起你！

2023 年 6 月 8 日于晚晴居

（2023年6月9日发布美篇，载2023年6月16日《湖南日报》）

君心归去是故乡

每当清明时节，老天总是阴沉着脸，飘飘洒洒抛下一片密密麻麻的雨点。天懂人心啊！这是老天在为人间每一个活着的人，表达思念已故亲人的热泪和情思……

清明节临近了。那一个镜头，又强烈地晃动在我的面前。

那天，医院病房。他躺在那张床上，神志已不清醒，一双手在空中舞动着，口里吃力地、不停地呼喊着：回家，回家……

这是这个生命，这条汉子，留在这个世界最后的声音。

他走完了他 77 年的人生旅程。

他是一个山民的儿子，来自那个山村，那片山林。父亲最早生活在那个山村里，长大后在那山林里伐木，在资江上放排，而后进入煤矿采煤。山民的父母把他带到人世不久，一个伟人就站在天安门城头，向全世界庄严宣告：中国人民从此站起来了！他 7 岁时，那个站起来了的矿工，那个当了家的山民父亲，把他送进了学校。自己没有上过学，决心咬着牙也要送儿子念书。他不负父望，在小学时，胸前挂上了红领巾；上高中时，一枚团徽别上了胸前；而进大学不久，一枚中国共产党的党徽就闪动在胸前了……他就读在这所著名大学里的著名学系，学的是自己心仪的专业。这个矿工兼山民的儿子，刻苦上进，品学兼优，他憧憬着以后成为一名国家建设需要的优秀桥梁专家。然而，临近毕业的时候，他很好的家庭出身，他优秀的学业成绩，他出色的组织才干，他沉稳的良好性格，被学校党组织相中，决定将他留校。从此，把他引向了另一条路，离开他所学、所爱的专业，做一名党务工作者，先是任系团总支副书记、书记，继而担任系党总支副书记、书记，而后任校党委组织部部长、校党委副书记兼常务副校长……他在每一个岗位上，都勤勤恳恳，兢兢业业。应该说，在每一个岗位上，他都没有什么业绩轰动于社会，然而，他那扎扎实实的工作作风，他谦和、勤勉的形象，却深深留在这所大学广大师生员工的心里。由于在工作中取得的突出成就，他先后被评为全国优秀教育工作者、湖南省优秀党务工作者，省人民政府为他记一等功……1995年，他被评为教授，1996年，又成为获得国务院政府特殊津贴的优秀专家。

在他的人生旅程里，他把社会赋予他的每一个人生角色，都做得十分优秀。那么，在家庭生活里，他每一个人生角色，又担当得如何呢？大学毕业后，他留校了。而他在湘雅医学院的女友，毕业后却被分配到了醴陵一家企业的医院。结婚后，夫妻两地分居。第一个孩子5岁时，第二个孩子又来到了人世。他体谅妻子的难处，把5岁的女儿接到自己工作的学校，上班时放到学校的幼儿园，下班后接回自己的单身宿舍，晚上带着睡觉。为女儿洗洗涮涮，照顾她的吃喝拉撒……这样的日子，一直过了好多年，直到妻子调到本单位……

多年以后，女儿变成了妈妈，儿子变成了爸爸。他自然就成了外公、爷爷。这时候，他从这所大学退休了，和我们一道，在这座城市的郊区（这座城市发展很快，现在已是城区了），建了一个新居。他本可以到新居享受生活。然而，他顾及孙辈们要在学区上学，儿女们要上班，忙。中午孙辈们没人照顾，他就一直没有搬到已装修好的新居来，窝在旧房给孙辈们做午饭，辅导他们的学习，尽一个做外公、爷爷的责任……

多年后，改革开放的大潮中，他那些当年坚持自己专业的同学，成了社会的香饽饽，退休以后都被单位抢着要，经济收入自不待说。而他呢？

我们背地里常常为他惋惜。可是，这么多年，我们没有听到他半句怨艾。在他看来，一个共产党员，服从党的安排，理所当然。

他退休后，热心社会工作，先后担任湖南大学校友会会长等多种社会职务，继续默默地为人民付出，为社会贡献余热。他知足常乐，平静地生活。新居有一片地，每个星期六或星期天，他都开着那部已开了十好几年的马自达小车，过来捣弄他的菜地。菜地在他的精心耕耘下，各类蔬菜都长得很好。他在校区住宅的楼顶上，也种了菜。新居这边的菜，采下后，多数没有带回去，送给这边的邻居了。他之所以来这边种菜，是丰富自己的晚年生活，是使自己的退休生活更充实。

原本是每个双休日都过来捣弄菜地的他，竟然一连两三个星期没有过来了。我们正要打电话去询问出了什么状况，就接到亲友的电话说他病了。这突如其来的消息，使我们惊愕：他一直身体很好，从来没有住过医院。这次，到底是什么病魔找上他了？

我的妻兄：那所著名大学里的不太著名的校长谢炳炎

这也许是他平生第一次住院，却也是他最后一次住进医院啊！

……那天，细雨蒙蒙中，我们送他回到生养他的那个山村，那片山林了。让他回归儿时拾柴扯草、留下自己童趣和童真的树林中。

他是那所著名大学的一个并不太著名的校长。

他是那个伟大政党里的一个非常普通却又十分合格的党员。

他在那个家庭里，做儿子时，是好儿子；做爸爸时，是好爸爸；做爷爷时，是好爷爷。

他，就是湖南大学原常务副校长、党委副书记谢炳炎。

（2023年3月9日发布美篇，载2023年4月1日《湖南日报》）

他生命的风景在画里
——缅怀姜坤

　　今晨一醒来，打开手机，一张讣告送来一条难以置信的信息：好友姜坤远行了。

　　这怎么可能？就在前几天，在李自健美术馆，参加柯桐枝画展时，我们还坐在一起，相互问候致意。他颇真诚地对我说，我经常看你写的小文章。我知道，我的这些玩着写、写着玩的小玩意儿，多是发在微信上的。他夫人有我的微信，他一定在他夫人的手机上看了我的某些小玩意儿。你看，这，才几天呀！他不打招呼就走了。人的生命真是太脆弱了啊！

　　我和姜坤、郑小娟这对画家夫妇是老朋友。我们相识几十年了。

　　大约在1979年，我刚从煤矿单位调到《湖南日报》文艺部不久。一天，姜坤喊我去看他画的一张画。他画的是一个煤矿工人。他想听听我这个煤矿工人对这张画的意见。他们当时住的房子很小，他作画的地方更窄，依稀记得那是一楼，屋里光线很暗。我认真地端详那张姜坤刚刚画就的画，记不起自己对他说了些什么了，但那情景却一直留在我的心头。一晃，好几十年过去了，那个情景却仿佛还在面前……

1940 年，姜坤出生于邵阳市一个手工业者家庭。他从小就热爱美术，还是在中学时代，他就开始学习木刻。1957 年，他创作的木刻作品《赶上他》，就发表在《湖南文学》和《湖南日报》上。1963 年，他从湖南师范学院美术系中国画专业毕业，被分配到我家门口的涟源四中任教。不久，北京人民大会堂的湖南厅要创作大型壁画，他被省委宣传部抽调到壁画创作组。他创作了壁画《南岳》《洞庭》。

1968 年至 1970 年，他被湖南省革命委员会有关部门抽调，参加湖南革命纪念地历史画创作组，创作了《泥木工人大罢工》《毛主席 1927 年回韶山》。1980 年，他以出色的创作成绩加入了中国美术家协会。

在马王堆汉墓陈列馆里，有一幅 100 平方米的巨型壁画《人神世界》。其气势之大，其画面之精到，让参观者为之一振！这，就出自姜坤之手。

作家、艺术家一生追求的目标，就是要创造出自己特有的艺术语言、艺术风格。只有这样，才有自己真正的艺术生命，而要达到那个高度，又要付出何等艰苦的努力啊！

1973 年以来，他一直奔走在湘西和黔东南的苗乡山寨之间，细心地品读、体察那块土地上的风土人情。厚实的生活积累，使他的画笔语言有了大的变化和升华。在《湘黔行旅》一批画作中，木屋、人体、吊楼、栈桥，有了让人耳目一新的变化。跳出了，也超越了传统的乡土风情画的框框，呈现了人与自然融合的大美，表现了独特的人文审美精神。

那一次，他喊我去参加他的画展。我站在他用水墨建造的那一栋栋湘西山野间的吊脚楼前，简直惊呆了。他画的是山寨的冬景。一栋栋吊脚楼屋顶上那用笔墨铺上的白茫茫的雪，竟如此逼真，仿佛还有丝丝寒意扑面而来。春天的山寨，笋在拔节，花在盛开。山溪里的流水，似乎还能听到哗啦啦的声音。站在清溪边浣衣、洗头的山姑村妇，一个个婀娜多姿，风情万种。山、水、人、楼，一切都是鲜活鲜活的。

从1988年起，姜坤先后4次到长江源头考察。长江源头和长江两岸特有的风情，令他陶醉，也给予了他丰富的创作养料。他创作了《长江溯源》系列作品。2019年10月，姜坤已是近80岁高龄，他第5次赴西藏采风、考察。高龄行走高原，这要多么大的勇气！有付出必有收获。这次进藏归来后，他的画作，达到了苍中见润、神秘博大的境界。从笔墨语言、空间结构到精神品格，都有了极大的升华！

大约在几个月前，我在老家的乡下，接到姜坤夫人、画家郑小娟发来的微信，说他们夫妇要在李自健美术馆联合办一个回顾展，展示两人几十年来走过的艺术道路。希望我能参加。我连忙从乡下赶回来，为这对 80 岁高龄的画家朋友出色的艺术成就鼓掌喝彩！

这也是我第一次走进李自健美术馆——这座古城新的艺术殿堂。这座艺术殿堂大气、新潮，让人惊叹！然而，当我走入展厅，看到姜坤高龄骑马行走西域高原的巨幅留影，以及他此次采风创作的一张张大画，画面展示西藏高原的辽阔，那高天、厚土、旷野、雪峰，那牦牛、草地、清流……其景物的生动，其场面的气势，更是令我震撼！

站在他这次高龄走高原创作出的反映西域风情的巨幅画作前，想起他年过古稀岁逼八旬，仍冒险行走万里长江，攀登西域雪山，这不能不让我强烈地感觉到，他在登高，在冲刺！在向生命的高峰攀登！在向艺术的高峰冲刺！

让我颇感意外的是，在这个画展上，我还看到了 40 多年前，他喊我去让我提意见的那张画煤矿工人的画……

那次夫妇联展，小娟的一批工笔画，其女性温柔、清丽、细腻的艺术风格，也让我获得了另一种艺术享受！

作家、艺术家，是靠作品说话的，靠作品立身的。作品，是作家、艺术家的生命。姜坤，82 年的人生征途上，有 65 年在作画。65 年艺术创作中，《湘黔行旅》和《长江溯源》两个创作系列，是他两次创作追求中获得的两次艺术升华，是他艺术生命中的亮点！

"以人为本，以艺为本"是姜坤的创作理念。他治学严谨，一生注重绘画理论的学习和研究，在创作实践中不断探索，创立了有自己个性的笔墨语言和风格。放而不空，细而不腻，追求整体的精到。这两大系列的创作的变革，并非只是对中国画形式和技法的探索，而是画家投入了生命的激情，使他的中国画"从传统走向了现代"，记录了一个画家对祖国、对家乡，对从苦难中走出来的中华民族的无限热爱。

姜坤在画他生前的最后一张画

姜坤不仅一生重视艺术修养和积累，也注重自己的文学修养和积累，记得20世纪80年代，他在《芙蓉》杂志上发表过中篇小说。散文也写得非常漂亮。1988年，他游历我国的名山大川后，出版了《名山画稿》一书。书中除收有他创作的100多幅精致的画作外，还收有50篇精美的散文。

……他远行的信息是他的夫人、画家郑小娟发来的。我不信，即回复：实难置信。小娟才回我一条短信：脑溢血。刚画完一张五尺的大画，太兴奋了。大画准备第二天再题字，万万没有想到……这是他生前留下的遗憾。

从小娟发来的短信来看，姜坤是在创作完一张自己满意的作品后的兴奋心情中离开我们的。从这个角度讲，他是幸福的。从这个角度讲，这是生命不息，创作不止！

这一刻，是公元 2022 年 6 月 17 日 12 时 44 分。画家的生命定格在 82 岁。

姜坤的生命风景，在他大气、独树一帜的画作里。他的生命在他的作品里永恒！

（2023年4月6日发布美篇，载2022年6月24日《湖南日报》）

耳边犹有情歌声
——缅怀清泉同志

　　尽管他已年高九十有五，猛一下听到他驾鹤西行，心还是一阵紧缩，实难置信！

　　他原本是一位革命家、政治家。青年时期参加中共地下组织，全国解放后，从基层领导做起，主政过一个一个地区，领导过一座大城，直到坐镇一个江南大省十数年。这里，我不想去显摆他的那一长串的官职。只想说说，他卸任以后，那丰富多彩的退休生活……

　　有一天晚上，我接到一个电话。我闹不清是谁来的，忙问："你是谁？""我是你的老乡。"话筒里传来的确是一口亲切的家乡话。"我的老乡很多，你是哪一位？"我又问。"我姓熊。"听到这里，猛一下我明白了，忙说："老书记，是你呀！有什么指示呀？""退休了，何来指示？倒是我要请你指导呢！最近写了一本书，叫《江山万里行》，请你帮忙看看，指导指导。"……

　　于是，我们和永州文联的吕君，住进了毛泽东文学院，品读老书记这部四十余万字的游记散文。

　　他钟情文学，也酷爱书画。书法、绘画都有一手，出版过书法作品集，也出版过画集。依稀记得出书法作品集时，还硬要我为他作序。

那一天，他和我聊天，说原准备到台湾去搞一个画展，还打算要我和魏文彬做顾问。但报到文化部，只批准去18个人，只好放弃了。我忙说，就到我们毛泽东文学院搞算了！你年轻时，还做过毛主席故乡——韶山公社书记。他笑着应允了。

他善写，能画，还爱唱呢！有一天，我又接到他的电话，说是他要搞一个家庭演唱会。他说，他们全家都上阵。接着告诉我，地点就在省委礼堂，时间，他当时告诉了我，现在我记不起了。我很好奇，一个高龄、高官者，有如此丰富的精神生活，难得！

那天晚上，我准时来到了省委礼堂，只见礼堂几个入口，人源源不断地进来，很快，礼堂里就座无虚席了。在和知情人的交谈中，我方知这一天是他八十寿辰。他不请客，不接礼，用这么一种别开生面的方式，来度过自己80岁的生日。

大幕拉开之后，他和他的老伴一本正经地化了妆，穿着演出服，惊艳地出现在大家面前。他放开嗓门，唱起了湘西山歌（实则是情歌）。同样已是近八旬的老伴，穿着裙子，为他伴舞……礼堂里，顿时掌声雷动！

接着，他的儿子、儿媳和孙辈们，都相继登台表演。

这场别具一格的家庭演唱会，给人们带来了别具一格的精神享受。一个从高位退下来的人，把自己完全归于平民，化妆登台为大家唱山歌，勇敢地寻找自己晚年的快乐，做一个真真切切的普通人，这要何等的勇气呀！从礼堂走出来，我的心里一直是热辣辣的。回到家里，忍不住掏出笔来，写了一篇小文：《我听熊爹唱情歌》，《人民日报》很快就发表了。

不久，我们在毛泽东文学院建立当代湖湘文艺人物资料中心，把他也请了进来。在一个展示柜的玻璃柜门上，刻上了他的头像，并将他出版的《江山万里行》等诗文集、书法作品集、画集收藏于此。让他以另一种身份出现在大众面前，显示他人生的另一种光彩。

我与熊清泉同志在一个画展上

我最后一次见到他，是几年前在省老干部活动中心。那次，娄底市老干部书画作品展在这里举行。他是坐着轮椅来的，明显地苍老了。走时，他坐在轮椅上，拉着我的手，悄声对我说：我又有一本书要出来了。到时给你寄来，好好帮我看看……

如今，这位高官，这位返璞归真30年的普通人，带着他的诗文集、书画集，唱着他的山歌，去远方了……

此时此刻，我的耳边，犹有他80岁生日那晚的情歌声！

（2023年4月1日发布美篇，载2020年6月21日《湖南日报》）

泼洒诗情在人间
——含泪忆弘征

我刚从外地回来，正准备去涟源白马湖省文艺家创作之家。那是一个山青、水碧、天蓝，风光秀丽的地方。前些日子创作之家正在维修，打算修整好后，做老文艺家短期疗养之用。这里原先的 6 个书画创作室，也将设置成老文艺家成就展示厅。其中，就有文艺成就斐然的弘征先生的展厅。打算查看回来后，即与省文联主席、中国书法家协会副主席鄢福初先生一起去看他，并与他一起商量展厅如何布置。万万没有想到，猛一下传来消息，弘征兄于 9 月 12 日晚间驾鹤西去了……

这消息如同一根无情棒，打得我眼冒金星，举头望着苍天，大口喘着粗气……这成了我一个终生的遗憾。

弘征和我，相识、相交几十年。早在 20 世纪 80 年代初，大型文学期刊《芙蓉》刚刚创刊，他是刊物编辑室非常负责任的编辑，我是向该刊物投稿非常积极的作者。我们的友情从此开始。后来，我在省作协主事，他又是省作协副主席，我们工作上的交集就更多了。

1997 年，我们在贫困山区 ——涟源田心坪村创建扶贫文化工程——作家爱心书屋时，他是最热心的支持者。接着，我们又在那座青山下、那库碧水旁创建作家爱心碑廊，这里又留下了他忙碌的身影。建设省文艺家创作之家，他更是一个积极的倡导者。省文联是一个既无权又无钱的文艺团体。记得那年春节临近的时候，创作之家的几栋房屋，主体是立起来了，然而，却拖欠外来务工者6万多元工资发不出来。我心急如焚。恰在这时，我主编的一套书《谭谈说朋友》《朋友说谭谈》在弘征任社长的湖南文艺出版社出版了。

弘征与我在娄底街头签名售书，为建设白马湖省文艺家创作之家筹款

正是寒冬，我和弘征带上几百套书，在娄底街头摆摊叫卖。时任中共娄底地委副书记的魏华政先生，亲自上街为我们主持、组织签名售书活动。很快，街道上出现了长长的购书队伍……一位老太太看到这么长的队伍，以为是

购买什么紧俏物资，也连忙排了进去，排到面前一看，是买书。她尴尬地望着我们，犹豫一下后，下决心说："排了这么久的队，书也买一套。"……这个镜头，20多年来，一直留在我的心头。

尽管，在冷飕飕的寒风中签名，冻得我们身子发抖，而心里却是热乎乎的。这一天，我们在娄底街头签名售出800多套书，收到了4万多元购书款。又凑了点钱，我们终于在春节前，把拖欠的外来务工者的工资结清了。

几个月后，创作之家建成了。我们省文联每年在这里培训市、县文联的干部，组织作家、画家、书法家等文艺家们，到这个山区深入生活，采风创作……红红火火好多年。如今，不少到这里培训过、学习过的市、县文联主席们，还常常津津乐道地赞美这个创作基地。这些赞美声中，就有弘征兄当年的无私付出！

前两年，我们在涟源曹家村建老农活动中心。这个中心，由晚晴书屋、晚晴广场、晚晴诗湖组成。书屋里，有弘征捐的书；诗湖上，有弘征创作的歌颂故乡的诗。而这时候，他的病情很重了，已离不开氧气，出不了家门了。听说我们在为老农们建设一个阅读、健身、娱乐的场所，他仍高兴地、积极地参与。他在握笔很吃力的情况下，坚持用毛笔工工整整地书写出他创作的两首旧体诗……

他是成名很早的著名诗人，又是成就很大的编辑。20世纪80年代，每年新年，湖南文艺出版社都会推出一本新诗日历，这是当年极受读者欢迎的读物。其中的《青春诗历》尤其受青年读者追捧，行销数十万册。这种"诗"与"历"的组合，就是他的创意。他有敢为人先的出版家的勇气，是他最早把台湾作家三毛、李敖等人的著作引进大陆出版，推动两岸的文化交流。他才华的光辉，闪烁在多个领域，书法、金石篆刻、古籍整理勘校……门门精通。他早年为我刊刻的名章，还收入了他在香港出版的一部印刻专集里。收入在那本集子里的，哪是一个小小的印章呀？这是一份深深的友情！这个印章，是他为祝贺我的中篇小说《山道弯弯》获得全国优秀中篇小说奖而专门刻制的。

作为先行者，他对后来者充满关爱，尤其是对故土上的那批草根出身的文艺新人，他倾注了满满的热情。

陈援华，是金竹山煤矿的一个采煤工人。他出版的诗集《时代遗落的音符》、散文集《人生苦旅》上，都留有弘征热情的推介文字。

如今已是娄底市作协主席的知名诗人廖志理，当年还是锡矿山矿务局青年技术员的时候，常写些小诗在报刊发表，弘征兄就敏锐地注意到了。有一年，我主持评选湖南青年文学奖时，他向我认真介绍了这位青年诗人的诗歌创作情况。这一年，廖志理获得了湖南青年文学奖。此后，就常见廖志理的诗歌在《诗刊》等大刊上发表，并两度参加《诗刊》的青年诗会，使一个基层的乡土诗人走上了全国诗歌创作的舞台。

如今，白马湖，碧水扬波；作家爱心书屋，书声琅琅；曹家村晚晴诗湖上，诗碑耸立……这些，这些，都在思念你，思念你弘征兄泼洒在这片土地、这片山水间的浓浓诗情！

2022 年 9 月 14 日晨

（2023年4月7日发布美篇，载2022年9月16日《湖南日报》）

饱含热泪说未央

9月26日，我清早就出门了，到机场乘飞机去兰州，刚下飞机打开手机，微信朋友圈里跳出一条消息：我国抗美援朝题材代表性作家、著名诗人未央上午10点去世了。

我如同猛地被人敲了一闷棍，一下子呆立不动了。一时间，他和我，他和湖南作家的往事，一桩桩，一件件，直往心头涌……

多年前，未央与玛拉沁夫和我在北京参加武俊瑶作品研讨会

他长我14岁。早在20世纪60年代初，我当兵时，在连队的阅览室里，就读过他的名作《祖国，我回来了！》《给我一支枪》等，看过他的电影《怒潮》。那时，我万万没有想到，日后竟能与这位让自己景仰不已的名家共事。

1985 年夏天，湖南省作家协会换届。未央以他出色的文学成就和受人称道的道德人品，被作家们推举为主席。我则是这届主席团中最年轻的副主席。他和谢璞、周健明等几位老大哥，又把我推出来做常务副主席。不久，作协从文联分出独立建制。省委决定任命我担任作协党组书记。消息透露给我时，我吓蒙了。自己是从煤矿矿工堆里爬出来的，当时我连党小组长都没有当过，又哪来的胆子做汇集全省顶级作家的作家协会的党组书记呀！而且那时自己的创作激情正浓，心中有好几部中、长篇小说的题材在酝酿，想乘势再往前冲刺一下。因为我总觉得，作品是作家的生命，作家要立身，只能靠作品，真不甘心就这样抽身来做文学组织工作。正好那时我在益阳挂职深入生活，于是就躲到益阳去了。省委给益阳地委打电话催促，地委派一位副书记把我送回长沙……我就这样被赶鸭子上架了。

我缺乏领导工作的历练，性格急躁，方法简单，在班子里常常与人发生冲突，弄得双方都不愉快。每每这时，未央就宽厚地与我交流，又温和地找对方交谈，帮我"擦屁股"……这位老大哥，是我们湖南作协领导班子里的黏合剂、润滑油。许多矛盾，都被他宽厚的人品化解了。

有一次，王安忆陪同王蒙从上海来湖南，准备去湘西采风。那天，我和未央去机场接他们。在路上，接到省人事厅的电话，说是省里准备表彰一批优秀的专业人才，省文联已上报了两名专业人才，要我们作家协会也上报两名。

未央想了想后，提出了三个名字，都是当时省作协的副主席，我也在内。我对他说，三人都是主席团的，不要报我，换上当时不在主席团的作家水运宪。他同意增加水运宪，但坚持把我也报上去。我说，那就加上你，报五人。他坚决不干，说："把这份荣誉给你们年轻人吧。我老了，不要再沾这些光了。"当时，我们心里想，这不过是表彰一下罢了，上面也不一定都批下来，也就这样报上去了。哪知，上报的四人，全都批下来了。没想到，那次还真不是一般的表彰，有"干货"。表彰大会在东风剧院召开，时任省委副书记的刘正出席会议并讲话，省委、省政府发出红头文件，给20名受表彰的人，每人加一级工资，退休后享受省级劳模待遇。这样，有些比他晚许多年参加工作的作家，工资超过了他。我心里非常过意不去，找了多位省委领导，要求把我换下来，把中华人民共和国成立前参加革命、长我14岁的他补上去，但文件已发，再也无法改回来了……他，就是这样，有什么好处，自己不沾边，尽量让别人，尽自己的全力，去帮助年轻的作家成长。

1997年，我们在涟源田心坪村创建作家爱心书屋，他积极参与。有什么困难找他，他有求必应。接着，我们又在白马湖创建湖南省文艺家创作之家。在这个创作之家里，有一个展示文艺家成果的湖南省文艺家长廊。我要他把他的名作《祖国，我回来了！》抄一份手稿给我，我准备用玻璃雕刻出来，嵌到墙上展示，以丰富这个长廊的内容。

他二话没说，很快就用钢笔工工整整抄写一份，并亲自送交我。后来，因种种原因，没有如愿。当我歉意地告诉他时，他宽厚地笑笑，连说：没关系，没关系。直到十多年后，我又在养育我的老家村子里建老农活动中心时，将他的这份手稿雕刻到一块花岗岩板材上，安放在老农活动中心的晚晴诗湖上，我的心才稍安一点。我曾经想，等他的身体好一些后，陪他到那个山村的老农活动中心，到那个中心里的晚晴广场、晚晴书屋、晚晴诗湖去看看。没有想到，我的这个心愿尚未实现，这位仁厚的好兄长，就驾鹤西去了……

从外表看来，未央个子不高，走路很慢，讲话慢声细语，似乎缺乏力量。实则，他的精神世界无比壮阔，心智无比坚强！

未公，我的好兄长，你不仅给我们留下了厚重而丰富的精神食粮——著作，你的人品，你的德行，更是你留给我们的最为宝贵的财富。

（2023年4月3日发布美篇，载2021年9月29日《文艺报》）

爱心碑廊说爱心
——怀念沈鹏先生

炎炎夏日，我旅居在凉都盘州。昨日，突然收到友人发来的微信：沈鹏先生仙逝了！顷刻间，千里之外那座青山下、那库碧水旁的"爱心碑廊"，碑廊进门处先生书写的爱心碑廊四个大字，就出现在我的眼前。那些年月与沈鹏先生的交往也如潮水般地涌上心来……

1997年，一场轰轰烈烈的扶贫攻坚的活动在中华大地展开。中共湖南省委派出16000多名干部，走进全省4000多个特困村，帮助乡亲脱贫。就在这时，我与几位作家朋友深入贫困山区采访，看到每一个村里最穷的几乎都是没有文化的人。许多山村里文化设施缺，学习场地少。于是回来后，我致信全国的作家朋友，倡议在涟源的贫困山村，建一座"作家爱心书屋"，得到广大作家的热烈响应。不少饮誉世界的作家、艺术家在捐赠书的同时，写来题词赠语，鼓励山乡青年奋发成才，建设自己的家乡。

那年八月，我们筹划将一些文艺大家，如巴金、臧克家、周巍峙等的所题之词、所赠之语刻成碑石，在风光秀丽的白马湖畔，建立一个"爱心碑廊"，激励山乡青年奋发图强。

为此，我给沈鹏先生写去一信，恳请他为"爱心碑廊"题写碑名。

那时，我与沈鹏先生几乎没有交往。在第七次文代会之前，他是中国文联副主席、中国书法家协会主席，我们只是在每次中国文联召开全委会时见见面，能不能得到他的支持，我心里没有底。

没有想到，几天以后，一个电话打到了我的办公室。先是一个悦耳的女声问我："你是谭谈先生吗？"当我答应过后，对方说："你等等，沈鹏先生要与你通话。"

电话里，沈先生告诉我："信收到了。不知道这字要什么样的规格？"我告诉他："碑石是60厘米宽、1.1米长。"

他纠正说："是1.1米高。"

我连连说："对，对。"

很快，沈先生就把题写的"爱心碑廊"的碑名寄过来了。同时，他还给"作家爱心书屋"和我寄来了他的签名著作。从此，一腔感激之情，就涌动在我的心里了。

不久，沈先生又给我来电话，说是我寄去的书他也读了，从中，对"作家爱心书屋"有了更多的了解。他准备给"爱心书屋"捐寄更多的书来，问我寄往哪里，就按我名片上的地址寄过来行不行。

大概是一个星期后，我就收到了他的豪华精装本的书法作品集，他的诗词作品集等著作。同时，书中夹寄了他的一幅书法作品和一封用宣纸毛笔写的信。信中说："给爱心书屋献一幅字。最近生病，特选了一幅病前所写的字，谨表示对你事业的支持。出售的时候，可参考北京荣宝斋的价格。"接着，又寄给了我本人一幅字……

这年三月，我到北京参加中国文联召开的全委会。一到北京，就与沈鹏先生联系。他很高兴地告诉我："如果你愿意的话，欢迎你到我这里来叙一叙。"然后，他告诉我他住在什么地方。

那天，按响门铃之后，开门的是一位姑娘。她很礼貌地问："你是谭谈先生吗？"当我应下之后，她说："沈先生在客厅等你呢。"

这时，沈先生也从厅里出来了。他握住我的手说："你文集里的那本散文卷，我读了些。"接着，他向我介绍为我开门的姑娘："这是我的助手小张。你的书她看得更多，很喜欢你的作品。今天，她还想与你合张影呢。"

"我也喜欢写点散文。"在沙发上坐下以后，沈先生说，"只是这些年，大多的时间用在写字上了，挤不出时间来写散文。"

这时，我发现，写字台上摆放着一张宣纸，纸上写了半张的字。刚才，沈先生正在创作书法作品，那支蘸满墨汁的笔，还搁在砚台上。

厅中的一面墙上，贴着一张刚刚完成的书法作品。这正是满室书卷气，一屋翰墨香。

"最近身体不好，躲到这里来，一是养养身子，二是搞搞创作写写字。你有什么要我支持的，尽管说。"

　　接着，他认真询问了"作家爱心书屋"的建设、管理、农村读者喜不喜欢等情况。我看他对"爱心书屋"挺关爱、挺有兴趣，便乘机向他发出邀请："等天气暖和一些，您的身体也好些的时候，到那里去看看如何？"

　　"好啊！"他很爽快地答应道。

　　"去过张家界吗？"

　　"去过。"

　　"凤凰呢？"

　　"没有。"

　　"那，到爱心书屋看看后，我陪你到凤凰走走。"

　　"好啊，好啊！"沈先生笑着，连连点头。

那一年，我到北京会沈鹏

接着，他要小张取出好几套《沈鹏书法古诗卡》，除签名送一套给我以外，又在其他几套上签上名，交给我时说："你做这件事不容易，多签几套，你拿去答谢支持你的一些朋友。"

告别沈鹏先生，身后的大院离我越来越远了。然而，我觉得，沈鹏这位书法大家，却在一步一步向我走近，走进了我的心灵深处……

如今，先生远行了。他书写的碑石，依然耸立在爱心碑廊里。而他那种"人间大爱"的精神，又何尝不是一块无形的碑石，永远耸立在山乡人们的心里呢！

2023 年 8 月 22 日晨于盘州

（2023年8月22日发布美篇，载2023年第11期《海内与海外》杂志）

跋：我的心里话

　　走着走着，就要走到人生的尽头。八十岁，离结束这趟人生的旅程不会太远了。

80 岁的我

于是就想：此生如何？是否无憾？又何曰无憾？得闲时就瞎想。

思来想去，所谓何曰无憾，就是你想做的事情做了没有？你想去的地方去了没有？你想见的人见了没有？你想说的话说了没有？如此，等等。

人去世以后，活着的人或会为死者举办一场追思会。但斯人已去，什么也不知道了。大约半年前，我突发奇想，我可不可以另辟蹊径，在自己还清白的时候办一场追思会，把自己最想见的人请来，说说自己最想说的话——我的心里话。

我这一生，概括起来，是三个平台，两件事。三个平台：军营（战士）、矿山（工人）、文坛（作家）。两件事：一是一个没有读多少书（上多少学）的人，学会了写书；二是做梦也没想做"官"的人，阴差阳错，被"赶鸭子上架"，做了一个文化团体的"官"。

先来说说一个没有读多少书的人怎么来写书的事。

提起学习写书这一档子事来，自己真有一肚子的话要说。你想想，一个只踢了一下初中门槛的人要来写书，这不是癞蛤蟆想吃天鹅肉吗？

我走上这条路，不知有多少人手把手地教我，搀扶着我迈进这道门槛。

1961 年，一个 17 岁的山里娃参军入伍，在南海边的一个军营里，被连队阅览室里的书吸引，迷上了文学。渐渐地，我照葫芦画瓢地摸索着写小说、散文。1964 年冬，我写了一篇 1 万多字的自己认为的小说。当时，真是初生牛犊不怕虎呀，恰好自己正在看一本厚厚的旧《收获》杂志，我便从这本杂志的封底处找到编辑部的地址，把一篇名叫《采石场上》的稿子寄了过去。

那时，我才二十啷当岁，一个基层连队的小战士，且稿子也不是写在有方格的稿纸上，而是写在粗糙的信纸上。万万没有想到，不久后，我就收到了编辑部小说组的回信。最让我心跳加速的是这样一句话：经研究，决定采用。信中，还就稿中几个词的改动，与我"商榷"。这一年，《收获》发表了我的两篇作品。这时，我又收到署名"小说组"的一封来信。信里说：你一年中，在我们刊物发了两篇作品，值得祝贺！后又写信说：我们刊物，不一定都是发上万字的作品，几千字的小短篇也欢迎，例如你最近在《羊城晚报》上发的《向军长学理发》就很好……这位我不知道姓名，更没有见过面的大刊物的编辑，不仅认真审读我这个小战士投去的稿子，还时时关注我在其他报刊上发表的作品。我真想知道，这位给我温暖的编辑叫什么名字。于是我写信去询问，他回复说：编辑的名字，编辑部有规定，不宜向作者张扬。好在我们是一条战壕里的战友，说不上以后我们还可以见面呢！这里，我告诉你一个字，我姓钱……不久，刊物因故停办，我也搁笔了，我们的联系也就中断了。

一直到 1984、1985 年的什么时候，上海文艺出版社决定采用我的长篇小说《山野情》，先在社里主办的大型刊物《小说界》"长篇小说"专辑发表，再出版单行本。上海文艺社约我到上海最后润色一遍这部作品。我到了上海后，立即找机会跑到已复刊的《收获》杂志社去寻找钱编辑，方知他叫钱士权，《收获》停刊后，他被下放到上海钢铁厂去了。复刊后，他不愿再回来了。我还是没有找到他。虽然我至今都没有见到他，但是他永远永远都在我的心里！

这样温暖的故事，我心里太多了。这一辈子，我只写过一篇儿童文学作品，那就是短篇小说《我的同桌同学》，投给了北京的《儿童文学》杂志。为这篇小说的修改，编辑苏醒前后给我写了八封信。她（我不知苏醒是男是女，从字迹上看，我猜应该是位女士）写给我信的字数，比我这篇万把字的作品还要多呀！我也至今没有见到她，但她让我记忆终生！

这些是我没见过面的编辑，也有一些让我终生难忘的见过面的编辑。

1975 年，涟源钢铁厂成为湖南省"工业学大庆"的典型。省里组织一批作家到涟钢采风，创作报告文学集《风呼火啸》。我也参加了那次创作活动。此时，湖南人民出版社刚开始恢复出版业务。出版社派一位戴着高度近视眼镜的老编辑到现场看稿、审稿，他叫王正湘。当时，涟钢招待所的条件很差。客房里用的都是 25 瓦的白炽灯泡，光线很昏暗。王正湘又是高度近视眼，晚上看稿时，他只好把木桌子搬到吊得很高的灯泡下，再搬一条小凳子放到桌子上，凑到灯光下看稿子。这情这景，几十年过去了，还是那样清晰地刻在我的心里。

就是那一次，王正湘在与我闲聊时，无意间问我："1966 年之前，我好像在《收获》杂志上看到一个叫谭谈的人写的小说。谭谈是不是你呀？"我忙应下说是，并和他聊开了当年的情况。那时，人民文学出版社在上海有一个分社，他们正在编辑一套"萌芽"丛书，当时已推出了胡万春等工人作家的作品集。这套丛书的编辑给我写来一封信，说他们已注意到我发表在《解放军文艺》《收获》等报刊上的作品，要我把作品剪报寄给他们。如果数量、质量够了，就给我编入这套书。如果数量不够，等我发表新作得以补充后再出。没有想到，紧接着，一场大运动轰轰烈烈地开展起来了。文学刊物纷纷停刊了，报纸也没了副刊，只发新华社的电讯稿。我被《人民文学》等刊物留用的稿子，自然也就发不出来了……

这次闲聊，我没有在意，很快就忘了。但没有想到，王正湘竟记在心里了。三年后，我突然收到他的来信，要我带上我那本他看过的剪报本和这些年新发表的作品，到他们出版社去一趟。到了出版社，我才晓得，他们正在策划出版"文革"后的第一套文学丛书——"朝晖"文学丛书。进入这套丛书的，多是周立波、康濯这样的老作家和未央、谢璞、孙健忠、刘勇等湖南省文联的专业作家。在王正湘的积极争取下，我这个当时在煤矿工作的青年业余作者的作品集《采石场上》，也得以跻身这套丛书之中。我是这套丛书中最年轻的作者。《采石场上》也是我出版的第一本书。

我的第一部长篇小说《风雨山中路》，初稿完成后，就投给了湖南人民出版社，编辑高彬审读后，觉得很有价值，于是特意从长沙赶到双峰洪山殿 —— 涟邵矿务局所在地，为我请创作假修改这部稿子。他先到湘潭看望了一位作者，晚上从湘潭坐火车来洪山殿时，因落雨路滑，路灯昏暗，加上他又是近视眼，不小心踩到路边一条水沟里，把腿摔断了……别人发现后，过来扶他，只见他趴在地上，双手四处乱摸，嘴里连连说：我的书稿，我的书稿。当他看到书稿被塑料袋装着，完好无损时，才长吁一口气……我得讯后，赶到长沙的医院去看他。我来到他的病床前，躺在病床上的他竟连连向我道歉：对不住呀，误了你的事……

这部书稿，我只是熬了些夜，付出了些心血。而一个编辑，竟为它摔断了一条腿！

创作上，一个一个热情的编辑无私地向我伸出援手，耐心地帮助我，培养我。而思想上，也不乏为我捉虫治病的领导和朋友！

1965年，我相继在《解放军文艺》《收获》《儿童文学》《人民日报》《羊城晚报》等报刊上发表了11篇作品。特别是《解放军文艺》，他们当时正在开展"四好连队、五好战士"新人新事征文活动。上级要求每个军要完成两篇的任务。而我一个人，就在这一年的《解放军文艺》二月号、八月号发表了两篇征文的稿子。一个人完成了一个军的任务。为此，部队为我记了三等功。一时间，自己昏昏然，不知天高地厚了。这时，团里抽调我到八二炮连采写一部关于一位超期服役老兵的报告文学。稿成后，团政治处领导要我投给驻地报纸《汕头日报》。尽管《汕头日报》是发表我第一篇作品的地方，但这时，我已看不上这份地方报纸了。但军人必须服从命令。我在把稿子寄给《汕头日报》的时候，附了一封信。名为自我介绍，实则是自我吹嘘。也正在这时，军部发下通知，召开全军业余作者经验交流会，学习毛主席《在延安文艺座谈会上的讲话》，并安排我在会上做典型发言，题目是《如何在连队日常生活中发现题材》。我不无得意地洋洋洒洒写了一个8000字的发言稿。开会前两天，军文化处一位干事，到《汕头日报》"韩江水"副刊了解部队作者投稿用稿情况。收到我这封信的副刊编辑，觉察到我的情绪不对，便将这封信交给了那位干事。干事回来后，把信交到了军政治部主任手里。主任看过信后，决定改经验交流会为小整风会。我成了那次会议的整风对象。

开初，我真想不通，有很大的抵触情绪，在小组会上连续做了两次检讨，都没有通过。后来，军文化处王处长把我喊到他家里进行单独谈话。这次谈话中，他的一句话，像鞭子一样抽在我的心上。他说，记不起谁讲过这样一句话，现在我把它送给你：第一个作品的发表，可能是一个作者成长的开始，也可能是一个作者毁灭的开始。

这句话，像一记重锤砸在我的身上，让我猛醒！我认真地对自己的不良思想进行了认真的自我批判！这句话，也从此深深地刻在我的心里，时刻在警醒自己！

当《解放军文艺》的编辑得知我们军这次整风会议的情况后，立即以编辑部的名义，给我写来一封信。信上说：我们要明白，军旅作品，真正的作者，是那些甘于奉献、默默无闻的指战员。写作品的人，只不过是做了记录而已……这封信使我从此摆正了自己的位置！

朋友，听了这些、这些、这些……之后，你一定知道了，我这个没有上过几年学的人，为什么能写出书来了。

我做梦也没有想到，这一辈子还会被拉出来"做官"，去主持湖南省作协这个作家云集的团体的工作。

那是1985年5月，在省作代会上，不是组织上确定的候选人的我，竟被选为了副主席，又由于我当时是副主席中最年轻的一个，被未央、谢璞等几位老大哥推举为常务副主席。不久，省里召开第五次党代表大会，我又被选为代表。那天，到大会报到，领到资料一看，我竟是大会主席团成员，在省委委员、候补委员预备名单里，我又看到，自己是候补委员预备人选。这时，我入党才六年，刚刚符合做省委委员的党龄要求。接着，作协从文联分出，独立建制，我又被湖南省委任命为作协党组书记。当时，我连一个党小组长都没有干过，心里实在没有底。

加上当时我创作激情正浓，心中有好几部中、长篇小说在酝酿。我内心想，一个作家是靠作品立身的。无论是现在的人，还是将来的人，看作家，主要看他的作品，作品才是作家的生命和人生的价值。我当时正在益阳挂职深入生活，兼任益阳市委副书记。我于是待在益阳不愿回来。后来，是湖南省委下令，益阳地委派一位副书记把我送回长沙。我就是这样被赶鸭子上架了。

作协从文联大院搬出来，到省文联在东风路上大垅建的两栋原准备做老文艺家宿舍的房子里安营扎寨。机关机构怎么设置，人员怎么配备，我都茫茫然。这时，省委常委、省委宣传部部长夏赞忠，把我叫到他的办公室，一项一项地帮我出主意、定盘子。比如，我原准备将党组会议秘书和人事科长安排为同一个人，夏部长告诉我：这两个职务，不能由一个人兼，弄不好，会把你这个党组书记架空，你要尽快去物色一个党组秘书。我来到过去工作的煤矿，把物色的人选在电话里报告给他，他认真询问了情况。当听我说此人毕业于湖南师大中文系，爱好文学，并在报刊上发表过散文，现在是这个企业的宣传部部长时，他立即表示同意，给予支持……

我上任不到半年，就碰上了一场大的动荡。那时，我刚刚分到新宿舍。某一天，我正在家里装修房子。一个电话打来，要我快到办公室去签字。我来到办公室，方知党组几个人都签字要辞职。我看到这封已有四个人签字的辞职信，一下子蒙了，在当时的大环境下，我真不知如何是好。我坚持不在他们签字的地方签字，而是在一旁另外写了几句话，大意是：我缺乏行政工作经验，不适合担任党组书记。为了使党的工作不受影响，请求省委另派有经验的干部来，云云。虽然这样写了，但我还是压下这封信，没有上交，并赶忙来到湖南省委宣传部，找领导汇报。当时，夏赞忠部长不在办公室，我找到了分管我们的副部长文选德。文部长神情严肃地对我说：你们不能乱来。你赶快回去做大家的工作，千万不能把信交上来。我按照文部长的指示，赶回来给大家做工作，也就把这封信撕毁了。但万万没有想到，这个消息还是走漏出去了。据说，不知是什么人，将辞职信的内容弄到一个大学的学生广播站广播了。

后来听说，省委办公厅的工作人员，还把这个未成事实的消息写到一份汇报材料里了。时任省委书记熊清泉审阅时发现后立即予以删除。

我在中国作协工作会议上得知，中国作协要在全国选六个省份建立青年作家培训基地时，立即回来找省委书记王茂林汇报。王书记当即表态：好事！我们省搞一个。并亲笔给中宣部副部长兼中国作协党组书记翟泰丰写信。接着，他召开会议，专门听取我们的汇报，把青年作家培训基地定名为"毛泽东文学院"。后来，为资金的筹措、土地的划拨，他在省委常委会议室多次主持会议，一项一项为我们排忧解难，并亲自找江泽民总书记题写"毛泽东文学院"的院名。省委副书记储波兼任筹资领导小组组长，省委副书记郑培民亲自带领我们到国家计委汇报工作。因国家计委领导当时正在开会，一个省委副书记和我们一道，在国家计委大楼门厅里站了整整50分钟。省委常委、省委宣传部部长文选德则带领我们寻找、选择、确定建院地址……如果没有省委领导的强有力的支持，毛泽东文学院是无法这样顺利地建立起来的。

2000年，湖南省文联成立五十周年，我们决定编辑出版一套大型文献类丛书——"文艺湘军百家文库"，对五十年来湖南文学艺术事业、文学艺术队伍，进行一次大检阅。这套书，整整一百本，十个方阵，每个方阵十本，每本20万字左右。按照当时出版此类图书每本2万元成本计算，需要200万元。而文联是一个既没钱，又无权的文化团体，怎么办？文选德部长听了我的汇报后，坚定地说，我们支持你，主编由你担任，并提醒我说，除了找钱外，最重要的是要把入选的文艺家选准！

我很快物色好了在各文艺领域有威望、有权威、有号召力、有责任心，又公正无私的大家担任各方阵的主编。我本人则做丛书总编兼小说方阵和红叶（老文艺家）方阵的主编。接着，我又找了5家图书发行商合作，决定印3000套（印数达到3000，成本就大大下降了），5家公司加文联共6家，每家印500套。这时，我又找到湖南文艺出版社总编辑曾果伟，请他支持。我们两家议定，出版社免费办理出版手续，每书一号。但出版社不与作者、印刷厂发生关系。文联与作者签订合同，不付作者稿酬，送他们100本样书。作者领样书时，为文联签名100本，使文联由此得到100套作者的签名本。6家单位直接与印刷厂结账，各家按每本提供2毛钱编辑费，用于各主编开支。这些"纸上谈兵"的事，很快就定下了。

这时，文联手上还是没有一分钱，又有哪家印刷厂敢接单？也就在这时，我偶然听时任长沙市市长谭仲池说，长沙县的一位人大常委会副主任，是一个搞印刷企业的企业家，他想认识谭仲池。同时，他的许多业务来自出版社，当然也想结识省新闻出版局局长刘鸣泰。这时，我头脑中闪过一个念头，我对仲池市长说，你把这个让你们相识的机会让给我。我马上在毛泽东文学院的酒店，订了一桌饭，把仲池市长和鸣泰局长请来，又把这位长沙县人大常委会副主任、鸿发印务公司的老总肖志鸿邀来。酒席上，我请仲池和鸣泰给肖志鸿敬了一杯酒……就是在这样的气氛中，我向肖志鸿谈了我们编辑出版这套书的计划，并坦率地告诉他：我们现在手里一分钱也没有，你敢不敢接下我们这个业务？肖连连说：我们干，我们干！同时，他也兼做图书发行，也成为了我们的合作商之一。

很快，小说方阵的十本书就印出来了。那天，我兴冲冲地提着这套书来到文部长的办公室。文部长一边翻着书，一边吃惊地看着我：这么快？不久，省委宣传部就拨给了我们20万元钱。

这套书，如果用4吨的卡车拖，要拖30多卡车，共花费印刷费109万元。接着，我又以我本人的实名给全国几百家公共图书馆馆长致信推销，我们文联印制的500套，销出去了260多套。订购最多的是香港中文图书馆与南京图书馆，各订了5套。

为了答谢5家合作商，我请了5位画家创作画作赠送这5家公司，并在毛泽东文学院举行了一个赠画仪式。赠画仪式上，我请来了全国政协原副主席毛致用，向支持我们的这5家公司赠画。

所有这些事做完以后，原本没有一分钱的我们，还剩下了9万多元钱。最后，我组织为此套书的出版发行做出了贡献的文联、作协的有关人员，到浙江，并出国到越南旅游了一趟。

我多么想把自己此生最想见的朋友们邀到一起聚一聚啊！和他们面对面地说说自己最想说的话。尽管此生不少自己最想见的人已永远见不到了，他们远行了，但是，他们将永远永远地留在我的心里！

这就是我，一个八旬文艺老兵的心里话！

2024 年 3 月 1 日于大理